U0653829

谨以此书

献给李佩先生和她主持的中关村专家讲坛

听北大教授讲述

中国古代文学

一日看尽長安花

珍藏版

程郁缀 著

上海交通大學出版社
SHANGHAI JIAO TONG UNIVERSITY PRESS

内容提要

本书是北京大学中文系程郁缀教授历时六年之久，在李佩先生主持的"中关村专家讲坛"系统讲授中国古代文学的讲稿。程教授学识渊博，诗文满腹，从先秦到明清，将漫漫中国历史文化长河中的文学故事娓娓道来，名章佳句信手拈来，有诗词引述，有评点讲解；有历史缅怀，有当下感慨；对比中有感悟，诙谐中含寄托，给听众与读者以一种艺术与精神的美好享受。

本书雅俗共赏，可以作为中国传统文学爱好者的入门读物和中国古代文学研究者的参考书籍。

图书在版编目(CIP)数据

一日看尽长安花：珍藏版/程郁缀著．—上海：上海交通大学出版社，2017(2022 重印)

ISBN 978-7-313-17927-2

Ⅰ．①一…　Ⅱ．①程…　Ⅲ．①中国文学—古代文学史

Ⅳ．①I209.2

中国版本图书馆 CIP 数据核字(2017)第 197732 号

一日看尽长安花(珍藏版)

著　　者：程郁缀

出版发行：上海交通大学出版社　　地　　址：上海市番禺路 951 号

邮政编码：200030　　电　　话：021-64071208

印　　制：苏州市越洋印刷有限公司　　经　　销：全国新华书店

开　　本：880mm×1230mm　1/32　　印　　张：8.25

字　　数：187 千字

版　　次：2017 年 10 月第 1 版　　印　　次：2022 年 1 月第 3 次印刷

书　　号：ISBN 978-7-313-17927-2

定　　价：49.00 元

序　言

“中关村专家讲坛”，由李佩老师创办，并亲自组织和主持，至今已经走过了十几个春秋。每周五的下午，在中国科学院力学所的小礼堂里（前些年是在中科大厦），这位备受尊敬的老人就会准时地出现在大家面前，用标准而柔和的普通话，娓娓动听地介绍讲座的讲演者，周周如此，年年如此。虽然李佩老师现在已是九十有几的老人，她主持讲座，把握要点，用心提问，依然是那样思路清晰，气骨苍然，散发着郁郁挺拔之气。这样的奉献，这样的执着，这样的精神，令人慨叹！

接受李佩老师的邀请来讲演的人，既有德高望重的学者，又有各个领域的专家。讲坛的内容非常广泛，有科技进展，也有人文诗词；有健康知识，也有时事形势；有互动座谈，也有参观访问……这个讲坛不仅是知识的学园，更是精神的殿堂。因此，讲坛的影响早已超越中关村的地缘环境，辐射到遥远的地方。讲坛的受惠者不仅是老年人，还包括众多的年轻人；不仅是居住在中关村的人，还包括来自四面八方的北京人，甚至专程而来的外地人。

我们的国家发展到今天，似乎什么都有了，然而又似乎缺少些什么，人们的心灵中有了巨大的缺口。李佩老师正是用自己的行动，用自己的无私奉献来填补社会这个“缺口”。社会学家本杰明・巴伯说过：“我从不认为世人有强者、弱者，抑或成功者与失败者之分。我只将世人分为两类——学习者与不学习者。”李佩老师，就是这样的学习者，一位非常了不起的学习者，一位在顶级繁华地带坚持传递知识薪火的智者，一位备受人们尊重的知识老人。所有这些，并非因为她是郭永怀的夫人，而是因为她始终怀有矢志不移的信念，将全部心血默默倾注给了中关村这片可爱的蓝天。

应李佩老师的邀请，北京大学程郁缀教授来讲坛讲授中国文学史，一年两次，分别在 4 月和 10 月左右，从远古的诗经一直讲到近代，持续长达六七年之久。程教授学识广博，满腹诗书，那些沉寂在中国历史文化长河中的文学珍宝和诗词佳句，往往不用讲稿就能脱口吟出，再加上他那浓厚的苏北口音，更增添了别一番语音情趣。程教授在讲授中，有诗词引述，更有评点讲解；有历史背景，更有当下感慨；对比中有感悟，诙谐中有调侃，幽默生动的语言引人入胜。因此，这一讲座备受欢迎，场场座无虚席，与会者纷纷要求将讲授内容印制出来。为了满足听众的要求，李佩老师让我根据录音整理成文字材料，以便印发给大家。我将这工作当作一次学习机会，认真地去查找原文资料，核对涉及的诗词字句。这些讲座大多是先由我整理成文，继由任知恕先生加以核校，而文稿的录入，则是由许大平女士完成，最后请程郁缀教授过目定稿。最近，李伟格女士策划、搜集和组织相关文稿，并由编审金和女士精心编辑成册。这本讲授文稿之所以能成册问世，饱含了李佩老师、程郁缀教授、任知恕先生、朱照宣先生、许大平女士、李伟格女士、金和女士和王粤女士这许多人的无私奉献和辛劳。毫不夸张地说，这本小册子正是“一条龙”式集体奉献的结果，是李佩主持的“中关村专家讲坛”精神的一种文本体现。尤其值得指出的是，“中关村专家讲坛”包容兼收，文理同飞。除程郁缀教授的系统文学讲座外，还有同样来自北大的沈天佑教授漫谈《聊斋》等。这些精彩的文学诗词讲座，让中关村里我们这些在自然科学领域工作的人，得以欣赏和享受这些好诗文的艺术境界。沉迷其中，俯仰山水，清虚心地，荡漾情怀，不亦乐乎！

谢谢李佩老师，谢谢“中关村专家讲坛”，谢谢程郁缀教授！

颜基义

目·录

第一讲

关关雎鸠在河洲
——先秦神话和诗歌

关关雎鸠，在河之洲。窈窕淑女，君子好逑。
参差荇菜，左右流之。窈窕淑女，寤寐求之。
求之不得，寤寐思服。悠哉悠哉，辗转反侧。
参差荇菜，左右采之。窈窕淑女，琴瑟友之。
参差荇菜，左右芼之。窈窕淑女，钟鼓乐之。

——《诗经·周南·关雎》

中华民族历史非常悠久，这是凡炎黄子孙皆引以为自豪的。我们民族有五千年的文明史，但是从文学上讲，并没有那么长的时间，因为人类先有语言，后有文字，任何民族都是这样。在劳动过程中产生语言，然后逐步产生文字。有了文字以后，用文字把流传的历史写下来，就成为历史文献记录。我们中国夏、商、周三代，夏是从公元前21世纪到公元前16世纪，商是公元前16世纪到公元前11世纪。大约公元前15世纪与14世纪之交，也就是公元前1400年左右，中华民族的文字已经产生了。对于一个民族来说，文字是非常非常重要的——文字是人类社会从蒙昧走向文明的重要标志。中国文字比较早的是甲骨文，是在殷商的中后期产生的。在殷商时期，文字有两种，一种叫金文，是刻在铜器上面的文字；一种叫甲骨文，是刻在甲骨上的文字。甲骨文从公元前1400年开始产生，一直到公元1899年才被重新发现。

甲骨文的发现很有传奇性，我稍微讲一点。在河南安阳有一个小村子，曾经是殷朝的首都，后来衰落了，变成了一片废墟，叫殷墟。在这个地方，明清时期老百姓在耕地的时候，经常捡到一些甲骨。地里有它，庄稼不好长，老百姓就把它捡出来当垃圾扔掉。有个姓李的理发剃头匠，身上生了脓疮，找医生怎么看也没有用。有一次在地里捡了甲骨,甲骨比较松软,他无意识地用甲骨的粉朝自己的疮上抹弄,结果奇迹出现了:脓水干了,不长时间就开始愈合了。他觉得这东西非常神奇,他有意将手划破,用了它以后也很快好了。于是,他便认为这是一种药,捡上到中药店里去卖。人家不相信,他就把手一拉一个口子,果然抹上它以后伤口很快就愈合好了。中药店一看这样,立马就把它买下来了。当时是论斤,一斤没多少钱,很便宜。这个理发师傅无意中的一个发现,使得记载着中华古代文化的宝贵甲骨源源不断地流到中药铺里。

开始的时候这也并没有引起注意。1899 年,原首都图书馆先前所在的安定门那个地方,是国子监。国子监的校长,叫王懿荣,是山东烟台人。这个人是金石学家,正在研究金文。对于金文,即刻在铜鼎上的文字,早在明朝就有人进行研究。他有一次生病,抓了中药。这个人懂中医,有个习惯,每次煎药前先把抓的中药倒出来,一味一味地检看。这次一看,有骨头;骨头上面好像有人工刻的痕迹;再看看笔画,与他正在研究的金文很相像,便大吃一惊。就问这药是哪家药铺买的,并让人去把这些骨头全买回来研究。这一下子,石破天惊,就发现了甲骨文。

20 世纪一开头的时候,人类文化史上有两件伟大的事情,一件就是甲骨文被发现,另一件就是敦煌石窟被打开,一个道士王圆箓在敦煌第 16 窟和第 17 窟发现了经卷。谁也不知道这石窟里面藏有这些宝贵的东西。有一次,偶尔发现墙壁有一个方形裂缝,他感到很奇怪,弄开一看,哇,原来是个洞口。里面有很多经卷,他怕别人去窃取,把墙重新砌起来。这样一个偶尔的发现,就打开了敦煌石窟经卷的宝库。敦煌石窟被打开也是石破天惊的事情。后来,英国人、德国人、法国人、日本人把大批经卷给弄走了,我们就不说它了。甲骨文的发现是非常了不起的事情。王懿荣去世以后，中国研究甲骨文最有名的人，我简单地介绍一下。一个是刘鹗，字铁云，除了是文字学家，他还是小说《老残游记》的作者。他也非常喜欢甲骨文，收集了很多甲骨。甲骨开始是一斤一斤地卖，后来变贵，就一块一块地卖。再后来一个字一个字地卖。国人有这个不好的习惯，什么东西一值钱，什么东西就有造假。老百姓看到甲骨卖给洋鬼子价钱挺好的，就在猪骨头上仿刻，然后埋在地下，然后挖出来说发现甲骨了。老外也不知道，买了很多假的回去。这是我们很不好的一种习气。有个法国人到河南收甲骨，收到几万片甲骨，但是1937年抗日战争爆发以后，运不出去。这位法国人就将这些甲骨埋在山东大学的校园里，可是等战争结束他再挖出来时，已经全都腐烂了，非常可惜。若能运出去，就能保存下来；不管存在哪，反正存在人世间。现在对保存在国外的甲骨，我们都用录像录下来，加以研究。在甲骨研究上很有成就的第一个人就是刘鹗，他把收集的甲骨分类整理，出了一本书，叫做《铁云藏龟》。再后来的著名研究者就是王国维。他留学日本回来后喜欢古文字，可是他当时没有甲骨。有一个外国人，记不清叫什么名字了，就请他（王国维）来研究，开始发表文章都是以这个外国人的名字来发表，后来人们才知道，文章不是那个外国人写的，而是王国维写的。

文字是非常非常重要的，我认为中华民族之所以几千年能够凝聚在一起，一个重要的因素就是有汉字。汉字把所有的华人紧紧地联结在一起，它是承载中华文化的重要工具。而且我认为中国的文字，不但实用，而且艺术。

从文学来说，任何民族，不光是中国，英国，最早、最发达的文学样式是诗歌，中华民族也是这样。因为诗歌与劳动生活紧密相连。我是很赞成马克思这个基本观点的，即文学艺术起源于劳动，起源于人类的社会生活。就像鲁迅先生所说，人类最早的诗歌起源于一起干活，在一起抬木头，木头很重，为了协调动作，便打号子："杭育！杭育！"这就是最早的诗歌。它本来是用来协调劳动动作，后来在"杭育——杭育"这种节奏里加上文字，这就变成诗歌了。鲁迅说，如果说我们中国诗歌最早的流派的话，那就是"杭育派"。诗歌起源于劳动，这是应该明确的一个基本观点。

最早的中国文学是原始歌谣。而我们现在看到的原始歌谣是文字产生以后记载下来的。例如殷商时期的歌，其中很有名的一个歌，叫"弹歌"，它是《吴越春秋》中记载的：

断竹，续竹，飞土，逐宍(古肉字)。

这是最早的原始诗歌，写的是打猎生活。人类最早的生产方式是狩猎，然后才转向农耕、养殖。"断竹"就是折下竹子；"续竹"，有一种说法是把竹子接上，我认为没准儿是在制作小工具；"飞土"有一种观点认为是拿土块砸，我理解是先断竹，后续竹，然后把土块放在上面弹射出去。"逐宍"这个"宍"代表野兽的意思。这个"逐"，古代"追逐"本来是两个意思，追人叫做"追"，追野兽叫做"逐"。现代汉语文字许多文字，本来意思不一样，现在意思都一样了。我举个例子，像"学习"，在古代"学"是针对还不知道的知识，而针对已经知道的知识叫"习"，复习复习，温习温习。可是现代，"学习"是一样的了。又例如，"行走"，"行"是这样行(示范"走"的动作)，"走"是跑的意思。但是现代的"行走"是一个意思。这是中国现存最早的、最完整的一个原始歌谣，它是最幼稚的，最初步的。两个字是一个节奏，这是最基本的节奏。以后的诗歌，如“关关雎鸠，在河之洲”那是四个字一句；再后来，如“白日依山尽”是五个字一句，是“二二一”或“二三”；“无边落木萧萧下”可以“无边——落木——萧萧下”，也可以“无边落木——萧萧下”。

另外，原始歌谣还记录了当时人们对自然的神化和崇拜。当时生产力非常低，人们战胜不了自然，就相信语言的力量，相信咒语的力量可以改变自然，于是把自己的理想和愿望用咒语的形式说出来。例如发洪水了，就希望“水归其壑”：水呀，回到你的地方去吧！

第二方面是上古神话。神话产生于什么时期，已经很难准确地说了。因为《山海经》啦，《淮南子》啦，都是春秋战国以后才编成的典籍，但记载的故事并不是这个时候的。马克思主义认为，所谓神话是人们用一种幻想的形式战胜自然。上古神话，如大家都知道的“女娲补天”，这是中国的创世神话。天的东南角突然塌下来了，女娲炼五色石，把它熔化了，用勺子舀上往天上补，凝固后天就补起来了。这个神话在中国文学上影响是很大的。唐代诗人李贺曾写诗说，“女娲炼石补天处，石破天惊逗秋雨”，就是说艺人李凭箜篌弹得非常非常好，弹箜篌的清脆声把女娲补天的地方都震裂了，天上的雨水漏下来了。另外还有创人神话——“女娲造人”。世界上原本没有人，她便用黄泥巴捏成一个男的，捏成一个女的。后来说，捏人太费劲了，得拷到什么时候！后来就把土放到水里搅和搅和，搅成泥浆稠稠的，用一根绳子放在里面一浸，拿出来一抖，一个泥珠子就变成一个人。往后又传说，女娲用手捏的人，都是做官的人；用绳子抖了出来的人都是老百姓。这种说法显然是阶级社会产生以后的产物。这样的神话影响也是非常深远的。例如，明代的民歌唱年轻男女相爱，爱得不得了，女的就唱：“傻俊角，我的哥！和块黄泥儿捏咱两个。捏一个儿你，捏一个儿我，捏的来一似活托；捏的来同在床上歇卧。将泥人儿摔破，着水儿重和过，再捏一个你，再捏一个我；哥哥身上也有妹妹，妹妹身上也有哥哥。”（《汴省时曲·锁南枝》，见《南宫词纪》卷六）

再如“夸父追日”，这也是有名的神话。夸父追赶太阳，追赶不上，天气非常炎热；他口渴了，到大河里饮水，把整条大河都喝干了。但这也不解渴，就渴死了。临死时把他的拐杖一扔，化作一片桃林。这是古代人对理想的一种追求，对战胜自然的追求。

另外说一下“嫦娥奔月”，这个故事大家都知道。嫦娥是后羿的妻子，后羿是射太阳的英雄。天上曾经有十个太阳，十个太阳出来以后，天下大旱，禾木都枯焦了。这不行，后羿就去射太阳，射下九个太阳，而最后一个太阳就躲起来。后来人们沿着这个神话续讲，说太阳躲起来了，天下一片黑暗，冰天雪地。没有太阳就没有温暖，大家说，得赶紧把剩下的那个太阳找回来。太阳说，我不回去，一回去就会被射掉。那么，咱们约好，每天雄鸡叫三声你再出来，这样就平安无事了。这是后人加上的神话。后羿的妻子嫦娥，吃了不死药，身体飘起来，奔月去了。这是我们中国一个非常美丽的故事。在荒凉的月亮上，一个人孤苦伶仃，多寂寞——“嫦娥应悔偷灵药，碧海青天夜夜心。”（李商隐《嫦娥》）这是中国古人对宇宙自然的看法。现代人类有飞机、火箭和飞船，而且1969年登上了月球。后人写诗歌，如果写到嫦娥就会代指明月。苏东坡脍炙人口的词：“明月几时有？把酒问青天，不知天上宫阙，今夕是何年？我欲乘风归去，又恐琼楼玉宇，高处不胜寒。起舞弄清影，何似在人间……”最后，“但愿人长久，千里共婵娟”，婵娟就是美人，就是指嫦娥；嫦娥又代指明月；“共婵娟”就是共赏美丽的明月。我在北京，你在广州，这不要紧，可以用月光来传达我们相思之情，传达我们的思念。所以“嫦娥奔月”也是一个非常美的神话。

另外如“精卫填海”，它写炎帝的女儿女娃到东海游泳，水很大，把她淹死了。她死以后，灵魂就化为一只鸟，叫精卫鸟。她每天从西山衔一块块小小的石头，或者一块块小小的木头，飞到东海扔下去，她发誓要把大海填平，因为海把她淹死了。这种复仇精神，也是非常可贵的，一个民族应该有这种精神。每当中华民族到了危难时刻，都有人弘扬这种精卫填海精神。如陶渊明写的诗：“精卫衔微木，将以填沧海，刑天舞干戚，猛志固常在。”这是了不起的。顾炎武在明朝快灭亡的时候，也写诗歌颂精卫精神。

这些神话故事，都是古人愿望的反映。当时人们对世界的认识还非常幼稚，但人总是生活在一种希望之中；一个人要是没有希望，他一天也活不下去。神话就是把希望理想化，所以神话是非常宝贵的。神话是后来文学的丰富宝藏，很多成了小说、诗歌的题材。

我们开始讲的原始歌谣，后来发展成灿烂的诗歌。而上古神话则后来发展成散文、小说。这是我讲的第一个内容。

第二个内容，讲先秦的诗歌。秦代以前中国的文学，除了上面讲的原始歌谣和上古神话之外，主要的形式一个是诗歌，一个是散文。而在诗歌方面又主要是两个：一个是《诗经》，一个是《楚辞》。从时间上说，《诗经》是西周初年，到春秋中期，大约公元前600年前后。当中哪一首诗产生于哪一代，这已经不可考了。《楚辞》到什么时候呢？是到战国的中期，作者是屈原，他生在公元前340年，生年大体是没有疑问的，可以从《离骚》得到考证；但他的卒年公元前277年是有疑问的。您不要记这么细，只要记住一个大历史坐标，就是公元前300年。另一个大历史坐标请您记住，这就是公元前500年。从公元前551年到公元前479年，这是孔子的生卒年。孔子是我们中华民族第一伟人，最伟大的人，没有一个人的影响像他那样深远，那样丰富。他的《论语》一共是 20 篇，511 条，以后讲散文时再细讲。有一种说法，说《诗经》是由孔子整理的，从文献的研究来说，这种说法是不可靠的。因为在孔子 8 岁时，就是公元前 544 年左右，已经有“诗三百”这样的文献记载了，“诗三百”就是《诗经》，因为到汉代把“诗三百”捧到经典的地位才渐渐被称为《诗经》的。虽然孔子编纂删改《诗经》是不可信的，但是孔子非常推崇《诗经》，他说“诗可以兴，可以观，可以群，可以怨”，他还说“不学诗，无以言”——如果不学诗，一个人就没法开口说话。我在给大学生讲课时说，我们中华民族的子孙不管走到哪里，中国历史上最伟大的人物和最突出的事情都应该记住。像公元前 500 年，中国有个孔子在那里，公元前 300 年有个屈原在那里。反过来说，《楚辞》的时间是战国的中期，就是公元前 300 年。战国是我们中国历史上文化蓬勃发展的时期。与屈原同时代的还有孟子，有庄子、荀子，都是生在公元前 300 年之前，去世在公元前 300 年之后。《诗经》是公元前 600 年，《楚辞》是公元前 300 年，这个之间相差多少年？大约 300 年。这 300 年是中国诗歌发展的一个低谷，又正好是散文发展的第一个高峰。中国散文有四大高峰，第一个便是先秦散文。从春秋的后期到战国的前期，中国的社会发展形态发生了很大的变化，从奴隶社会发展到封建社会。社会形态也要求文学艺术发生很大的变化，这时候的诗歌几乎是一张白纸，散文却应运而生。

从地域方面说，《诗经》主要是黄河流域中原文化的结晶，它一共有 305 篇，国风是 160 篇，雅是 105 篇，颂是 40 篇，内容涉及当时的 15 个诸侯国，地理位置大约相当于现在的山西、河南、陕西、河北、山东等省份，即黄河中下游地区。而屈原是楚国人，楚国在现在的湖南、湖北等一带，所以《楚辞》是长江流域南方文化的结晶。这是第二个概念。第一个概念是时间方面，第二个概念是地域方面。

第三个概念，《诗经》主要是民歌，是集体歌唱。哪一首诗的作者是谁，现在已经无从知道了。而屈原是中国诗歌史上第一个留下姓名的伟大诗人。从《诗经》到屈原，中国诗歌发生了一个伟大的飞跃。什么飞跃呢？就是从集体歌唱到个人独立歌唱，独自抒发自己的心胸、自己的理想，对祖国、对家乡的爱。

《诗经》一共305篇，早先取其概数称为“诗三百”。孔子说：“诗三百，一言以蔽之，曰‘思无邪’。”到了汉代，董仲舒把其他“百家”都排斥了，独尊儒家，把“诗三百”捧为《诗经》，“经”就是经典。我们知道，经是不能改变的，只能认识它，不能篡改它、修正它。汉代不仅把“诗三百”捧为《诗经》，而且摆在“五经”之首，所谓“五经”就是诗、书、礼、易、春秋；诗就是《诗经》，书就是《尚书》，礼就是《礼记》，易就是《周易》，春秋就是孔子写的第一部历史著作《春秋》。而屈原的作品《楚辞》保留下来是25篇，其中有3篇是伪作。其中最有名的作品是《离骚》。而《诗经》中最有代表性的是《国风》，因此中国有个词，叫“风骚”。风骚并称表示文采才华。这本来是个很好的词，但在流变过程中就变味了，如说一个人“你挺风骚的”，他会很生气的。毛泽东诗词中有“风骚”表示正面意思：“惜秦皇汉武，略输文采；唐宗宋祖，稍逊风骚；一代天骄，成吉思汗，只识弯弓射大雕。俱往矣，数风流人物，还看今朝。”

《诗经》的主要精神是什么呢？是反映社会现实，男女爱情的歌唱。大而言之，世界就是两个世界，一个是人以外的客观世界，一个是人以内的主观世界。人以外的客观世界，社会、战争、自然灾害都是客观世界。人以内的主观世界，喜怒哀乐、人的悲哀、理想、快乐、慰藉等等都是人的内在世界。《诗经》在反映客观世界方面有很多好的诗篇，例如像《伐檀》反映的劳动生活：“坎坎伐檀兮，置之河之干兮，河水清且涟漪。不稼不穑，胡取禾三百廛兮？”你春天不播种，秋天不收获，怎么拿走别人这么多的粮食？“不狩不猎，胡瞻尔庭有悬貆兮？”你不去打猎，你们家里怎么挂了这么多野兽皮？“彼君子兮，不素餐兮！”有一种解释是，你们不干活却得到好吃的，不是白吃饭吗！尽管有不同理解，但有一条，这首诗反映了阶级社会开始产生了，这是一个劳而不食、食而不劳，劳而不获、获而不劳的不平等的社会。

《诗经》的内容除了对客观社会的描写以外，就是对爱情的歌唱。它的第一篇是什么？就是《关雎》：“关关雎鸠，在河之洲。窈窕淑女，君子好逑……”美丽的女子是男子的好配偶。然后就写男子对女子的思念。辗转反侧，夜不能寐，写得非常非常生动。在《诗经》中对爱情的歌唱，就像早晨的露珠一样晶莹剔透。另外有一篇《静女》：

静女其姝，俟我于城隅。
爱而不见，搔首踟蹰。
静女其娈，贻我彤管。
彤管有炜，说怿女美。
自牧归荑，洵美且异。
匪女之为美，美人之贻。

写男女约会，男的已经来了，女的故意躲起来，小伙子急得不得了：“静女其姝，俟我于城隅。爱而不见，搔首踟蹰。”然后女的出来了，送给男的一个彤管，小伙子特别特别高兴，看得非常非常宝贵。有一种说法，彤管是笔，而有人说是茅草。但不管怎么说，它表明一件普通的东西，一旦染上爱情，就变成了一个不同寻常的信物。而信物在相爱的人的眼中，比什么都宝贵。所以诗最后说："自牧归荑，洵美且异。匪女之为美，美人之贻。"不是因为彤管美，而是因为它是美人赠送的。另外，《蒹葭》也很美，"蒹葭苍苍，白露为霜。所谓伊人，在水一方。溯洄从之，道阻且长。溯游从之，宛在水中央。"它写出了人的一种追求，心爱的人可望而不可即，可求而不可得，那样一种朦胧的状态。生活中最美好的事情在哪里？在追求的过程中。一旦得到，再美好的心态也会发生变化。

《诗经》的形式，我想讲两个方面。我刚才说，原始歌谣《弹歌》是两个字一句，而《诗经》基本句型是四个字一句，即所谓的四言诗。而从《诗经》以后，四言诗就不是主流了。汉代的《乐府》诗是五言诗。写四言诗，只有个别人写得很好，例如，曹操，他写《短歌行》："对酒当歌，人生几何？譬如朝露，去日苦多。慨当以慷，忧思难忘。何以解忧？惟有杜康……""杜康"是什么？是最早造酒的人，代指酒。在中国诗歌发展的长河中，诗歌的句式，经历了一个不断发展的过程。从两言，到四言，到五言，到七言。另外，《诗经》在章节方面有一个特色，每一段结构上完全一样，只在关键的地方有几个不同字词。这种重复形式叫"复沓"。例如写一个失恋人："彼狡童兮，不与我言兮。维子之故，使我不能餐兮！彼狡童兮，不与我食兮。维子之故，使我不能息兮。"你看，只改变了四个字。在以后的民歌中，经常有这种"复沓"形式。这种"复沓"形式表明了一种情感，在一次歌唱之后，还可以反复歌唱。它的缺点是比较呆板，是简单重复。所以后来的文人，很少这样写。

在艺术表现方面，《诗经》最大的特色，最多的手法是"比兴"。所谓"比"，以此物比彼物，如说，她的脸像苹果一样；所谓"兴"，是先描写一件事物作为开头，但下面写的并不是这件东西，而是别的。我举一个例子，你就知道了。如"山丹丹开花那个红艳艳，革命人民跟着毛泽东"，"山丹丹开花"与"跟着毛泽东"是没关系的，它是一种兴起，不能一张嘴就唱“跟着毛泽东”。在《诗经》当中有“比”，有“兴”，有“比兼兴”，例如像“关关雎鸠”就是“比兼兴”。“关关雎鸠，在河之洲。窈窕淑女，君子好逑。”用雎鸠鸟和鸣来比喻男女之间的爱情永久、纯洁，这是“比”。先写“关关雎鸠，在河之洲”，然后写“窈窕淑女，君子好逑”，叫“兴”，所以叫“比兼兴”。“比兴”的手法是《诗经》最常用的一种手法，对后来的影响很大。

再谈《楚辞》。《楚辞》主要是屈原的作品，从内容上说，其中最重要的是《离骚》。《离骚》是1911年辛亥革命之前中国古典诗歌中最长的诗歌，一共有2 470多个字。像《孔雀东南飞》也才1 785个字。它是最长的、最伟大的一首政治抒情诗，是屈原抒发自己理想和抱负的政治抒情诗，非常非常之了不起。屈原的其他作品，如《九歌》，一共11篇。《九章》一共9篇，都是写神话传说中的神，山神、河神、湖水之神等等。“九章”是后人给的概念。把屈原的9篇东西放在一起，叫《九章》。还有《天问》。

屈原的作品以《离骚》为代表，它最大的特色，我认为是对真理的追求和对祖国的热爱。对真理的追求，如“路漫漫其修远兮，吾将上下而求索”，追求真理，百折不挠；“亦余心之所善兮，虽九死其犹未悔”，只要我认为心中美好的东西，美好的德行，美好的理想，哪怕是九死也不后悔，这样一种九死不悔的精神，正是中华民族精神的重要方面，或者重要的核心。屈原对自己祖国、自己家乡有着深厚的情感。当自己祖国的首都郢都被攻破以后，他写了著名的诗歌《哀郢》，郢就是郢都，“哀郢”就是为郢都而悲哀。其中最后说：“鸟飞返故乡兮，狐死必首丘。”鸟不管飞到哪里都要回到自己的故乡，狐狸不管在什么地方，临死的时候都让自己的头朝着自己出生的山丘。鸟者，禽也；狐者，兽也。禽兽尚且有故土之恋，有故土之思，何况人乎？这种热爱故乡的精神是非常可贵的。在后来的古诗十九首中有“胡马依北风，越鸟巢南枝”，也是这种意思，北方的马依恋北方吹来的风，南方的鸟筑巢时总要筑在朝南的树枝上。我们中国是个农耕为主的社会，农村是很多很多人的家乡。一个人对于生养自己的那方热土，一定要有真诚执着的爱。我曾对大学生讲，一个人对生我养我的那方热土没有真诚的爱，他绝对不会成为一个伟大的爱国主义者；他说他爱国，很可能是假的！是骗人的！连家乡都不爱，还爱什么祖国。因此，热爱家乡的感情决不是狭隘的感情，而是值得珍惜的感情。从屈原开始，就把这种精神融化到中国人的血液中了。

除此以外，屈原还有一种精神，就是“好修为常”，即喜欢自我修养，洁身自好，不管别人怎样，我一定要保住自己纯洁的心灵。在《离骚》中有一名句：“朝饮木兰之坠露兮，夕餐秋菊之落英。”早晨我饮着木兰花坠落下来的露珠，晚上我吃秋菊落下来的花，这说明他内心纯洁，饮的是纯洁的露，吃的是纯洁的花，这样一种追求，也是值得我们学习的。在屈原的25首诗歌中，有一首诗歌叫《渔父》，是后人伪托在屈原的名上，实际上不是他写的。楚怀王本来很喜欢屈原的，后来因为令尹子兰挑拨离间，楚怀王就疏远了他，而且把他流放了。屈原被流放以后形容枯槁，颜色憔悴，孤独飘零，认为自己的好心，楚怀王不明白，自己提出的主张楚怀王不采用，满腔悲愤，在河边徘徊。一个老渔翁见到他，便说，哎哟，你不是三闾大夫屈原吗？怎么落到这种地步？屈原说：“举世皆浊我独清，众人皆醉我独醒。”整个人世都很浑浊，就我一个人很清白；众人都喝醉酒，就数我清醒。“是以见放”，因为这一点所以我被流放了。有一个笑话说，有一个国家人都疯了，就是国王没有疯，但是全国的人都认为国王是疯的。渔父听后就对屈原说：“举世皆浊”，你何不“淈其泥而扬其波”：你也把那泥水搅起来，把自己身上也搅脏了，和大家一样嘛，一起浊！“众人皆醉”，何不

"铺其糟而歠其醨":和大家一起醉不就行了吗！这不挺好吗？屈原回答说:"吾闻之,新沐者必弹冠,新浴者必振衣。"古代洗头叫做"沐",洗身上叫"浴"。我听说,刚刚洗干净头,要拿起帽子戴的时候,要弹弹帽子才戴上去,要是帽子脏不就把头弄脏了？新洗完澡的,要把衣服抖一下才穿上,因为身上刚洗得干干净净的,衣服脏的话不就把身上弄脏了？后来晋朝有个诗人左思写过"振衣千仞冈,濯足万里流"。人要有这样一种高尚胸怀:在千仞的高冈上,把衣服抖一抖;在万里清流里,把脚洗得干干净净。因此有一个成语叫"振衣千仞",说的就是这个意思。屈原说"新沐者必弹冠,新浴者必振衣",为什么这样呢？"安能以身之察察受物之汶汶者乎？"哪能以干净的身体去遭受不干净的外物的污染呢！所以"宁赴湘流,葬于江鱼之腹中,安能以皓皓之白蒙世俗之尘埃乎？"——宁可跳到汨罗江里死掉,葬身在江鱼之腹。这首诗有很多学者认为不是屈原写的,是有人事后记录这样一件事情,混杂到屈原的诗歌中来。25 首诗包括了这一首,表现了屈原"好修为常"、"洁身自好"的精神。

屈原农历五月五日投身到汨罗江里,老百姓知道后赶紧划船去救他,所以留下了个"龙舟竞渡"的习俗,说明人民对屈原非常热爱。人们一看没有把屈原的遗体找到,就用河边芦苇叶子包上食物扔到江中,给鱼吃,希望江鱼不要吃我们伟大诗人的遗体,因此有端午节包粽子的习俗。2 300多年来,我们中华民族还是祖祖辈辈端午节包粽子,纪念伟大诗人屈原。一个人真正爱人民,那么人民会一代一代永远爱戴他。在中国文学史上有三个伟大诗人,深得人民喜爱。第一个就是屈原,第二个是李白,第三个是苏东坡。当然杜甫也是深受人民喜爱的诗人,但他流传的故事不如这三个人多。这三个人都是浪漫主义诗人。

再说一点,屈原的诗歌也有四言诗,像《橘颂》。这是他早年写的一首诗，是中国诗歌史上第一首咏物诗。所谓咏物诗，是把一个事物作为歌咏的对象，如歌咏枇杷，歌咏菊花，歌咏珠穆朗玛峰等等。这首诗歌颂什么精神呢？歌颂橘树“受命不迁”、“深固难徙”。橘树有一种不迁徙的本性。当写咏物诗的时候要记住两条：第一要紧扣住这个事物，看它有什么特点；第二又要脱离这个事物，在歌颂当中要寄托自己的感情，树立一个道理。我们经常说“不即不离”，不完全靠在上面，但又不完全离开。一定要在咏物当中寄托人生的哲理，有情感在里面。屈原的《橘颂》就是这样一首好的咏物诗。《橘颂》歌颂了“受命不迁，生南国兮”这样一种精神，“苏世独立”就是在人世间，头脑要非常清醒，不随波逐流，有独立的想法；“横而不流”就是中流砥柱。屈原这首诗是四言诗，是他年轻时写的，从这里可以看到他诗歌从四言向杂言过渡的一个痕迹。他后来再写诗歌的时候，有五言、六言、七言，杂言为主。中国诗歌从二言到杂言的发展过程中，《楚辞》这个阶段是个不规则的时期，还没有定型。到了汉代，再向前发展，又从不定型逐步走向定型，以五言诗为主。到南北朝的时候，开始有七言组诗。

今天讲的是诗歌，下一讲讲先秦的散文。

第二讲

百家争鸣写春秋

——先秦散文

有物混成，先天地生。寂兮寥兮，独立而不改，周行而不殆，可以为天地母。吾不知其名，强字之曰道，强为之名曰大。大曰逝，逝曰远，远曰反。

故道大，天大，地大，人亦大。域中有四大，而人居其一焉。

人法地，地法天，天法道，道法自然。

——老子《道德经》第二十五章

上次我把诗歌集中地讲了一下。大家看，从公元前 6 世纪，就是春秋的中期，到战国的中期，就是公元前 3 世纪左右，这一共是 300 年左右的时间。在这 300 多年中，是中国诗歌发展的低谷，却是散文发展的波峰。为什么会这样呢？其他都不说，就讲一点，在春秋后期社会形态发生了很大的变化：开始从奴隶社会向封建社会转化。郭沫若认为春秋的后期到战国的前期是社会形态发生很大变化的时期。因此，要有很多的思想和很多的学说来支持和配合社会的变革。而诗歌在传达思想方面不如散文显豁，所以这个时期蓬勃发展了散文。

这个时期的散文主要有两个方面：一个是历史散文；一个是诸子散文，或者叫哲理散文。我们先讲历史散文。

第一部历史散文是《春秋》，它非常简明，相传是孔子所作。它记载的时候是按历史的发展顺序，譬如像鲁国，鲁庄公一年发生什么事情，鲁庄公二年，三年……它记载非常简要；但有一个特色，就是在记载历史的时候，该称赞的就称赞，该批评的就批评。所以对《春秋》的评价有两种说法。一个叫“微言大义”。孔子是大圣人，在非常简短的话中包含了非常丰富的意思，所以叫“微言大义”。一个叫“褒贬分明”。后来的历史学家把“微言大义”和“褒贬分明”称之为“春秋笔法”。后来，历史学家用很多历史资料来丰富它，写成了三部著作，叫“春秋三传”：一个是《公羊传》，一个是《穀梁传》，一个是《左氏传》。这三部著作是丰富和解释《春秋》的。

在“春秋三传”中，最有名是《春秋左氏传》，简称《左传》。《左传》相传是左丘明所作。他在记载事件方面非常生动，非常详细。他描写战争非常生动，对后来的小说，特别是军事题材的小说有着非常深刻的影响。这是第二部。

第三部历史著作是《国语》。《国语》是国别体，是按照一个国家、一个国家的顺序来记录的。在《国语》当中，充满了一种民本主义的思想。其中，我特别喜欢的一篇文章就是《召公谏厉王弭谤》。它写召公这个人非常聪明，当时的厉王不让老百姓讲话，谁批评他，批评朝政，就把谁杀掉。过了一段时间以后，天底下没有一个人敢说话。人们在路上见了面，只能以目相视来表达自己的看法，不敢说话。他（厉王）认为已经把老百姓的嘴堵上了。召公说：“这不是消除了诽谤。”“弭”就是消除。召公有个著名的观点，认为“防民之口，甚于防川”。堵老百姓的嘴，就像堵河流一样，“川壅而溃，伤人必多，民亦如之”。老百姓也是这样，把老百姓的嘴堵住，谁也不敢说话，这个国家就快要亡了。所以他说：“为川者决之使导，为民者宣之使言。”这是千古真理。治理河川的最好办法不是堵，而是疏导，开一个口子，把河水引到那里流走。治理老百姓，聪明的办法是“宣之使言”，让他讲话，让老百姓把心中悲喜忧乐都发表出来，这样天下才能大治。这是千古真理。所以我们说，最开明的时代，就是让老百姓多说话的时代。没有什么不可以让老百姓讲的。我在北大讲文学史，讲到这里的时候，我就对同学们说，记住！将来不论做多大的官，要让别人讲话，让老百姓讲话，官做得越大越要有这种胸襟和气度。“为川者决之使导，为民者宣之使言”，如果一个时代不让老百姓讲话，这个时代就快要完了。这种理念是非常好的。

第四部是《战国策》。它是战国时期记录人的言论和行为的史书，它对人物的记录和描写非常精彩，我们就不多说了。

先秦的历史散文，主要是以上这几个方面。下面我们说说先秦的诸子散文。

诸子散文是诸子百家的散文。对诸子散文还有一种说法，叫哲理散文。第一是《论语》。我认为在中国典籍中，《论语》是最伟大的一部书。它有20篇，511条，15 925个字，我曾一个字一个字地数过。我把《论语》每天带在身边，坐在车子里，有时间就打开来读一读，“学而时习之，不亦说(古悦字)乎”，什么时候想读，就打开来读一读，非常好。古代有“半部《论语》治天下”的说法。《论语》不足16 000字，但千百年来人们研究论述它的著作可能是它的百倍、千倍、万倍。关于《论语》的研究著作那是汗牛充栋，浩如烟海。一个东西，一本书，一个人的思想著作，要是能让每一代的人进行研究，仿佛其中的东西永远是取之不尽，用之不竭，这样的东西才能称为“学”，如《红楼梦》是“红学”，《文心雕龙》是“龙学”，《诗经》是“诗经学”。说《论语》是“论语学”一点也不过分。《论语》是孔子的学生记录孔子的言行，是语录体。它比较短小，最长的也不过是几百个字。一般的有8个字，10个字，都很短。例如，“己所不欲，勿施于人”；“岁寒，然后知松柏之后凋也”；如“君子喻于义，小人喻于利”；“君子坦荡荡，小人常戚戚”；又如“不义而富且贵，于我如浮云”——行不义而得来的富贵，对我来说像浮云一样。富是物质上的富有，贵是社会地位上的高贵。虽然它们非常简短，但是言简意赅，意蕴丰厚，仅仅几个字，却概括了社会和人生许多千古不灭的真理！“学而不思则罔，思而不学则殆”；“三军可夺帅也，匹夫不可夺志也”。很多都写得非常非常好！这里面孔子的很多思想，我认为大多数都是中华民族的精华，一代一代的后人都可以从中受用，而且很多是可以使我们终生受益的。例如“己所不欲，勿施于人”，这是全世界公认的道德黄金律。大家可以回忆一下自己的人生，如果一个人能够做到“己所不欲，勿施于人”，这个人就相当了不起，一定是一个高尚的人！他在处理人与人的关系方面一定是非常好的，因为他能够体谅别人，善待别人。人生要有这样一种善意，善意是一种美德。有个故事，讲一个爷爷住在农村，小孙子放在爷爷家里，父母在城里工作。过节的时候，爷爷带了小孙子到城里看他爸爸妈妈。爷爷很高兴，给孙子买了双小皮鞋，当时舍不得穿，说是等小孙子见到他爸爸妈妈时再穿。于是，他们坐着火车进城去了。火车的窗子打开了，一不小心，一只鞋子掉到窗外去了。大家正觉可惜的时候，爷爷随手将另外一只鞋子也扔下去了。大家很奇怪，爷爷就说：一只鞋子已经掉下去了，剩下的一只就没有用了，我把它扔下去，若一个人刚刚捡到前面那只鞋子，他向前走又捡到后面这只鞋子，他就有用了。朋友们，在生活中能把一双鞋两只鞋子都捡到是很不容易的，概率也许不到千分之一，但这种为别人着想的善意却千分之九百九十九的好！作为人本身说来，应该有这个善意。这件东西，反正我是没有用了，要有这个善意，让别人得到这个好处。所以说，善意是一种美德。孟子说：“故君子莫大乎与人为善。”前文化部长王蒙，这两天青岛大学文学院请他当院长。1958年，他因写《组织部新来的年轻人》这篇文章被打成右派，流放到新疆，不在乌鲁木齐，而是在更远的伊犁。当时维吾尔族老乡认为右派是坏人，就把他安置在一间很小很小的小房子里住。秋天，冬天，之后，到了第二年的春天，老乡发现燕子到王蒙的小屋子里做窝了。维吾尔族老乡认为这个人不是坏人，因为这个人能够善待一个小生灵，他的心是善良的。你看，燕子和他相处得很好。如果你打燕子，燕子不会在那里做窝的，对不对？一个人能够善待小生灵，他的心是善良的。于是维吾尔族老乡不管别人怎么样看待，就把王蒙请到上房来住。这件事情，王蒙一辈子也忘不了。他写回忆录，写到这里的时候，仍激动万分。所以"己所不欲，勿施于人"，人要有这样一种善意。我在平常讲课的时候，讲到这里接下来会再讲"己所欲为，多施于人"，如果是自己想干的事情，都要施之于人。还要"己所不能，少责于人"。有些领导，他自己不写报告，由秘书熬了几个晚上写出的报告，他一看："这写的是什么东西！"你自己不能，就要少责于人。"严于律己，宽以待人"，有这样一种心胸才是好。司马迁写《孔子世家》，讲孔子"高山仰止，景行行止"，孔子的德行高不可攀。但司马迁又有句名言："虽不能至，然心向往之。"我们虽然不能达到孔子那样的境界，但我们应向往它，追求它。中华儿女都要一代一代地追求美好的东西，我们的民族才有希望，我们的民族才能发展。如果不是一代一代追求美好的东西，这个民族就会萎缩，就会退化。

《论语》中的很多话非常非常有道理。例如孔子的学生问孔子："以德报怨，何如？"别人对我不好，我对他好，怎么样？孔子说："何以报德？"那么人家对你好，你以什么来对待他呢？孔子并不主张"以德报怨"。孔子学生问："那怎么办呢？"孔子说："以直报怨，以德报德。""直"就是该怎么样就怎么样，"直"就是正直的直。他对我不好，我不扩大也不缩小，该怎么样就怎么样。我认为这是很有道理的。

《论语》是语录体，所以整个风格是循循善诱，娓娓而谈，迂曲从容，是一种长者之风。而孟子文章则是有一种气势，让你不得不服。

第二讲老子和庄子。老子的《道德经》，有5 000多个字。老子即李耳。孔子是儒家思想，儒家思想的核心用一个字来概括，就是“仁”，要施仁政，要对人民有好处。《道德经》也是语录体，也是非常非常了不起。《老子》中有很多名言，它讲究一切要因顺自然，不要强加什么东西。老子的思想，大家都知道的，如“祸兮福所倚，福兮祸所伏”。福和祸是可以互相转换的，要小心谨慎，福这东西如果太得意忘形了，就会带来祸患。有了祸患，如果能小心谨慎，不断总结经验，也可以带来幸福。后来有一个故事，演化老子的这个思想，叫做“塞翁失马，焉知非福”。边塞上一个老人丢了马，这是悲痛的事情；但是几天之后，这匹马带回几匹小马回来，很高兴，幸福得很。他的儿子骑着小马玩耍，摔下马来，把胳膊摔折了，这又是痛苦的事情。过了些日子征兵打仗，他儿子因胳膊折了就不用去当兵了，这又是好的事情。老子又说：“江海之所以能为百谷王者，以其善下之。”就是说，它善于处在最下游，海纳百川，什么水来了，我都要，这才能成其为大海。这些都是非常有哲理的。一个人只有具备这样的胸怀，把别人的长处都吸纳进来，才能够有成就。如果一个人觉得自己了不起，什么样的好东西我都拒绝，就不会把事情做大。当然老子也有“小国寡民”的思想，他认为“鸡犬之声相闻，老死不相往来”是一个理想的王国。后来庄子也继承了老子思想中的一些消极方面。

庄子是我们古代最伟大的哲学家。从哲学思想的深刻来说，古代的中国没有人能超过他。庄子的想象恢弘瑰丽，非常丰富，是中国古代散文中最有特色的一家，而且他的特色是不可复制的。他有篇文章《山木》：

庄子行于山中，见大木枝叶盛茂，伐木者止其旁而不取

> 也。问其故，曰："无所可用。"庄子曰："此木以不材得终其天年。"夫子出于山，舍于故人之家。故人喜，命竖子杀雁而烹之。竖子请曰："其一能鸣，其一不能鸣，请奚杀？"主人曰："杀不能鸣者。"明日，弟子问于庄子曰："昨日山中之木，以不材得终其天年，今主人之雁，以不材死；先生将何处？"庄子笑曰："周将处乎材与不材之间。材与不材之间，似之而非也，故未免乎累。若夫乘道德而浮游则不然，无誉无訾，一龙一蛇，与时俱化，而无肯专为；一上一下，以和为量，浮游乎万物之祖，物物而不物于物，则胡可得而累邪！此神农、黄帝之法则也。若夫万物之情，人伦之传，则不然。合则离，成则毁；廉则挫，尊则议，有为则亏，贤则谋，不肖则欺，胡可得而必乎哉！悲夫！弟子志之，其唯道德之乡乎！"

庄子和他的学生，或者是随从一起到山里游玩，看见山里人在砍木头，砍大树，其中有棵特别特别的粗。砍树的一个人问另一个人："砍不砍？"回答说：哎呀，这棵太大了，大而无当，无用！算了，不砍了。庄子他们玩了一圈回到山下，他的朋友很高兴，让儿子去抓鸡杀了，招待老朋友庄子吃。儿子问：一只鸡能叫，一只不能叫，杀哪只鸡？他爸说：把不能叫的鸡杀掉。庄子学生就说：你看，在山上的时候，那棵树因为"不才"即无用，才得以保存下来；而到了山下，那只鸡却因为"不才"而被杀掉了；那么我们人应该处于什么样的情况下好呢？庄子想了想，笑道："我将处乎'才'与'不才'之间。"在文化大革命时，批判庄子是"滑头主义"，钻人生的空子。

庄子的想象非常恢弘瑰丽，最有名的如《逍遥游》："北冥有鱼，其名为鲲。鲲之大，不知其几千里也。化而为鸟，其名为鹏。鹏之背，不知其几千里也。怒而飞，其翼若垂天之云……"没有人能想象到这样丰富。他讽刺那种为了物质上的利益而争，说有两个国家，住在什么地方呢？住在蜗牛的角上，一个左边，一个右边。这两个国家互相打仗，流血千里，死了很多很多人。你看庄子这么夸张！后来我们有个成语，叫做“蜗角之争”，为了一点点物质利益，争，争，争，争什么！

庄子和老子一样，都主张顺乎自然。他在《骈拇》篇中讲：“凫胫虽短，续之则忧。”凫就是小野鸭，它的腿就那么一点，太短了，我给你接上一截吧，这对它说来就是很痛苦的事情。“鹤胫虽长，断之则悲”，白鹤的腿很长，太长了，给断掉一点，这样它就痛苦了。他说“长者不为有余，短者不为不足”，一切顺其自然。

第三讲讲孟子，他是儒家的第二大圣人。孔子是大圣人，孟子是亚圣。孟子的老师叫孔伋，是孔子的孙子。这有个笑话，孔子在鲁国，他生了个儿子的消息传到鲁王那里，鲁王很高兴，就派人送条大鲤鱼给孔子家，孔子很高兴，就给儿子取名为孔鲤。孔鲤又生了个儿子，叫孔伋。孔伋是著名的儒学思想家，而孔鲤则是个非常平庸的人，但是他有一句话很不平庸。孔鲤对他爸爸说，你的儿子不如我的儿子，“你子不如我子”；而他对自己的儿子说，“你父不如我父”，很谦虚的，就他不行。

孟子的文章，从形式上说，已经摆脱了语录体，不再是一句句话，而是一篇篇文章。孔子的文章像一个老人娓娓而谈，迂曲从容。孟子的文章则是高屋建瓴，气势磅礴，具有一种内在的让你不得不服的力量。如“天时不如地利，地利不如人和”，他强调人和的作用。自古以来，我们中国人的战争思想是“攻城为下，攻心为上”，攻心才是大家，战争主要不是决定于物质力量。虽然现代技术在发展，但是人心向背还是非常非常重要的。孟子这篇文章正说明了这样的道理。他说：“天时不如地利，地利不如人和。三里之城，七里之郭，环而攻之而不胜。夫环而攻之，必有得天时者矣；然而不胜者，是天时不如地利也。城非不高也，池非不深也，兵革非不坚利也，米粟非不多也；委而去之，是地利不如人和也。”接着说：“得道者多助，失道者寡助。寡助之至，亲戚畔（同“叛”）之；多助之至，天下顺之。”一种是亲戚都背叛他，一种是天下的人都跟着他。然后他的结论是：“以天下之所顺，攻亲戚之所畔，故君子有不战，战必胜矣。”要么不打仗，一打仗肯定胜利。他的这一思想是非常好的思想。另外他的文章很有气势。你看，他的文章首先说出结论：“天时不如地利，地利不如人和。”这是个结论。然后对结论分两个层次来论述：“三里之城，七里之郭，夫环而攻之，必有得天时者矣；然而不胜者，是天时不如地利也。”又说：“城非不高也，池非不深也，兵革非不坚利也，米粟非不多也；委而去之，是地利不如人和也。”先说结论，然后分两层去说，然后再总的说，“故曰”，所以说，“域民不以封疆之界，固国不以山溪之险，威天下不以兵革之利”，威就是威风天下，称霸天下。“域民不以封疆之界”，并不是划一条线，里面的老百姓就接受你管。你要用心来征服，老百姓自然受你管。“固国不以山溪之险”，你要巩固国防，不要以为有崇山峻岭，一夫当关，万夫莫开，就能把国守住了，不是这样的。“威天下不以兵革之利”，然后就是“得道者多助，失道者寡助。寡助之至，亲戚畔之；多助之至，天下顺之。以天下之所顺，攻亲戚之所畔，故君子有不战，战必胜矣”。朋友们看一看，你读孟子文章的时候，他是一步步地把你引向这个地方去，最后你不得不信服！所以，孟子的文章很有气势。孟子生卒年是公元前 372 年到公元前 289 年，活了 84 岁，比孔子多活 11 岁。

中国历史上有三位伟大的母亲，其故事在民间流传非常广泛。第一是孟母三迁。“文革”中批判孟母是逃跑主义，她不是积极去改造环境、改造客观世界，而是选择逃避。这样说真令人哭笑不得。第二是北宋欧阳修的母亲。欧阳修 4 岁时父亲就去世了，当时家贫如洗，空有四壁，没有钱买笔买纸，他母亲就到河边折芦苇的杆，在沙子上教欧阳修写字，这是“欧母画荻”。欧阳修在北宋时官做到宰相，一人之下，万人之上。当时北宋的首都是开封，欧阳修是江西庐陵（今吉安）人。他母亲在京城去世了，他携扶母亲的灵柩回老家安葬。走到江苏的清江要停下来，烧香燃烛祷告祷告，祭奠一下。清江的县令很会拍马屁，写了个祭文，一共只有二十个字。开始时，有人认为写得太简单了，县令说，不，就这样。结果在祭奠时一读，欧阳修果然大加赞赏。祭文是这样说的：“昔孟轲亚圣，母之教也。今有子如轲，虽死何憾！尚飨。”你老人家有儿子像孟轲一样，你还有什么遗憾呢！“尚飨”是祭文的惯语，是说，请你受用吧。读了之后，欧阳修特别赞扬，基于两点：一个是欧阳修喜欢写文章要精练；另一个是把欧阳修比作孟轲，这在封建社会已经到顶了。你看这人多会拍马屁，而且拍马屁不露痕迹，把人拍得非常舒服。这是一文双赞，不露痕迹，表面上是赞欧母，实际上是赞欧阳修。这是千古最精彩的拍马之文。另外一个就是大家都知道的岳飞的母亲，故事叫“岳母刺字”。

第四讲荀子，叫荀况。他的思想比较复杂，是介于儒家和法家之间的人物。他的两个著名学生都是法家人物，即韩非子和李斯。荀子的文章完全是长篇大论，一点没有语录体。荀子说一件事，要反复地比喻、反复地说理，一定要淋漓尽致然后止——“必淋漓尽致而后止”。大家都知道他的《劝学篇》：

君子曰：学不可以已。

青，取之于蓝而青于蓝；冰，水为之而寒于水。木直中绳，輮以为轮，其曲中规。虽有槁暴，不复挺者，輮使之然也。故木受绳则直，金就砺则利，君子博学而日参省乎己，则知明而行无过矣。

故不登高山，不知天之高也；不临深溪，不知地之厚也；不闻先王之遗言，不知学问之大也。干、越、夷、貉之子，生而同声，长而异俗，教使之然也。诗曰："嗟尔君子，无恒安息。靖共尔位，好是正直。神之听之，介尔景福。"神莫大于化道，福莫长于无祸。

吾尝终日而思矣，不如须臾之所学也；吾尝跂而望矣，不如登高之博见也。登高而招，臂非加长也，而见者远；顺风而呼，声非加疾也，而闻者彰。假舆马者，非利足也，而致千里；假舟楫者，非能水也，而绝江河。君子生非异也，善假于物也。

……

积土成山，风雨兴焉；积水成渊，蛟龙生焉；积善成德，而神明自得，圣心备焉。故不积跬步，无以致千里；不积小流，无以成江海。骐骥一跃，不能十步；驽马十驾，功在不舍。锲而舍之，朽木不折；锲而不舍，金石可镂。蚓无爪牙之利，筋骨之强，上食埃土，下饮黄泉，用心一也。蟹六跪而二螯，非蛇鳝之穴无可寄托者，用心躁也。

……

他用了很多比喻，"蚓无爪牙之利，筋骨之强，上食埃土，下饮黄泉，用心一也"。蚯蚓没有爪子，也没有牙齿，但可以在地下自由地走，在于它进取不息，始终如一。"蟹六跪而二螯，非蛇鳝之穴无可寄托者，用心躁也"。蟹实际上有八条腿和两个大钳子，但在河里它却没有自己的窝，因为它不好好地干活，浮躁得很。因此，他劝人学习要"锲而不舍，金石可镂"。今天刻一点，明天刻一点……哪怕是金属、石头，也可以将它刻折。他用大量的比喻来说明一个道理，令人折服。

先秦散文，一种是历史散文，一种是诸子散文。诸子散文对后来的说理散文有很大的影响，而且它的发展轨迹非常明显：第一是短小的语录体；第二是专题文章；第三是著作。先秦的文学就讲到这里。

下面讲秦代文学。秦代是非常短的一个王朝，只有十多年的时间，但是历史地位非常重要。秦并六国，成为一统天下，这是一。秦朝很短暂，后面跟着的是一个大的封建王朝汉朝，400多年，汉是我们中国最长命的一个封建王朝。秦朝有很多制度，自己还没来得及实施，就灭亡了。汉朝很多的社会制度都继承了秦朝，如“书同文、车同轨”等等，这就是“汉承秦制”。往下魏晋南北朝，然后是隋代，它也很短暂，它之后是强大的唐朝。隋代也有很多制度没来得及实施就灭亡了，可是唐代继承了隋代的制度。所以历史往往是惊人的相似。《三国演义》一开头就说“话说天下大势，分久必合，合久必分”，是很有道理的。从文学上说，秦代几乎是一张白纸，我们要说的是一本书，和一篇文章，都是秦统一之前的：书是《吕氏春秋》，传说是吕不韦组织门下学者集体编写的。当年吕把他的著作挂在城楼上，说谁要是能够增减一个字，就赏给他千金。《吕氏春秋》是很不错的书，例如《察今》，“察今则可以知古”，你看到今天就可以知道古代，从古代就可以知道今天。他举例子说“故审堂下之阴，而知日月之行，阴阳之变”，要看太阳月亮走不走，只要量一下地上的影子就知道了。“尝一脟肉，而知一镬之味，一鼎之调”。只要尝一块肉，就可以知道整锅肉的味道以及好坏。他特别具有这样一个思想，认为治理天下的法，要随社会的变化而变化。社会客观环境变化了，若还用原来的法的话就不管用了。他比喻道：“譬之若良医，病万变药亦万变。”如果“病变而药不变，向之寿民，今为殇子矣”。就是说，以前这药对病有好处，这次再用这种药就没有好处了。为什么呢？因为身体变化了，药也要跟着变；时代变化了，统治时代的法也要随着变。这个比喻非常好。

这是一本书。另外一篇文章是李斯的《谏逐客书》，曾经有人说：“秦无文章，唯李斯《谏逐客书》一篇而已。”李斯这个人很有本事。他是楚人，小时候开始不学好。有一次上厕所，看见老鼠又小又脏，一看见人就走了。可是他在仓库里，看见老鼠吃得胖乎乎的，人来了也不惊慌。他忽然有所悟：同样是老鼠，一个在仓库里，一个在厕所里，就看你把自己放在什么地方！他就发愤努力，一定要做仓库里的老鼠。终于，他很有作为。李斯是楚人，到秦国来，因他有才华，秦国很重用他。突然之间发生了一件事情，韩国有一个叫郑国的人到秦国来，给秦国出了一个主意，说：你看，天下万顷良田没水灌溉，应该开一条渠。秦王认为不错，果真修了一条渠，后来命名叫郑国渠。渠修好之后果然是五谷丰登。可是到后来，秦要吞并六国。在打韩国时，这条渠成了天然屏障，不好进兵了。于是，秦王手下的人说，外国人到我们这里做事情没有一个是好心眼的，他们出的主意全是为他们国家设想的。你看，这条渠表面上为我们好，实际上我们没法打他们了。秦王一听，认为有道理，便下令逐客。李斯是楚国人，也在被逐之列。他在离开秦国的路上给秦王写了这封信。秦王看了这封信，果然下令停止逐客，并立即派人把李斯追回来，可见这封信多有力量！

这篇文章写得好。一开始是“臣闻吏议逐客，窃以为过矣”。说我听到人们都在议论逐客的事，我以为是很不对的，错误的。他举例说，秦朝的宝马不是秦朝的，可是认为宝马有好处，也弄来了。很多珍珠宝贝不是你秦国的，因为你喜欢就弄来了。很多美女不是秦国的，因为你喜欢，所以弄到后宫里来了。为什么有才能的人你不要呢？外国来的人，曾经帮秦国做了许多许多事情，要是没有这些人，你秦国不会有今天。这是第二层意思。第三，最主要是他抓住了想称霸天下这件秦王最关心的事情。李斯认为，你把这些有才能的人都驱逐走了，你就没法称霸天下。这个打中了秦王的要害。他的第一句话是我们做文章经常引用的。“臣闻吏议逐客，窃以为过矣。”你看，巧妙在哪里？“臣”就是我，我听说大家都在议论要逐客，他只是说这是传说，从而给秦王改正错误留有余地。我只是听说，也许不实；但有一点是不留余地的，斩钉截铁的，那就是“这是错的”！丝毫不动摇。然后李斯说“泰山不让土壤，故能成其大”，什么样的土壤都来了，都不推辞，所以泰山才能巍峨高耸。古代人认为泰山是最高大的：第一，泰山是孔子这个大圣人家乡的山，登泰山而小天下；另外，泰山在齐鲁广阔大平原，一下子高起来，就显得高得不得了，实际上海拔才1 540多米。从汉武帝开始，一直到唐玄宗，都一直去泰山“封禅”，就是认为自己的政绩好，到最高的山上去，告诉上天。因此，泰山一直是中国人高大的形象，最重，最大。如“人固有一死，或轻于鸿毛，或重于泰山”。李斯接着说：“河海不择细流，故能就其深。”大海不选择，不论什么流水，来了我都要，这样才能非常深。这两句含了“成”和“就”，即“成就”。他用两个比喻逼出下面一个比喻：“王者不却众庶，故能明其德。”要想成为天下霸主，那天下的人到你这里来，就不要把他们推掉了，才能表明你的德行好，人们才能跟着你。最后，终于打动了秦王，下令停止逐客，派人把李斯追回来，复其官职。当然，秦朝统一天下之后，李斯也没有好结果。“飞鸟尽，良弓藏；狡兔死，走狗烹；敌国破，谋臣亡”。被秦二世腰斩了。

第三讲

大风起兮云飞扬

——汉朝的赋和散文

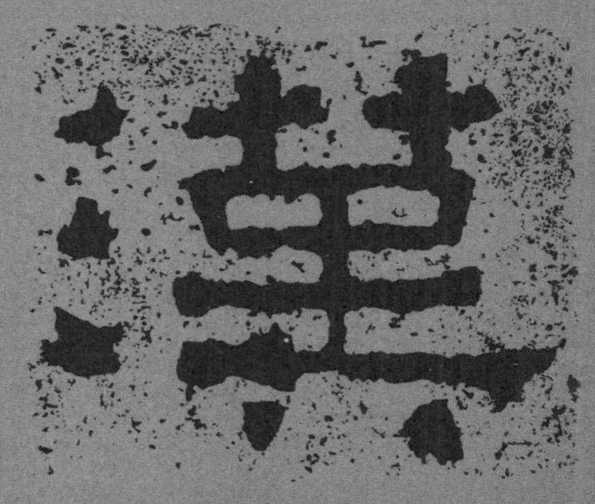

古者富贵而名磨灭，不可胜记，唯倜傥非常之人称焉。盖西伯拘而演《周易》；仲尼厄而作《春秋》；屈原放逐，乃赋《离骚》；左丘失明，厥有《国语》；孙子膑脚，《兵法》修列；不韦迁蜀，世传《吕览》；韩非囚秦，《说难》、《孤愤》；《诗》三百篇，大底圣贤发愤之所为作也。此人皆意有所郁结，不得通其道，故述往事、思来者。乃如左丘无目，孙子断足，终不可用，退而论书策，以舒其愤，思垂空文以自见。

——司马迁《报任安书》

两汉的文学主要讲四个方面。一个讲一下“汉赋”。“赋”本来是一种文学手法。我们说《诗经》有六艺：风、雅、颂、赋、比、兴。“赋”是什么意思呢？“铺陈其事而直言也”，即铺开来说，直说，这是一种文学手法。而汉代的“赋”就成了一种文体名称。赋可以分为三个阶段：第一阶段是汉代开始的“骚体赋”，汉之前是秦，再向前不到100年就是屈原，屈原有《离骚》。后人学习《离骚》写的赋，这就是“骚体赋”。这就是说，“赋”开始的时候还是有内容的，艺术上亦是不错的。如在汉代初期有贾谊的《吊屈原赋》。

可是到汉武帝的时候，大约公年前100年左右，出现了两个人物。他们把汉赋推向了高潮，这就是第二个阶段“散体大赋”。一个人叫司马相如，一个叫扬雄。大家记住，中国历史上，文学史上，姓“yang”的有名的人物中就他一个是“提手旁”的“扬”，其他都是“木”字偏旁。所以文学常识上有“扬马”一说，不要错以为是飞扬的骏马。司马相如当时非常非常有名，留下一个脍炙人口的故事：一个叫卓文君的女子和司马相如私奔。所以卓文君是古代妇女解放的先锋。她才貌双全，青年寡居，司马相如意欲以弹琴挑动文君，便弹了一曲《凤求凰》，司马相如看她有意思了，晚上就跟她偷偷一起跑了，跑到四川临邛。虽然很穷，但卓文君父亲是个富豪，开始时不给他们钱，俩人就在临邛开一个酒铺，“当垆卖酒”。后来她父亲受不了了，才给他们钱。这是个很有名的故事。后来司马相如做了大官，想把卓文君休掉，相传卓文君为此写了一首著名的诗歌《白头吟》，司马相如看了以后回心转意了。司马相如的散体大赋正适应了汉武帝那种豪情奔放啦，独立强盛啦，向外扩张啦，花天酒地啦，粉饰太平啦，这样一种情况。司马相如写的《上林赋》、《子虚赋》等各种赋文，现在看来就像非常漂亮的箱子，金光闪闪，非常漂亮，用了很多词汇，可是打开箱子一看，里面是空的，空洞无物、歌功颂德，但当时汉武帝非常喜欢。凡是歌功颂德的东西，都是非常短暂的东西，最终无生命力，随着岁月的流逝，影响越来越小。虽然当时司马相如影响最大，但是历史是最公正的裁判，岁月是最无情的判官。等会儿我要讲，他同时代的司马迁就不一样。“西汉文章两司马”，这两个人的命运对我们很有启发。司马相如当时威风得很，享尽了人间的荣华富贵，写的赋影响很大，但是随着岁月的流逝，影响越来越小，文章也没人去读了，只是为了研究时才去看。司马迁正好相反。当时汉武帝对他用了酷刑，即宫刑，人生不得志，他发愤著书，写下了《史记》。写完《史记》之后，司马迁是怎么去世的，都不知道，不知所终。当时是人生寂寞，但对后世的影响越来越大。

“汉赋”的第三个阶段就是“抒情小赋”，只简单说一下。在西汉时，散体大赋是顶峰，一直到西汉的末年，到东汉时，汉赋开始发生了变化，篇幅不像原来那样长了，变短小了；内容不是那样空洞了，变得言之有物了。如张衡的《归田赋》，是抒情小赋，抒发回归田园的情感，写得很好。

第二讲汉代散文。汉代散文取得了无与伦比的成就，主要是司马迁的《史记》和班固的《汉书》。先讲司马迁的《史记》。

关于《史记》，鲁迅先生的话概括得最为恰当："史家之绝唱，无韵之离骚。"既说出了《史记》的史学价值，又说出了它的文学价值。中国第一部纪传体的通史，而在《史记》之前主要是编年体，如鲁庄公一年什么什么，鲁庄公二年什么什么……那么什么是纪传体呢？帝王的事情放入本纪，其他一般的人，如廉颇、蔺相如等就放入列传，像项羽楚霸王就列入本纪。《史记》就是按照这样的方式编写。《史记》之后的中国正史编写的体例，都是纪传体，一直到清史稿。关于"史家之绝唱"我们就不说了，对于"无韵之《离骚》"我们来说一下。

司马迁的父亲司马谈，是汉朝太史令，早就想写一部历史著作能够"究天人之际，通古今之变，成一家之言"。司马谈做太史令时司马迁还很小。司马谈在跟汉武帝去泰山封禅的路上，在洛阳的时候生病了，便让人赶紧把司马迁叫来。司马谈便给司马迁交代了遗嘱，他说：我死了之后，你必为太史令；当你做太史令时，不要忘记我想"著书"的事。就是著书立说，写一本史书。司马谈说完之后就去世了，而司马迁接受了他父亲的遗嘱。朋友们，这是中国文化史上最伟大的遗嘱！如果没有这个遗嘱，就没有光辉的《史记》。中国历史的记载就不知会有多么五花八门的样子，不知道会多么不完整。我们中国历史的记录是最完整的。以后每一朝代编写前代的历史都是按照司马迁的《史记》体例编的。如果没有这个遗嘱，司马迁在公元前 99 年，他遭到李陵之祸的时候，他就死心了。他之所以能够忍辱负重，含羞忍垢，因为人生有一个伟大的理想，就是要完成父亲这个伟大的遗愿。当时李陵跟匈奴打仗打败了，被匈奴抓去，实际上他已投降匈奴了，但朝廷还不知道。汉武帝特别生气，这时候司马迁替李陵说了几句好话，诸如李陵没准是假投降的等等。汉武帝勃然大怒，把司马迁抓起来，当时没有杀。过了不久，传来消息说，李陵确实投降了，汉武帝更加生气，一定要把司马迁杀掉。当时一个人犯了死罪，有两个情况可以免死：一是拿出大量的金钱赎身；第二就是受宫刑。受宫刑的人可以活下来。司马迁没有钱，只能选择宫刑。司马迁有一篇著名的文章，叫《报任安书》：

> 古者富贵而名磨灭，不可胜记，唯倜傥非常之人称焉。盖西伯（文王）拘而演《周易》；仲尼厄而作《春秋》；屈原放逐，乃赋《离骚》；左丘失明，厥有《国语》；孙子膑脚，《兵法》修列；不韦迁蜀，世传《吕览》；韩非囚秦，《说难》、《孤愤》；《诗》三百篇，大底圣贤发愤之所为作也。此人皆意有所郁结，不得通其道，故述往事、思来者。乃如左丘无目，孙子断足，终不可用，退而论书策，以舒其愤，思垂空文以自见。
>
> 仆窃不逊，近自托于无能之辞，网罗天下放失旧闻，考之行事，稽其成败兴坏之纪，上计轩辕，下至于兹，为十表，本纪十二，书八章，世家三十，列传七十，凡百三十篇。亦欲以究天人之际，通古今之变，成一家之言。草创未就，会遭此祸，惜其不成，是以就极刑而无愠色。仆诚以著此书，藏之名山，传之其人，通邑大都，则仆偿前辱之责，虽万被戮，岂有悔哉？然此可为智者道，难为俗人言也！

任安是他的好朋友，他写一封信给任安，谈他的想法，认为一个人要成就事业，要想写下永垂不朽的著作，一定要经受得住磨难。孔子正是在穷困的时候写下《春秋》，“左丘失明，厥有《国语》……”司马迁要以前代的伟大人物为楷模，在艰难困苦中，在人生的磨难当中，完成自己的理想抱负。所以人生的屈辱，人生的苦难，有时候是一笔财富。“能受天磨真好汉，不遭人忌是庸才”，我很喜欢这副对联。

司马迁之所以能写出《史记》，还有其他原因。司马迁从小就受到良好的教育，他父亲请了当时非常有名的人给他当老师。另外，当司马迁20岁时，他开始游历天下，特别是楚汉相争之地，就是我的老家苏北，在徐州的东边，连云港南边，盐城北边，当时叫淮阴。楚汉相争，徐州、沛县、淮阴这一带，司马迁都去过。从汉朝公元前206年到公元前99年已经过了100年的时间。当时司马迁搜集了很丰富的资料，把当时许多活着的老人说的“我爸爸怎么怎么样”的故事都给记下来，这为他后来写《史记》打下了非常好的基础。“读万卷书，行万里路”，他正是做了这样的事情。《史记》写完之后，司马迁就不知所终了。

《史记》首先在思想倾向方面非常非常了不起。他自己受苦难，受宫刑，因此非常同情历史上这样的人物。例如，他有进步的历史观，“不以成败论英雄”。我们知道，在楚汉相争中，刘邦是胜利了，项羽是失败了。但是，项羽虽然失败，司马迁依然把他放在帝王的位子上，写了《项羽本纪》。陈涉、吴广是造反的英雄，虽然失败了，但是依然把他们放在“世家”的地位，写了《陈涉世家》。不以成败论英雄，这是进步的观点。例如在楚汉相争的时候，项羽把刘邦的父亲抓起来，要挟刘邦：要是你不投降的话，我就把你爸杀掉，将肉剁碎炖成羹。而刘邦说什么：当你作羹汤时，不要忘记分我一勺。你们看，这是流氓、无赖的嘴脸。我想，这些都是司马迁内心的悲愤。就像蒲松龄说，内心有悲愤，才能写出千古好诗，好文章，好著作来。另外，他文学的才华非常高，文笔非常生动。你看他写吴起，这是一个非常有本事又非常狠毒的人。吴起是鲁人，妻子是齐人，当时鲁国和齐国打仗，鲁国国王不敢用吴起，为什么呢？因为他妻子是齐国人，“人之相爱，爱莫大过夫妻”，我们和齐国打仗，怎么可以重用他呢！因此，迟疑，迟疑，久久不批准他担任统帅。后来他就派人打听这是怎么回事，鲁王说，他的妻子田氏是齐人，我用他不放心。他的朋友就来告诉吴起，吴起说好办。他回去就对妻子说，为什么要娶妻子呢？就是要帮助丈夫成就事业。现在我要借你一样东西，帮我成就事业，就是借你的头。吴起不由分说，手起剑落，砍下妻子的脑袋，裹巴裹巴提了过去。“你看，你不是不相信我吗，我把她杀了。”这非常狠毒。鲁王一看，这个人爱官胜过爱妻子，这个人利欲熏心啊！可是又不敢不用。如果不用，必为别国所用，这就更不得了了，所以只好用他。吴起做大帅以后，个性非常鲜明，他带兵身先士卒，跟士兵一起吃苦，士兵们心甘情愿地为他送命。有一次，一个士兵生了大疮，当时没有医疗条件，吴起就用嘴把血脓吸出来，大疮也就好了。当这个消息传出来以后，士兵的母亲放声大哭，别人说，大将军为你的儿子亲口吸毒疮，老太太你哭什么？他妈妈说，我担心我的儿子不久于人世了。别人问：怎么说？她回答：你看，他爸爸就是被大将军吮痈，于是心甘情愿赴汤蹈火，打仗冲在最前面，因此死得最早。我的儿子现在又被大将军这样，他一定感恩大将军，打起仗来冲锋在前，就会最先阵亡。果然一打仗，冲在前面很快就牺牲了。

另外，《史记》的语言平易生动。《史记》是汉代的作品，可是直到现在，稍有文化的人，读《史记》不太困难。可是你读清代的文章却很困难。它的语言写得非常平易，先秦的文章亦这样，里面用了一些很好的俗语。例如“桃李不言，下自成蹊”，桃树和李树不说话，它的下面踩了一条条的小路，因为它上面有丰硕的果实。人有成果，不必要自我炫耀。又如，“有白头如新，有倾盖如故”，有的人交朋友交到头发都白了，也不知道对方心里想什么东西，如同刚见面一样；而有的人则一见如故。我讲交友之道的时候，跟朋友们都讲过，人生要襟怀坦荡，不要把自己藏得太深。有的人在办公室就坐在对面，30 年，50 年，硬是不知道他心里想什么，一直都不表态，伊拉克战争不表态，“三个代表”也不发表什么看法，这样的人就是“白头如新”。“倾盖如故”是什么呢？我的车子过来了，与你的车子遇上了，偶尔相逢，只倾斜了一下车的盖子，一下子就成为好朋友。“倾盖如故”就是因为真诚坦率，交到了好朋友。《史记》中有很多这样好的话，我们就不多说了。

下面讲班固的《汉书》。记住，《史记》是纪传式的通史，从三皇五帝开始，写春秋战国，然后写秦，然后写汉，一直写到汉代的前期司马迁自己所在的时代为止，是通史。而班固的《汉书》则是纪传式的断代史，主要写西汉整个朝代。跨朝代为通史，只有一个朝代为断代史。班固的《汉书》完全沿用了司马迁的体例，但是班固的思想远远没有司马迁那样突出。尽管《汉书》有一些章节也写得很精彩，但是从总的思想方法方面是不如的。关于《汉书》，还有个故事。宋代有个文学家叫黄庭坚，特别喜欢《汉书》，他是北宋著名的文学家和书法家。北宋书法四大家：苏、黄、米、蔡，苏是苏东坡，黄是黄庭坚，米是米芾，蔡是蔡襄。他在岳父家每天晚上吃过饭后，就提了一壶酒到书房去看书，但不带菜，不拿花生米什么的，到了第二天，一壶酒就喝掉了。他老岳父挺纳闷的，说怎么回事呀，只带酒不带菜，一壶酒就喝下去了。有一次他岳父就悄悄跟着去看，黄庭坚提了一壶酒坐下来看《汉书》，读到张良找一个勇士去刺杀秦始皇，他是韩国人，要报仇。秦始皇坐在马车上，这位勇士骑着马，抡着大锤，一锤捶下去，捶得非常厉害，可是捶偏了，只把赶马车的人捶死了，没打中秦始皇。看到这里，黄庭坚拍案说，咿呀，太可惜了，“惜乎，未中也”，然后就满饮一大杯酒。一会儿又看到一个地方，“咿呀，真过瘾呀”，又喝了一大杯酒。他岳父看后感叹道，原来“有如此下酒物，一斗诚不为多矣”。这就留下一个著名的典故，叫“汉书下酒”。

第四讲

人生常怀千岁忧

——汉乐府和汉末文学

生年不满百，常怀千岁忧。
昼短苦夜长，何不秉烛游。
为乐当及时，何能待来兹？
愚者爱惜费，但为后世嗤。
仙人王子乔，难可与等期。

——汉《古诗十九首·生年不满百》

今天我们从汉代乐府诗开始讲。从汉武帝开始，大约在公元前100年左右。西汉最繁盛的有五个王朝：文、景、武、昭、宣，即汉文帝，汉景帝，汉武帝，汉昭帝，汉宣帝，其中最鼎盛的是汉武帝。所以毛主席写《沁园春·雪》："北国风光，千里冰封，万里雪飘……江山如此多娇，引无数英雄竞折腰。惜秦皇汉武，略输文采；唐宗宋祖，稍逊风骚；一代天骄，成吉思汗，只识弯弓射大雕……"他提到五个人，五个历史人物，他们是最典型的。汉武时期，非常鼎盛，在朝廷里面设立了一个机构，这个机构叫乐府。它本来的意思，"乐"就是音乐，"府"就是官府，就是管理音乐的机构。为什么要设立这样的机构呢？当时，统治阶级为了了解下边老百姓的心声，派人到全国各地去采诗，采集老百姓的民歌，可以"观风俗，知厚薄"，看底下的风俗是不是淳朴，由此知道下面的民风是淳厚，还是浅薄。今天也一样，老百姓的民歌、民谣也是反映老百姓的心声。老百姓讽刺一些官僚"上午围着轮子转，中午围着盘子转，晚上围着裙子转"，这是老百姓对一些官僚的抨击。任何时代都有民歌，任何时代都有老百姓发泄内心情感的诗歌，中国人的聪明智慧那是无穷无尽的。老百姓用汉字创造了非常丰富灿烂的民间文化，一直到今天，还依然有很多很多的民歌。在汉武帝时期，这个管理音乐的机构把采集的诗歌汇集到一起。当时的目的并不是为了保存这些东西，而是想从中看出民俗风情，但客观上就把这些东西保存下来了。后来“乐府”便从一个机构的名称变成了诗歌体制的名称，也就是诗体的名称，这样的诗歌就称为乐府诗。

两汉的乐府诗保留下来的一共120多首。我上面讲过，《诗经》的《风》《雅》《颂》，共305篇，其中《风》160篇，是最主要的。《风》是什么？《风》是民歌。任何时代的民歌，无非是两方面的内容，一个是反映人外在的客观世界，自然啊，山川啊，压迫啊，兵役啊，干活怎么苦啊等等。一个是反映人内在的情感世界，主要是男女爱情的歌唱。刚才有位先生和我说起《诗经》，说《诗经》是男欢女爱。那可不是嘛！爱情的内容在《诗经》中占绝大多数。在160篇《国风》当中，最精彩的就是男女爱情的歌唱。汉代的乐府诗歌也是民歌，其内容也是两个方面。从反映现实说来，有很多诗歌，譬如说，反映战争的，反映压迫的。反映压迫的有一篇叫《东门行》，它写一个男的，穷得无法活下去了，于是拔剑而起，铤而走险，要起来造反。诗歌说：“出东门，不顾归。”出东门以后就不想着要回来了。然而又“来入门，怅欲悲”，走了以后又回来，说明是犹豫的，矛盾的，因为妻子和孩子都在家里，可是回来以后又感到非常悲伤。悲伤在哪里呢？“盎中无斗米储”，装米的瓦缸里一斗米都没有。“还视架上无悬衣。”在挂衣裳的架子上一件衣服都没有。没的吃，没的穿，于是又“拔剑东门去”，思想反复，说明造反不是一下子就造起来的。这时候“舍中儿母牵衣啼”，他的妻子拉着他，哭着说：“他家但愿富贵，贱妾与君共铺糜。”人家富贵归人家富贵，我愿意跟你同甘共苦。“上用沧浪天故，下当用此黄口儿。”上要看在老天的面上，老天是不许造反的，下要看孩子们，你要是造反有问题，这孩子们靠谁呢？“今非”，你现在的行为是不对的。然后这个男的一下子把妻子推到一边去，“咄，行！吾去为迟，白发时下难久居。”就是说，我已经贫困这么多年了，再也忍受不下去了。这首诗写的就是这样一件事情，典型的为生活所迫，铤而走险的事情。而且还写出了与妻子的对话，这位妻子非常善良，非常柔弱，不愿意造反，愿意默默地忍受压迫，但是男的不愿意这样子下去，要去造反。像这样的诗歌，充满了反抗的激情。像这样的诗歌，朝廷看了以后就知道下面是怎样一种民情。这个诗歌写的是要造反，因此情绪非常激动。这表现在诗歌的形式上，有一个字一句的，有两个字一句的，三个字一句的，四个字一句的，五个字，六个字，七个字一句，它们长短不齐。大家记住，诗歌的形式与抒发的感情是有关联的，要是感情非常激动，句子就长短不齐，它是内心激情的喷泻。如果感情非常轻柔，非常舒缓，句子往往非常整齐，四言，或者五言，或者七言。整齐的句式适合于抒发比较舒缓的情感；而长短不齐的句法适合于抒发激动的昂扬的情感。譬如李白写《蜀道难》，为什么是“噫吁嚱！危乎高哉！蜀道之难，难于上青天！蚕丛及鱼凫，开国何茫然！尔来四万八千岁，不与秦塞通人烟。”他用的是长短不齐的句子，而杜甫的诗都是五言、七言，比较平缓。

对于反映现实的，我就讲这一首《东门行》。另一方面，对于男女爱情的歌唱，讲一首古代民歌中最好的一首，就是《上邪》：

> 上邪！我欲与君相知，长命无绝衰。山无陵，江水为竭，冬雷震震，夏雨雪，天地合，乃敢与君绝！

这首诗是一个少女抒发自己的爱情，山盟海誓，永不变心。这个“上”就是天，“邪”就是语尾音“啊”。因此，“上邪”就是“天啊”，“老天啊”，是一位少女对苍天作出爱情的盟誓。她说，“上邪！我欲与君相知”，天啊！我要与他好，相知相爱。“长命无绝衰”，这个长命不是寿命很长，而是时间很长、永远的意思，永远不会衰败，也不会断绝。这诗歌把少女对爱情的激情表现得一泻无遗，一开始就把这种感情全部倾吐出来。但是如果诗歌只写到这里就不会是千古好诗。因为这只是感情直接的呼喊，像标语口号似的：“我爱你，我永远爱你！”这没有艺术的感染力。这首诗歌最精彩的地方在下边，它一连举了大自然中永远不可能发生的五种事情，来说明我跟你的感情永远永远好下去，永远不会完。她说“山无陵”，陵是山峰，除非山没有山峰。“江水为竭”，江水都干了；“冬雷震震”，冬季打雷一阵阵地响；“夏雨雪”，这个“雨”是名词作动词讲，夏天下雪；“天地合”，天和地合到一起；“乃敢与君绝！”除了这五种绝对不可能发生的现象发生了，我才敢跟你断绝关系。而这五种现象是绝对不可能发生的，所以我绝对不会与你断绝关系。最后的“乃敢与君绝”与开始的“长命无绝衰”看似不同，实质一样，表达感情的强烈是完全一样的。这首诗歌对后代很有影响，因此被誉为“短章中的神品”。古人评价书画艺术有“三品”：一般还可以就是“能品”；比“能品”好一点的就是“妙品”；最高的是“神品”，遗其形而得其神。《上邪》这首诗就是“短章中的神品”。我在学校讲课中讲这首诗的时候，给同学们讲了这样一种体会，即任何诗歌都是社会的反映，都是社会情感的反映。生活中我们都有这样一种体会：越是想要得到的东西，就越是怕失去；而越是怕失去的，越是赌咒发誓要保住，这是一层意思。回过头来想，越是赌咒发誓要保住的东西，就越是存在失去的可能性；如果不存在这种可能性，也就不用赌咒发誓了。所以，我们从这首诗可以看到，在封建社会中，女子最存在失去爱情的可能性。在封建社会中男子无所谓失去爱情，我们打开中国古代诗歌，很少看到男子对爱情赌咒发誓，都是女子在赌咒发誓。在封建社会，女子存在失去爱情的土壤，男子不高兴就可以“休”掉女子。这不是离婚。因为离婚是平等意义下的双方分手，而“休掉”是不平等地将妻子去掉，那是很不一样的。对于这样的诗歌，一方面可以看到这位少女非常可爱；另一方面，也感受到当时社会中的男女婚姻的不平等。这首诗歌的表现手法对后来有很大影响。譬如在唐代有一首词，叫做《菩萨蛮》，开始这样说“枕前发尽千般愿”，枕前发愿就不是少女，而是少妇了；“要休且待青山烂”，要想咱们的感情完了的话，这要等到青山都烂了；“水面上秤锤浮，直待黄河彻底枯。”这还没算完。“白日参辰见”，白天里天上出现星星；“北斗回南面”，北斗星回到南天上去了；“休即未能休，且待三更见日头”。“青山烂”，“黄河枯”，“秤锤浮”，“日星见”，“北斗回南面”及“三更见日头”这六种事情都发生以后，我才跟你完。这首诗明显地受到汉乐府《上邪》的影响。后来明代有首民歌说，“要分离除非是天作了地，要分离除非是官作了吏”，也反映出这类影响。

现在我们讲汉代文学的第四个方面，即汉代的文人诗。从屈原到曹操大约 500 年，这期间是文人创作的低潮，整个汉代留下诗人姓名的诗歌很少。汉代的文人诗歌主要是东汉时期，留下的文人诗歌一共 19 首，从南北朝开始人们把这 19 首诗歌放在一起，给它加上一个名字，叫《古诗十九首》。因此这并不是著作的名称，也不知道是谁写的，其中个别有考证，但大多不可信。

我们就讲一下《古诗十九首》。它的内容比较丰富，但主旋律是“及时行乐”的思想。东汉后期，天下动乱，人们朝不保夕，人的命运变化倏忽之间，动乱一爆发，人们的命运就很惨了。因此，很多文人抒发“朝不保夕，及时行乐”这样一种思想。譬如：“生年不满百，常怀千岁忧，昼短苦夜长，何不秉烛游。”一辈子很少活到

100 岁，我们现在可以做到，但古人不然。杜甫说"人生七十古来稀"，欧阳修称自己为"醉翁"，40 多岁就称自己"翁"了，所以古人寿命很短。"常怀千岁忧"总想很远很远的事情。"昼短苦夜长"白天太短了，尽情地玩，时间不够，"何不秉烛游"，晚上还要点着蜡烛继续玩，来一阵子卡拉 OK。"为乐当及时"，应当及时行乐。"何能待来兹"，怎么能等未来呢。又譬如"人生天地间，忽如远行客"，人在天地间诞生，一辈子很快很快呀，就像是出一趟远门似的。"斗酒相娱乐，聊厚不为薄"，人生这么短暂，在一起喝酒，而且要喝醇厚的酒，不喝那些差劲的薄酒。人生像出趟差一样，但出去了就不能再回来了。人生短暂，这是人类没办法逃避的一个悲哀。人生从诞生，到成长，他一步步走向哪里呢？走向死亡。人生的长河是单向性的，不可逆转的。有位老师，我后来也很同意他的观点。他说，认识到人生苦短后，有两种态度，一种是及时行乐，第二种是抓紧时间，刻苦努力，奋发有为。我们以前对后一种人生态度非常肯定，而对前一种人生态度进行批判。我自己的观点是，对前一种人生态度不能彻底批判，还应该有所保留。保留在哪里呢？你努力奋斗了，抓紧时间玩一玩，这不能完全否定，因为生命是宝贵的，珍惜生命，提高生命的质量，这不是完全坏的事情。享乐并不全是物质上的，人生的快乐不是物质上决定的。有的人吃鲍鱼不一定快乐，但吃萝卜干，抿上两口小酒，他感到特别快乐，他的快乐质量一点不低于吃鲍鱼那些人。另外，他又说"人生非金石，岂能长寿考"，人生不是金石，像说"毛主席万寿无疆"那是神话，是一种愿望，谁也不能万寿无疆。有一个观点认为人生短暂，是人生的一个悲哀；同时，人生短暂也是人生的一个机遇。正因为人生短暂，十七八岁就应该好好学习，努力工作，有所成就，才能感到时光紧迫。试想一想，如果每个人都活八千岁，那么现在干嘛努力学习，就玩吧，早着呢；玩到六千九百九十九岁才开始学习也不迟。现在不行,几十年的光阴,就得抓紧。“奄忽随物化,荣名以为宝”:人的肉体生命很快就会与万物同化,“物化”就是化为万物,人死了以后,就和万物合在一起;人的美好的名声——“荣名”会永远保持下去。

从中国的诗歌发展而言,《古诗十九首》主要是在形式上为中国五言诗的定型打下了基础。中国的诗歌在形式方面由短到长,由散到整齐。最早的有两言,到《诗经》主要是四言:“关关雎鸠,在河之洲,窈窕淑女,君子好逑。”到屈原则是杂言:“亦余心之所善兮,虽九死其犹未悔”;“路漫漫其修远兮,吾将上下而求索”。从“短”到“杂”,再到基本整齐,《古诗十九首》打下了这样的基础。从此以后,经过曹操的儿子曹植和后来东晋诗人陶渊明,五言诗歌成为了固定的形式。在中国诗歌中,五言诗是最多的。

下面,我们再讲一个阶段,就是建安文学。汉代分西汉、东汉,东汉是从公元 25 年到公元 220 年。东汉最后一个皇帝叫汉献帝,他最后一个重要年号叫“建安”,建安是从公元 196 年到公元 220 年,首尾 25 年,历史上把它作为东汉末年。而在文学史上,却把它作为一个崭新时代的开始。在这 25 年中,产生了一大批杰出的诗人。大家看一下,汉朝灭亡在公元 220 年,汉朝是怎样灭亡的呢? 就因为曹操在这一年去世了。曹操是公元 155 年诞生,他活着的时候说他从来不篡夺汉位,只是“挟天子以令诸侯”,把汉献帝抓在手里,号令诸侯。别人说曹操想谋反,想篡汉,他说他从来不想篡汉。因此他在统一天下方面是起了很好作用的。可是等到公元 220 年曹操一去世,他的儿子可不管这一套,一下子就把汉朝给推翻了。他的儿子曹丕把汉朝推翻,自己建立魏王朝,自称魏文帝,并将他爸爸曹操追封为魏武帝。毛主席的诗词说“往事越千年,魏武挥鞭”,魏武是谁呀? 就是曹操。

现在就讲讲建安文学，它大概是相当于公元196年到240年左右，大约50年的时间，在中国诗歌史上，这是第一个文人创作的高潮。刚才我说过了，从公元前300年的屈原到公元200年的曹操，这500年当中没有留下其他伟大的文人创作。但是在建安这短短的几十年当中便产生了一批伟大的诗人，如"三曹"，即曹操和他的儿子曹丕、曹植。还有"建安七子"，即孔融、王粲、刘桢、阮瑀、徐干、陈琳、应玚。除了"三曹"和"七子"这十个人以外还有一批，可以说这是空前的，但却不是绝后的。因为唐代有两千多个诗人，宋代有四千多个诗人。所以说文人创作诗歌的第一个高潮就在这个时候。这个时期诗歌形成了一种为后人最称道的风格，叫建安风骨。因为东汉末年社会动乱，这个时代的诗多反映动乱的社会现实，抒发统一天下的理想壮志。诗歌的风格慷慨激昂，遒劲有力，从而形成一种风骨，人称"建安风骨"。这些诗歌有力量，后代当文风不好的时候，进步的作家往往举起一面红旗来反对不好的文风，这面大旗就是"建安风骨"，所以我们要学习建安风骨。如曹操写东汉末年，天下动乱，"白骨露于野"，白骨暴露在野外；"千里无鸡鸣"，没鸡鸣就是无人家住；"生民百遗一"，老百姓一百人就剩下一个人了；"念之断人肠"，一想到这里，就让人愁肠欲断。这反映了当时的社会现实，内容非常丰富。

曹操是中国历史上了不起的人物，不但是伟大的政治家、军事家，也是了不起的文学家。他的政治才能、军事才能都很了不起，他统一北方，顺应了历史的潮流，他是非常有本事的一个人。元末明初作家罗贯中写了《三国演义》。《三国演义》有一个基本的出发点，就是认为汉族是正统，而元朝不正统。他从这个观点出发，就拥护刘备，反对曹操；对刘备什么都说好，而对曹操什么都说他不好。假如历史对曹操有三种记载，罗贯中就选择对曹操最不利的那种来写。如历史记载曹操去杀董卓没杀成，就和陈宫逃出来了,跑到他好朋友吕伯奢家,吕伯奢看到好朋友来了,他就出去打酒,并吩咐儿子赶紧准备菜。曹操和陈宫在前堂,听到后院磨刀霍霍。曹操一听,以为是要将自己杀掉,就拔剑而起,从前堂杀到后院,把人家一家全都杀掉了。等杀到厨房一看,是捆着一头猪,是人家准备杀猪给他吃的。他呆不下去了,赶紧走吧。走到半路上,吕伯奢迎上来了,吕说,为什么不吃饭就走?留下吃饭吧。曹操趁老朋友不注意,手起剑落,就把老朋友也杀掉了。这时候,陈宫就说,看你这个人怎么能这样,前面杀人是误杀,还情有可原,可现在又把吕伯奢杀了。然而,曹操却回答说:"宁叫我负天下人,不叫天下人负我。"你不把这个人杀掉,他回家一看全家人都被我杀掉了,岂不一辈子找我报仇。陈宫一看,曹操太残忍了,也悄悄离开他走了。这件事,历史上有几种记载,一种记载说,吕伯奢的儿子怀疑曹操谋杀董卓,在策划报官的时候让曹操听到了,于是曹操就将他杀了。这个杀是政治原因,不能反映曹操的狠毒。但是罗贯中不选择这种记载,他选择对曹操最不利的记载,并加以夸大。曹操经罗贯中这样一丑化,脸上的白粉再也擦不掉了。当曹操尚未发达的时候,问相面的人:"你看我怎么样?"相面的人说:"我不敢说。"曹操说:"你说,没关系。"相面人说:"你呀,是乱世之奸雄,治世之能臣。"这在历史上也是有记载的,是《世说新语》上的记载。在这本书里,记载说曹操在汉献帝手下当丞相,北方匈奴派使者到汉朝来。曹操自己个子不高,觉得自己长得不够漂亮,不足以"雄远",不能威慑远方的少数民族。有一个人,叫崔季珪,长得很有风度,一表人才,曹操让他代替自己。当时没有电视,谁也不知道曹操长的什么样。当时,曹操自己假装是一个卫士,拿一把大刀站在旁边。等到接见使者完了以后,曹操派人悄悄问这个使者,你对我们曹丞相印象怎么样?使者说,哎呀,曹丞相"雅望非常",一表人才,很不错。但是旁边提大刀那个人才是真正的英雄。曹操听说之后，就派人追上去把这个人杀掉了。为什么呢？因为他聪明、智慧、识破了英雄。

总体说起来，历史上的曹操是一个伟大的政治家，伟大的军事家，在统一北方、统一天下方面起到了非常好的作用。这些我们不谈，主要谈他的文学成就。为什么说他是文学家呢？他颁布的一些命令、法令当中，有一些是很好的散文。鲁迅先生就非常推崇这些散文，认为只有大政治家才能写出这样的文章来。因为散文太长了，就不讲了。只讲曹操的诗歌，一共有 20 多首，基本上都是四言诗。我认为每一首都是精品。如《蒿里行》是反映现实的，反映了天下群雄割据的情形。又如《短歌行》："对酒当歌，人生几何；譬如朝露，去日苦多。慨当以慷，忧思难忘。何以解忧？惟有杜康。"实际上，曹操这首诗是非常积极的。他从满腹忧愁写起，"对酒当歌"中的"当"字也是"对"的意思，而"歌"不是唱歌的歌，而是歌女，就是对着美酒，对着美丽的歌女，不是"对着美酒应当唱歌"这个意思。李白写"西当太白有鸟道，可以横绝峨嵋巅"，"当"字也是这样用的。"譬如朝露，去日苦多"，人生就像早晨的露水一样，消逝了的岁月苦于太多！"慨当以慷，忧思难忘"，这是悲愤，忧思。"何以解忧？惟有杜康"，唯有喝酒才能解忧。是什么忧呢？主要是岁月流逝，而功业无成。岁月流逝很多，30 岁了，流逝流逝又 50 岁了，可是伟大的功业没有完成，这是英雄的悲哀，英雄的悲愤。一个人要是没有远大的理想就不会有深沉的悲愤。一个人很有才能，很有理想，很想干事，可是却没有这样的条件，就会有大悲愤，大激情。曹操越写越激愤，最后说"山不厌高，海不厌深，周公吐哺，天下归心"，就是说对山来说，土来得越多越好；对海来说，水来得越多越好；人才来得越多越好，广纳人才。"周公吐哺，天下归心"，周公礼贤下士，历史上有"一沐三握发，一饭三吐哺"这样的记载。"沐"就是洗头发，洗身，叫浴。

正在洗头发的时候，报告说有贤人来了，一听说有才华的人来了，连把头发洗完都不能等待，赶紧把头发握起来接见贤人，以至于在一次洗头发中竟有三次把头发握起来。这是礼贤下士，广纳人才，不能让有才能的人在外边等着，要尊重别人。“一饭三吐哺”，吃饭的时候，一听说有才能的人来了，连把这口饭咽下去的时间都不能等，把它吐出来，先去接待。正因为周公这样礼贤下士，才能众望所归，成就天下大事业。曹操所渴望的，就是这种“天下归心”。读前面几句，会以为曹操很消极，实际上是他对岁月流逝、功业无成的慨叹。最后他是希望统一天下。

另外如曹操的《观沧海》，他写“东临碣石，以观沧海”。毛主席写《浪淘沙·北戴河》：“大雨落幽燕，白浪滔天，秦皇岛外打鱼船，一片汪洋都不见，知向谁边。　　往事越千年，魏武挥鞭，东临碣石有遗篇。萧瑟秋风今又是，换了人间。”“遗篇”指的就是《观沧海》。在中国诗歌史上，这是第一篇以山水为描写对象的诗，如要选择历代山水诗选，第一首就是《观沧海》。这之前的中国诗歌中写到山水的很多，但都是作为背景来写。譬如讲“蒹葭苍苍，白露为霜。所谓伊人，在水一方”，这里“水”是作为背景来描写的。《诗经》中的“泰山岩岩，鲁邦所瞻”，它也写泰山，高高的泰山呀……可是它下面不写这个了，而是作背景来写，转而写其他的东西。如果把山水作为描写的对象，山怎么样，水怎么样，那才是山水诗。曹操的这一首，则将大海作为描写的对象，是最有名的咏海名篇。“东临碣石，以观沧海。水何澹澹，山岛竦峙。”水是多么的浩荡，写完水就写海岛，然后写海岛上“树木丛生，百草丰茂”。曹操观察事物非常仔细，海岛上很少有高大的树，因为海风太大了，故树木都是一丛一丛地生长。曹操这个人了不起，刚才说的《短歌行》中有“月明星稀，乌鹊南飞。绕树三匝，何枝可依？”说明他观察事物非常仔细，月亮越是明亮，天上的星星越稀少，因为月亮的光芒将星星的光芒掩盖了。他接着说“秋风萧瑟，洪波涌起”，随着一阵秋风，大海涌起了波涛，诗人联想的翅膀展开，写下了千古的咏海名句：“日月之行，若出其中；星汉灿烂，若出其里。”本来曹操写到这儿也就完了，后来谱曲的乐工为了歌咏的需要，给加上了一句“幸甚至哉，歌以咏志”。特别的幸运啊，唱一首歌来抒发我的情怀。这如同唱《东方红》时加入的“忽而嘿呦”，人家写诗时是没有的。大海多么的辽阔，太阳和月亮的运行仿佛出没于大海之中，灿烂的星星和银河仿佛出没在大海之里。曹操写出了大海包孕宇宙、吞吐日月的壮阔气势。我在北大讲课时，跟大学生讲，去过大海的举手，有一半左右举手。我说，没去过的，双休日，五一节，国庆节或寒暑假，一定要到大海边去站一站。到那儿一站，就会感到宇宙之茫茫，人生渺小如沧海之一粟；感到岁月之亘古，人生匆匆如短暂之一瞬；就会感到那些诸如肥皂、洗衣粉等问题都不值得一谈。

第二个我们讲曹丕，他只活了40岁。这个人的政治才能、军事才能和文学才能都远远不如其父。公元220年他代汉而立之后，成立了魏王朝。在文学上，只简要说他的诗歌《燕歌行》：

> 秋风萧瑟天气凉，草木摇落露为霜。群燕辞归雁南翔。念君客游思断肠，慊慊思归恋故乡。何为淹留寄他方？贱妾茕茕守空房，忧来思君不敢忘，不觉泪下沾衣裳。援琴鸣弦发清商，短歌微吟不能长。明月皎皎照我床，星汉西流夜未央。牵牛织女遥相望，尔独何辜限河梁？

一共15句，每句都是7个字。在中国诗歌史上，这是第一首完整的七言诗，很值得肯定。另外，曹丕还有一组文章，叫《典论》，“典”就是事物的法则和规律，一共11篇。可是失传了很多，幸好存有一篇及序言，是在其他书中保存下来的，这一篇叫《典论·论文》。在中国文学理论史上这是第一篇论文。曹丕的成就虽然不行，但是人生有两个“第一”传世，此生不虚矣！

在这篇文章中，曹丕主要讲了两点，他反对文人相轻，敝帚自珍，认为这是中国文人的陋习，不好的习惯。“敝帚自珍”，谚曰：“家有敝帚，享之千金。”一直到今天，中国还有这个陋习。看不起别人，是非常无知的。人生的知识是无边无际的，任何人只是掌握知识的一个方面或几个方面，无论是教授也好，博导也好，诺贝尔奖获得者也好，也只是掌握了人类知识的一个或几个方面而已。如果一个人向别人炫耀自己挺有知识，这实际上就等于告诉别人你是无知的。因为你对于知识是无穷无尽的这一点都不知道，这岂不是无知吗！第二方面就是曹丕大大地提高了文学的社会地位，他认为文学非常重要，他说“盖文章经国之大业，不朽之盛事。年寿有时而尽，荣乐止乎其身，二者必至其常期”。“二者”指年寿和荣辱，“常期”就是“大限”，一个人哪怕活98岁，也有死的时候，那就是这个人的“常期”。接下来是“未若文章之无穷”，人去世了，他的著作还在。李白已死了1 200多年了，李白的诗歌依然在，李白永远在中华民族的子孙心中延续。他认为一个人要做永垂不朽的事情，就是著书立说，其他事情，到时候就会变没有了。在曹丕之前从来没有人把文章抬到“经国之大业，不朽之盛事”这样的高度。

第三讲一下曹植。在“三曹”中，最有才华的是曹植，即曹子建。曹操非常喜欢这个才华横溢的小儿子。曹植诞生是在公元

192年,去世是在公元232年。公元220年时,曹植28岁,以他父亲去世为界限,他的人生发生了巨大的变化。公元220年之前,曹植过着贵公子的生活,他爸爸非常喜欢他,因此他非常得意,非常高兴。公元220年,曹操去世,他的哥哥曹丕做了皇帝。曹丕这个人心胸不开阔,对这个弟弟非常猜忌,一上台就找了个茬,把曹植最好的两个朋友丁仪、丁廙给杀掉了——剪其羽翼,把曹植的"两个翅膀"给剪掉了。之后又迫害曹植,你不是很有才能吗?那你就七步成诗,否则要加罪于你。曹植七步未了,就写了一首诗。这首诗是好诗,在《世说新语》中记载为六句,后来流传中改为四句,这四句更好。我认为这是可以千古传下去的诗歌。诗歌写"煮豆燃豆萁",上面煮豆,下面烧的是豆秸;"豆在釜中泣","釜"就是锅,豆子在锅里哭啊,一边哭一边说:"本是同根生,相煎何太急。"本是同一条根生出来的,何必这样急迫地煎熬我呢?诗歌的比喻非常贴切,没有比这更贴切的了。同样是一个父母生出来的,上面结的豆子,下面是豆秸,何必这么残忍煎熬呢!这首诗使他哥哥不忍心下手。曹植真是"千古文章未尽才","才如江海命如丝",很早就去世,非常可惜!

曹植一共有90多首诗歌,其中60多首都是五言诗,他在促进五言诗成熟方面是有功劳的。曹植的五言诗写得非常好,这里只列举几句,如"丈夫志四海,万里犹比邻",大丈夫志在四海,哪怕是相隔万里,也仿佛如同比邻而居。这诗歌虽说不错,但民间流传并不广。而唐代诗人王勃把曹植的这首诗稍微改了一下,就流传非常广,王勃说"海内存知己,天涯若比邻",这是言情,表达感情、友情。王勃的诗肯定是从曹植那句诗演化而来。又例如曹植的"捐躯赴国难,视死忽如归",男子汉大丈夫,国家有了困难、灾难、动乱,应该挺身而出,捐躯赴国难,而把死看作回家一样。再例如"高树多悲风,海水扬其波。利剑不在掌,结交何须多",他的好朋友被他的哥哥杀掉了，眼看好朋友被杀，却没办法去援救，于是就发出这样的感慨：一个人手中无权，何必去交那么多朋友呢！正是树高则风悲，海大则波涌呀！

曹植很有才华，除了诗歌外，有一首《洛神赋》很有名。据说，《洛神赋》开始时叫《感甄赋》，"甄"是甄氏，是曹植喜欢的一个女子，长得很漂亮，他哥哥曹丕就把甄氏据为己有。因此，曹植心情非常抑郁，甄氏也非常抑郁，没过两年就死了。曹丕为了刺激曹植，就把甄氏曾经用过的一个枕头送给曹植，想折磨他，让他睹物思人。曹植看到这个枕头后就写了这首《感甄赋》。待到魏明帝曹叡，即曹丕的儿子当皇帝的时候，看到他爸爸和叔叔之间不太好，就将它改为《洛神赋》。这只是一种说法，不管这种说法如何，从文学上讲《洛神赋》写得非常美。他这样写"翩若惊鸿，婉若游龙"，女子体态轻盈，就像受到惊吓而飞起的鸿鸟一样。这两句后来成了描写美丽女子的佳句，特别是"惊鸿"，成了体态轻盈的女子的代称。只要是一看到"惊鸿"这两个字，都知道是表示体态轻盈漂亮的女子。南宋诗人陆游，他的妻子唐琬，二人结婚后非常好，但是陆游的妈妈不喜欢这个儿媳妇，硬是逼着儿子把唐琬休了。多少年以后，陆游 60 多岁，70 多岁，80 多岁都写诗怀念唐琬，其中一首写陆游到了沈园之后："伤心桥下春波绿，曾是惊鸿照影来。"陆游和唐琬当初一起曾在这座桥上临水照影，有一段美好的回忆；而现在又到这里的时候，唐琬已去世了。曹植是中国才华横溢的一位诗人，倘若要选 10 位中国诗人，一定可以选到曹植，其他如屈原、陶渊明、李白、杜甫、白居易、苏东坡、陆游、辛弃疾等等。南北朝有个诗人叫谢灵运，他有一句名言："天下才共一石(十斗)，曹子建独占八斗。"还剩二斗，那么"我得一斗"，还剩一斗，"天下共分一斗"。因此留下了一句成语"才高八斗"。曹子建"才高八斗"当之无愧！后来又加上一句"学富五车"，这是指人的知识渊博，而“才高八斗”是指人的才华横溢。

下面简单讲一下“七子”，就是指七个人：孔融，王粲，徐干，阮瑀，应玚，陈琳，刘桢。我们只就两个人的诗歌讲一下。首先讲一下徐干，他有一首诗，叫《室思》，“室”就是闺房，“思”就是愁怨。前面我讲《诗经》时，曾讲到一首《伯兮》：“自伯之东，首如飞蓬。岂无膏沐？谁适为容！”丈夫离开家以后，女子独守空闺，大家注意，“空闺”并非家里什么人都没有，丫鬟、侍女多得很，主要是指丈夫不在家。徐干的诗有几句影响很远的：“自君之出矣，明镜暗不治。思君如流水，何有穷已时。”就是说丈夫出外之后，梳妆用的镜子上面落满了灰尘，暗淡了，而且也不去擦它。为什么不擦呢？因为反正也不梳妆了！而思念丈夫的情感就像门前的流水一样滚滚不断，哪里有穷尽的时候呢！这四句对后来南北朝，直到唐朝的影响都很大，后来的诗歌专门形成了一种体，叫“自君之出矣体”。很多人都写闺怨，而且诗歌的第一句都一样，都是“自君之出矣”，然后才是什么、什么，由此可见这首诗的影响多大。

“七子”中我们再讲一个刘桢，他有一首诗叫《赠从弟》，“从弟”就是堂弟。诗是这样写道：“亭亭山上松，瑟瑟谷中风。风声一何盛，松枝一何劲。冰霜正惨凄，终岁常端正。”冬天非常严寒呀，但是松树一年到头都是那样的挺拔，“岂不罹凝寒，松柏有本性”，松柏哪里不是遭到严寒呢，但是它郁郁葱葱常端正，因为松柏的本性是耐寒，不畏寒冷。这首诗实际上就是孔子《论语》中说到的一种精神：“岁寒，然后知松柏之后凋也。”孔子之所以了不起，他的许多话对中国的影响都非常深远，如“有朋自远方来，不亦乐乎”等等。孔子的“岁寒，然后知松柏之后凋也”一句话，对中国的松文化影响非常之大，非常深远。

“七子”以后，简单讲一下蔡琰，就是蔡文姬。我认为她是第一位文学成就非常突出的女诗人，当然文学成就最突出的是李清照。蔡文姬的诗歌中有一首是肯定没有争议的，就是她的五言《悲愤诗》。而另外的如骚体《胡笳十八拍》却是有争议的。郭沫若认为是她写的，但别人认为不是她写的。蔡琰在东汉末年的动荡之中被掳掠到匈奴去了，并与南匈奴左贤王结婚，生有两个孩子。她的爸爸蔡邕是很有才华的，是书法家，跟曹操是好朋友。因此请求曹操花重金把他女儿赎回来，当时曹操还是丞相。曹操就和匈奴谈判，用重金将蔡文姬赎了回来。左贤王说，好，可以把蔡文姬放回去，但是她生的两个孩子不许带回去。因此蔡文姬回汉是一喜，然而与两个孩子分离却是一悲，然后就写了著名的《悲愤诗》。共108句，540个字。她是汉代末年中国妇女悲剧的一个缩影，应该大大地抬高它的文学价值。诗歌分三段，第一段写东汉动乱，少数民族入侵之后，汉代不堪一击：“马边悬男头，马后载妇女”，把男的都杀掉了，把头挂在马的前边；而把女的装在车子里带回去。第二段写在匈奴的生活，不得已和左贤王结婚，生了两个孩子。当曹操要将她赎回来的时候，诗歌写出与孩子分离带来“五内俱焚”的母亲的痛苦。小儿子听说母亲要走，就上前问她：妈妈你平时对我们挺好的，“今何更不慈？”现在又为什么不慈念，不慈悲呢？蔡琰对此写道：“见此崩五内，恍惚生狂痴。”听到儿子这样问她，就像是五内俱摧，这样一种痛苦的心情，非常感人。第三段写她回到中原之后，看到中原经过战乱萧条的景象，写得非常好。

三国时代，文学的主要成就都是魏，而蜀和吴的文学成就不高，特别是吴。蜀有一个人，就是诸葛亮，他的散文写得很好，很有成就。如他教导孩子说“夫志当存高远”，又如《前出师表》、《后出师表》都是中国千古美文。他有一篇小的文章，很短，叫《论交》，他写道“势利之交，难以经远”，以权势和利益来交朋友，是难以经历远久的，这样的友谊长不了。如果你作官，有势力就和你交往，那么过两天你那个副部长没了，交情也就没了。你有钱有利，过两天你炒股，把好几十万全都赔进去了，交情也就没了。“士之相知”即君子之交，那应该怎么样呢？应该“温不增华，寒不改叶”，温暖的时候也不增加花，让花开得不得了；寒冷的冬天也不改变叶子，让叶子长得郁郁葱葱。“能四时而不衰，历夷险而益固”，能够经历春夏秋冬而不衰败，经历了平坦顺利的考验，以及困难险恶的考验之后会更加牢固。这篇文章虽短，但对于交友来说是很有意义的。其中“温不增华，寒不改叶”是非常好的两句话。这篇文章全文是：

> 势利之交，难以经远。士之相知，温不增华，寒不改叶。能四时而不衰，历险夷而益固。

虽然全言语只有 32 个字，但可以说是美哉斯文，真哉斯言，善哉斯道！中国人是礼仪之邦，非常重视友情，“投之以桃，报之以李”，我们讲“来而不往非礼也”，而且“往而不来亦非礼也”！我们讲“滴水之恩，涌泉相报”。我曾对同学们讲，父母对我们的恩情决不是“滴水之恩”，父母的恩情是“涌泉之恩”，作为子女，应该大海相报。“滴水之恩”尚且“涌泉相报”，那么“涌泉之恩”就应该“大海相报”。

第五讲

归去来兮乐天命

——两晋南北朝文学

归去来兮！田园将芜胡不归？
既自以心为形役，奚惆怅而独悲？
悟已往之不谏，知来者之可追；
实迷途其未远，觉今是而昨非。
舟遥遥以轻飏，风飘飘而吹衣。
问征夫以前路，恨晨光之熹微。

——陶渊明《归去来兮辞》（节选）

魏晋和南北朝时期是中国历史上一个非常重要的时期。从三国开始到南北朝结束,大约从公元220年到公元589年,不到400年的时间。这个时期一般属于中古历史,即远古、中古和近古中的中古时期。这个时期,魏晋和南北朝,五胡十六国,天下纷争动乱,这是大的方面的形势。它前面的汉朝是大一统,后面的唐朝是大一统,这中间基本上都是分裂的,当中,隋代很短暂,是统一的。上面是三国、西晋、东晋,下面是南朝的宋、齐、梁、陈,北朝的北魏、西魏等,都是纷争动乱。天下分裂有它不好的一面,但也有它好的一面。由于是分裂状况,统治者不能将思想都统治住,因此它是思想自由的时代。在中国历史上有两个时期是思想上最自由解放的时期。第一个时期就是春秋战国时期,春秋五霸,战国七雄:秦、楚、魏、韩、赵、燕、齐。这时候是思想最活跃、最少束缚的时期,这时期有诸子百家,是中国学术史上和思想史上最蓬勃发展的时期,著名的哲学家像老子、孔子、庄子、荀子,都是在这个时期。魏晋南北朝也是非常自由的时期,是中国文学艺术大繁荣的时期;虽然没有最杰出的突出成果,但是非常繁荣。它的诗啊,散文啊,骈文啊,小说啊,音乐啊,绘画啊,书法啊,雕塑啊,都非常繁荣。这时期有著名的书法家王羲之,绘画家顾恺之,雕塑方面，我们现在看到龙门石窟也好，云岗石窟也好，以及泰山经石峪的大石刻，都是南北朝时期刻的。南北朝时期的雕塑艺术可以说是中国雕塑艺术史上的一个顶峰。

这个时期，在政治制度方面还有一个特色。中国的选拔官吏制度，在汉朝是察举制，到三国时期采取了九品中正制。它在开始时是非常好的制度，它到后来形成了“门阀”制，蔓延了整个魏晋南北朝时期。九品中正制中的“中正”是个官的名称。好比是北京市这个地方，推举一个人，这个人“中正”，就是很公正，德高望重，由他把他所管辖的人才分为上品、中品、下品。上品中再分上、中、下，中品中再分上、中、下，下品再分上、中、下，这样一共是九品，都由他来确定，他把人才分类归档。例如，上上品有王某某，张某某，李某某等；中上品有哪些人，哪些人；下上品中有哪些人；下下品中有哪些人；他是不偏不倚的。如果朝廷需要一个宰相，那就从上上品中去找人。如果需要一般的人，就从中上品中去找人。如果是七品官，就从下中品中去找人。他实际上把握了政权非常核心的部分，因为任用官吏使用人才就由他来定。九品中正制最关键的是什么？就是分九品要公正，“中正”要公正。如果不公正的话，那就坏了。因此，九品中正制开始的时候还是不错的。后来，到曹操的儿子曹丕，到了魏，大约三四十年的时候，司马氏强大，但齐王曹芳很软弱，辅助他的曹爽也不行，而司马氏的力量很强，实行一种白色恐怖。他是豪门大族，逐步地把“中正”的权抓到了手里，就把凡是贵族的、凡是豪门的都排在上品当中。把出身很低的，哪怕你最有才华，也把你排在下品当中。所以就形成了“门阀制”。在“门阀制”中有两句很典型的话，叫做“上品无寒门，下品无世族”，也就是说，寒门中的人再有才华也排不到上品当中去；有权势的贵族中的人哪怕再不行，也不会排到下品当中去。于是，形成了一个非常大的反差。因此，这个时期有很多文学家，像左思啊，像陶渊明啊，都很有才华，可是出身不是高贵的，所以只能沉沦在下僚。他有才华，可又无法施展，于是就出现内心的悲愤，就能写出好诗来。所以，我们说，一个人如果没有大才华，也不会有大悲愤。因为没有大的痛苦、大的失落，所以也就没有大的悲愤。一个人很有才华，很有理想，很有抱负，但又不让他施展，这时候就出现激愤的情感。因此，了解这个时期的"门阀制"，有人认为是解开魏晋南北朝很多文学现象的一把钥匙。

建安文学的下面就是正始文学，只简单地说一下。这个"正始"是魏齐王曹芳的一个年号，是公元240年到公元249年。这时候司马氏已经在朝廷里掌握政权了，实行一种白色恐怖。在白色恐怖下，很多人不敢说话。这时期文学方面有"竹林七贤"，整个文学风气发生了巨大的变化。建安时期，我们说的三曹和建安七子，心中有什么抱负、理想都可以抒发出来，曹操就是带头抒发。到了竹林七贤的时候，司马氏采取白色恐怖，不让人说话，如果不同意他的意见，那就不行。所以文学抒发情感的风格发生了很大的变化，不再是豪放的、明朗的、刚健的；而变成隐晦的、含蓄的、曲折的。竹林七贤一共有七个人，是阮籍、嵇康、山涛、向秀、王戎、阮咸、刘伶。大家不必记这么多，记住阮籍、嵇康和刘伶就行了。刘伶喜欢喝酒，他常乘鹿车，带一壶酒，让人带着铁锹跟着，说："死了掘地埋掉算了！"下面我们讲讲阮籍。

阮籍这个人，他也不满司马氏的统治，但是他采取的是一种软的对抗。嵇康也不满意，但是他采取硬的对抗，所以他和阮籍的命运不一样。阮籍对司马氏统治不满，他是软的对抗，譬如司马氏要跟他结儿女亲家，要娶他的女儿做儿媳妇。他心里肯定不愿意把女儿嫁到司马家，但是他又不敢不愿意。怎么办呢？他就采取软的办法，凡是司马氏派媒人到家说媒时，他就说“喝酒，喝酒”；于是一下子就醉了。第二天媒人又来，他又说“喝酒，喝酒”。他醉了六十天，没法说呀。是因为喝醉酒了，也不好降罪于他。他就是用这种假装醉酒的办法来避祸，用佯狂、佯醉来逃避灾祸。这个人内心非常醇厚。魏晋人多喜欢喝酒，他们一边喝酒，一边摸身上的虱子，把虱子抓出来，认为是最高雅的行为，这叫“扪虱而谈”。阮籍在酒馆里喝醉了，就靠在女老板身上睡了，女老板的丈夫回来，也不为意。为什么呢？因为他知道，阮籍并不会有坏心眼。

他在文学史上写过《咏怀》诗 82 首。这 82 首不是一个时候写的，也不是一个地方写的，也不是为了某一件事情写的，即非一时一地一事而作。把它们放在一起，是组诗，用组诗咏怀。这样一种形式开始于阮籍，后人很多都继承。譬如，像陶渊明，有《饮酒》20 首；譬如像鲍照，有《拟行路难》18 首；唐朝的陈子昂，有《感遇》诗 38 首；李白有《古风》59 首。这是一个特色，都是用组诗来咏怀。第二，在风格方面，都是比较隐晦曲折，含蓄暗示，它是“言在此而意在彼，意旨微茫，难以情测”。后来每当时代比较黑暗，人们就采取这样一种“言在此而意在彼”、隐晦曲折的手法来抒发情感。

嵇康，这个人性格刚烈。他和竹林七贤的另一个人向秀在一起打铁，司马氏派一个文化特务叫钟会的去打听打听，看看他们在干什么事情。一看嵇康在打铁。他们两个人不理他，他一看，没趣，等一会儿就走了。他走的时候，嵇康有意识地问他说：“何所闻而来？何所见而去？”钟会也很生气，回答说：“闻所闻而来，见所见而去。”这样，嵇康就得罪了司马氏。司马氏手下有个人，叫吕安，被诬做了坏事。因为是朋友关系，嵇康就替他辩护，得罪了司马氏，要把他杀掉。嵇康是个著名的音乐家，临刑之前，就提出一个要求，让他再弹一曲《广陵散》。他弹完之后将琴一扔，说："《广陵散》从此绝矣！"后来就被杀了。

下面就谈谈西晋文学。三国归晋，就是司马氏把魏灭了，成立起晋王朝。晋分西晋、东晋。西晋的首都在洛阳，东晋的首都在金陵，就是现在的南京。三国时分魏、蜀、吴，吴的首都在南京。宋、齐、梁、陈的首都都在南京。上面六个朝代叫"六朝"，我们经常说，"指点六朝形胜地，惟有青山如壁"，"六朝"就是这个概念。西晋时期是50年，东晋是100年，两晋就是150年。应该说它在中国诗歌史上总的成就不算太突出，但却有位伟大的诗人陶渊明，等会儿我们再说。

西晋我们只简单讲两个人。一个叫潘岳，他是中国古代的一个美男子，很有名，又叫潘子安。他每次出去的时候坐在车子里边，女子们见他长得漂亮，就用鲜花、水果朝他车上扔；晚上就装了一车水果回来。当时还有个诗人，叫张载，他长得很丑。他出去的时候，儿童们就用砖头瓦块儿朝他车上扔，他晚上回来就装了一车砖头回来。潘岳的其他作品就不说了，说他的三首悼亡诗，他在妻子去世以后写了《悼亡诗》三首。这三首诗写的感情诚挚，一往情深，写得非常非常好。"悼亡"本来是一个泛指，悼念去世的亡人。但是因为潘岳的这三首诗是悼念亡妻的，就从他开始，一直到隋唐五代，宋、元、明、清，只要是诗人用到"悼亡"这两个字，百分之九十几是悼念亡妻，成了一个专有名词。到了唐朝的时候，像朋友去世该怎么说呢？譬如像孟浩然去世了，李白写诗悼念，就是"哭孟浩然"。可见潘岳的这几首诗在中国诗歌史上是很有影响的。我们举几句，他说妻子去世后是"流芳未及歇，遗挂犹在壁"。这当中"流芳"是他妻子用的一种香料，妻子去世了，走到她屋子里时，还可以闻见她留下的香味。"歇"就是消歇，完了。她留下的衣服还挂在墙上，睹物思人，看见这些东西，就想到他的妻子。这两句是抒发情感。下面有两个比喻："如彼翰林鸟，双栖一朝只；如彼游川鱼，比目中路析。"本来是双飞鸟，妻子去世之后就剩下一只了；就像河里游的比目鱼，相传这种鱼是一条鱼在这边有一只眼睛，另一条在另一边有一只眼睛，一对鱼必须并排在一起才可以游。忽然之间，这样的两条鱼只剩下一条了。比目鱼呀，并蒂莲呀，连理枝呀，都是中国传统的代指夫妻的意象。

唐代诗人元稹，他也有很好的悼亡诗《离思》之四，前两句是："曾经沧海难为水，除却巫山不是云。"当我看过了沧海的水，那样浩瀚无边，再看其他水，就像一个小勺子的水一样。见沧海之水则天下无水；巫山的云彩非常好，看过巫山之云则天下无云。意思就是我的妻子是最好的。接下去的两句诗是："取次花丛懒回顾，半缘修道半缘君。"自从他妻子去世之后，即使在美人丛中走过，我也懒得回头来看看，为什么呢？一半是因为我现在修道不能近女色，一半是因为你啊。

后来北宋词人贺铸在妻子去世之后写了一首著名的词，叫《鹧鸪天》，悼念亡妻。他和妻子一起到苏州去，可是妻子突然去世了。"重过阊门万事非，同来何事不同归"，最后说："空床卧听南窗雨，谁复挑灯夜补衣。"感情非常真挚。

在悼亡词中，朋友们都很熟悉的苏东坡的妻子王弗，她去世十年以后，苏东坡写了著名的词，叫《江城子》："十年生死两茫茫，不思量，自难忘。千里孤坟，无处话凄凉。纵使相逢应不识，尘满面，鬓如霜。　　夜来幽梦忽还乡，小轩窗，正梳妆。相顾无言，惟有泪千行。料得年年肠断处，明月夜，短松冈。"这首悼亡词也写得非常好。当然，后来清代词人纳兰性德的悼亡词写得也很好。

西晋时，另外一个文人是陆机。他当时名声很大，与潘岳并称为“潘陆”。他有著名的《文赋》，是中国文学批评史上很有名的一篇文章。

在“潘陆”之后，主要讲讲左思。我认为西晋时期，文学成就最高的就是左思。他小时随亲人一起到了洛阳，刻苦读书。这时候天下文人都想写一篇赋，就是《三都赋》。当时文坛上最有名气的是陆机，他也想写，但认为自己的才华还不够，迟迟没有动笔。这时候，左思正在写《三都赋》。别人就把这个消息告诉陆机，陆机非常瞧不起地说：就让他写吧，写完后，我们用它来盖腌咸菜的坛子。左思对此不为所动。他写的时候是殚精竭虑，在家里不同的地方都放上纸和笔，一旦想到一个好句子，就立即把它记下来。左思写出来之后，经名人张华一赞，洛阳城里富贵人家都以家中有《三都赋》写本为荣。于是纷纷让人买昂贵的纸，用来抄《三都赋》。一时间，洛阳为之纸贵。由此，便留下了一个著名的成语——“洛阳纸贵”。

左思有《咏史》诗八首，这八首诗奠定了中国咏史诗的基础。我只讲这八首中的一首，这首诗是反对门阀制的很典型的一首。诗这样写道：“郁郁涧底松，离离山上苗。以彼径寸茎，荫此百尺条。”这首诗一共十二句，每四句是一个层次，每四句是个对比。松树很高很高，但却长在涧底，而矮矮的草苗，由于是长在山上，却把山下的百尺青松给遮蔽住了。“涧底松”与“山上苗”是个对比。“世胄蹑高位，英俊沉下僚。地势使之然，由来非一朝。”豪门出身的人都占据了高位，有才华的人都沉沦在下僚。这是什么原因呢？是“地势”造成的，这揭露了问题的本质。这是不可选择的，这本质是你处的地方，你出身在贫寒人家，他出身在豪门家，这种不合理的现实，已经不是一天了。这是第二个“四句”，第二个对比。最后四句是：“金张藉旧业，七叶珥汉貂。冯公岂不伟，白首不见招。”这又是一个对比。开始带有比兴，上面的说法你不相信，是吗？让我给你举例子好了。金日磾和张安世是汉代的两个豪门大族，凭借着祖上的业绩，“七叶”就是七代，都是头上插戴着貂尾的大官。冯公就是很有才华的冯唐，他哪里不显示出伟大呢！但是头发都白了，也没有人提拔他，重用他。这首诗歌写得非常好，而且写法上也值得学习。

下面讲东晋。东晋100年，总体的文学成就并不高。但是东晋后期产生了一位伟大诗人，就是陶渊明。渊明是他的字，他应该叫陶潜；自家院子里长有五棵柳树，因自号为五柳先生。他曾经做过彭泽县令，又叫陶彭泽。他死后，给了他一个谥号“靖节”，所以又称叫陶靖节。陶渊明是中国最伟大的诗人之一；如果数五个八个中国伟大诗人，都会数到陶渊明。中国第一位的伟大诗人是屈原，这是没问题的。第二位有人说是曹植，这也可以；但是说陶渊明肯定没问题的。下面是李白、杜甫、白居易；再下面是苏东坡、陆游、辛弃疾等等。

陶渊明生在公元365年，死于公元427年，也就是说，东晋灭亡之后，陶渊明还活了7年，活在哪里呢？活在南朝宋、齐、梁、陈的宋，这个宋的皇帝是谁呀？是刘裕。因此大家习惯上叫刘宋王朝，以区别于唐、宋、元、明、清的那个宋，那个宋是赵宋王朝。由于陶渊明活到了刘宋王朝，因此在二十四史中有一史是《晋书》，当中有陶渊明的本传；有一史是《宋书》，当中有陶渊明的本传；南朝有一史是《南史》，当中也有陶渊明的本传。一人入三史，这是非常罕见的，说明他的地位非常突出。

陶渊明是伟大的诗人，他的一生可以分为三个时期。29岁以前，主要是读书时期，他自己写过一篇《五柳先生传》，其中说自己“好读书，不求甚解”。中国有副对联，上联是“好读书，不好读书”，下联同样，还是“好读书，不好读书”，说的是到了老年的时候，就成了喜爱读书却读不成了。所以汉字巧妙无比。我再讲个让你们发笑的对联。有一个人家是开豆芽店的，上联是“长长长长长长长”，下联也是“长长长长长长长”，说的都是豆芽长得越长越好。

陶渊明说自己“不求甚解”，现在这是个贬义词了，实际上，他不是这个意思，而是不在字句训诂上钻牛角尖的意思，是说读书要抓其大意，抓住文章的主题。他说“每有会意，便欣然忘食”，理解了书中的意思，非常高兴，连吃饭都忘了。第二时期是从 29 岁到 41 岁，这首尾 13 年。他写诗歌时写“少无适俗韵，性本爱丘山。误落尘网中，一去三十年”，是他写误了，不是“三十年”，而是“十三年”，但人们并不把它改过来。在这当中，他一会儿出来做官，一会儿又返归田园，这样仕隐反复了三四次。为什么出来做官呢？他自己说，因为他喜好喝酒，做官就可以有公田，有田就可以种秫，秫就是高粱，可以酿酒。有酒可喝，就出来做官。但是他这个人又性本爱自然，这有两个意思：一是喜欢大自然；二是精神上自由，自然而然，不受束缚。因此，他又受不了官场的束缚，就挂冠回去了。回去后，时间长了，没酒喝也受不了，没办法，又出来做官。一直到他 41 岁那一年，做彭泽县令。

有一次上级领导来检查工作，下面人说，你是县令，赶紧把官服穿好，戴好官帽去迎接他们。他喟然长叹曰：“我岂能为五斗米折腰向乡里小儿！”“五斗米”，当时有种说法，说是俸禄，但太少了；另一种说是当时的饭量，可这太大了。因此不能这样坐实理解。“五斗米”者，生计也。我哪能为了物质上的生计，低下精神上高贵的头！“向乡里小儿”是指向乡里这样的小子们。这是中国知识分子的傲骨，每一个人都应该有点骨气，否则就成了精神上的软体动物，一辈子只能匍匐在别人的脚下，一辈子只能爬着走。应该教导我们的学生、子孙，人应当有骨气，也就是要有点自信，不要看到台上坐着的人多么高不可攀，伟大得不得了。为什么看别人都那么伟大呢？是因为你自己跪在地上，跪在地上看谁都伟大。站起来，挺起腰，昂起高贵的头，这时你看看，就跟他也差不多高。或者说经过努力，我也可以到那么高。这就是傲骨，有了这傲骨，我们就不会摧眉折腰。这是陶渊明留给后世子孙的精神遗产。他在 41 岁那年就挂冠而去，一直到 63 岁去世，再也没有出来做官，一直过着田园生活。陶渊明最喜欢的性格是真实率真。他后来隐居田园以后，和老乡们在一起生活，并不认为老百姓低贱，跟他们常相往来。有酒的时候，请他们到家里来一起饮酒；没酒的时候，就到人家要酒喝，就是"叩门乞食"。这种率真的性格，是后来的苏东坡晚年最喜欢的性格。我认为苏东坡是中国最有才华的一个人，就才华而言，没有人超过苏东坡，他什么都行，都玩到绝顶，诗、词、文、书法、音乐、绘画，什么都行。他晚年最喜欢的诗人就是陶渊明，他曾和陶诗一百一十多首。陶渊明不会弹琴，但蓄一张无弦琴，高兴的时候，还拨弄无弦琴，琴没有弦，哪会有声音呢！他说"但识琴中趣，何劳弦上声"，只要得到弹琴的乐趣，我不需要琴上的声音。这个人非常的天真可爱。

陶渊明的伟大，还在于他开创了中国诗歌的田园诗派。田园是什么？就是当时被人最瞧不起的体力劳动者们劳动的地方，他们生活的地方，他们的茅屋，他们的农田，他们的"狗吠深巷中，鸡鸣桑树巅"，他们的"榆柳荫后檐，桃李罗堂前"，他们的"方宅十余亩，草屋八九间"。陶渊明把下层劳动人民所生活的地方，他们劳动的地方，作为诗人描写和歌颂的对象。陶渊明开此先河，功德无量。古往今来，人可以有各种各样的才华，各种各样的发展，但是他得有个生存的最基本的前提，就是得吃饭。饭是哪来的？是劳动人民种出来的。从陶渊明开始，能够把最普通的劳动人民他们住的茅屋，他们种庄稼的农田，作为描写和歌颂的对象，这是非常了不起的。

另外，陶渊明他自己也参加劳动，这也是难能可贵的。他有组诗歌《归园田居》，第三首说：

种豆南山下，草盛豆苗稀。
晨兴理荒秽，戴月荷锄归。
道狭草木长，夕露沾我衣。
衣沾不足惜，但使愿无违。

这个"愿"以前一直讲是"回归田园"之愿。但是我认为，这个"愿"也可以理解为丰收，只要庄稼能够丰收，衣服打湿了，没有什么了不起。这样解释好像内容更狭小了，但是这样的解释更接近普通劳动者的心态。劳动人民一天干活干得很累，想到什么？只要能丰收，衣服脏了，干活累点儿也就值了。这样的一个文人，能够亲自参加体力劳动，能够有普通老百姓一样的情感，这是非常非常难得的。

我们再讲一首诗，就是《饮酒》20首的第五首，诗写道：

结庐在人境，而无车马喧。
问君何能尔？心远地自偏。
采菊东篱下，悠然见南山。
山气日夕佳，飞鸟相与还。
此中有真意，欲辨已忘言。

只要人的心远离了红尘，远离了官场，远离了世俗，那么你住的那个地方就自然显得偏僻起来了。"心远地自偏"这是关键。以前有一副对联，说“贫居闹市无人问，富在深山有远亲”。“采菊东篱下，悠然见南山”，这两句是千古名句，菊花是陶渊明的化身。他最喜欢喝酒，喜欢菊花。中国古人喜欢什么东西，跟他的性格、志趣、爱好是有关系的。譬如屈原最喜欢橘树，有《橘颂》。橘树说明什么呢？就是我以前讲过的，“受命不迁”、“深固难徙”。陶渊明最喜欢菊花，我们知道菊花是冲秋霜而怒放。陶渊明有很多歌颂菊花的诗句：“芳菊开林耀，青松冠岩列；怀此贞秀姿，卓为霜下杰。”秋霜来时，百花凋谢，菊花盛开。南宋人歌颂菊花是怎么个说法呢？我们说，春天的花是一瓣一瓣地落下，而秋天的花是开了以后，再收起来，以后就一朵一朵地落下。这就是“春花落瓣，秋花落朵”。因此，说菊花是“宁肯抱香枝头老，不随黄叶舞秋风”。因此，陶渊明喜欢菊花，菊花也就成了他的化身。“采菊东篱下，悠然见南山”，这个“见”，有人说是同“现”。“采菊”是一俯，“见南山”是一仰，这是在一俯一仰之间。在不经意之间，抬起头来，南山（就是庐山）不是我在望它，而是它扑进了我的眼睛里。苏东坡认为这个“见”字非常之好，如果改成“悠然望南山”则一篇之神气索然矣，也就是说，诗就没有了神气。当金风送爽的时候，我们经常去赏菊，如果我们看到了菊花，想不起陶渊明来，这就太遗憾了。如果想起陶渊明，却想不起这两句诗，那就是更加遗憾了。

诗歌下面接着说“山气日夕佳，飞鸟相与还，此中有真意，欲辩已忘言”。中国古人讲究“得意忘言”，有了意趣，用什么语言来表达不是重要的。在很多时候，都是可以意会，难以言传。如果能够言传的东西，往往都不是最精妙的东西了。《庄子》里记载齐桓公在堂上读圣贤书时，他家里的一个工匠轮扁，专门负责造车子的。一个在堂上读书，一个在院子里造车子，斫车轮。轮扁对齐桓公说，你读的那些东西都是糟粕呀。齐桓公说，这都是圣贤书，怎么能说是糟粕呢！轮扁说，我是斫车轮的，用多大力气，倾斜多大的角度，这些我都自己知道。这当中最微妙的地方，做得最好的地方，想告诉儿子也没办法告诉他。由此可见，能够用语言告诉别人的东西，都不是最精妙的东西。最精华的东西得之于心，是没法用言语告诉别人的。你看，你读的东西，不但告诉别人，还写成文字，这可不是糟粕中的糟粕吗！所以"此中有真意，欲辩已忘言"，写得非常好！

中国的诗歌，如山水诗、送别诗、咏史诗、怀古诗、爱情诗、闺怨诗、宫怨诗等等，都是到了唐朝的时候，才登上了顶峰，取得最高成就。惟独田园诗不是这样。陶渊明以他横溢的才华，开创了田园诗派，一下子就把田园诗推到了它的顶峰。所以唐朝的田园诗人，像王维呀，孟浩然呀，韦应物呀，储光羲呀；宋朝的田园诗人，像杨万里、范成大等等，所有这些田园诗人的成就都没有超过陶渊明，他们的田园诗，都是在陶渊明田园诗的浓荫覆盖之下。而且，他们自己都承认这一点。王某某可能得到陶渊明的这一点，张某某可能得到陶渊明的那一点，但没有一个人从整体上超过陶渊明。

陶渊明的诗歌还有另外一面，"金刚怒目"式的一面。鲁迅先生说，你理解陶渊明，不能光看他"采菊东篱下，悠然见南山"，好像整天晕晕糊糊的，悠悠然的样子，好像胸无大志，但不是这样的。他的咏史诗，他的《读山海经》都是写得慷慨激昂的。诗里说：

精卫衔微木，将以填沧海；
刑天舞干戚，猛志固常在。
同物既无虑，化去不复悔。
徒没在昔心，良辰讵可待。

精卫是精卫鸟，是炎帝的女儿，叫女娃，女娃在大海里淹死了，化为精卫鸟。这个鸟每天从西山衔小石头、小木头飞到东海扔下，发誓要把东海填平。这是一种伟大的复仇主义精神，了不起！在中国，很多人在民族危难的时候，写诗歌颂精卫鸟。如顾炎武，在明朝灭亡时歌颂精卫鸟。“刑天”是个神，脑袋被打掉了，就用双乳作为眼睛，肚脐为口，舞动大刀继续战斗。又如陶渊明歌颂刺秦皇的荆轲：“其人虽已殁，千载有余情。”荆轲虽然已经死了，但是千载以后对他还是那么动情。这个故事的确悲壮。“风萧萧兮易水寒，壮士一去兮不复还”，一读起这两句，诗人们的内心就激动起来。

我们再讲陶渊明在哲理方面的诗歌，如“青松在东园，众草没其姿。凝霜殄异类，卓然见高枝”。在东园里的青松，草长得比它还高；可是到秋季的时候，乱七八糟的草都衰死了，此时的青松才卓然高现。陈毅也有诗对青松很推崇：“大雪压青松，青松挺且直。要知松高洁，待到雪化时。”另外，陶渊明有诗说：“盛年不重来，一日难再晨。及时当勉励，岁月不待人。”鼎盛的年华过去了，再也不会重来。我经常感慨，人类有个共同的悲哀。生命的河流是单向的，是不可倒流的，不可逆转的，最后每个人都有离去的那一天。所以人应当奋发，自我勉励。陶渊明还有这样的诗歌：“日月掷人去，有志不获骋。”岁月把人抛在一边，他自己向前走，这个“掷”字很形象，非常生动。陶渊明有志向，但没法实现。到宋朝时，词人蒋捷写道：“流光容易把人抛，红了樱桃，绿了芭蕉。”时光是看不见摸不着的，但时光老人留下的脚印是什么？那就是：一会儿樱桃红了，一会儿芭蕉绿了。类似的哲理好诗还有汉乐府的《长歌行》：“青青园中葵，朝露待日晞。阳春布德泽，万物生光辉。常恐秋节至，焜黄华叶衰。百川东到海，何时复西归？少壮不努力，老大徒伤悲。”

谈谈陶渊明的文。他有三篇很著名的散文：第一是早期的《五柳先生传》；第二是中期他挂冠而去的《归去来兮辞》；第三是他晚年在田园生活中写的著名的《桃花源记》。由此可以看出，陶渊明是很有理想的，有乌托邦的理想。一个人，要是没有理想的光芒，他的作品就会黯然失色。有了理想，才有激情；有了理想，才有对现实的激愤；有了理想，才会有岁月流逝的悲哀。当岁月流逝而事业无成时，才有激动，才有奋发有为。

下面讲讲南北朝，主要讲南朝的宋、齐、梁、陈。

第一，讲一下谢灵运，他为山水诗的发展奠定了基础。他本来也是东晋的门阀，东晋有两大门阀，一个姓王，一个姓谢。因此刘禹锡《乌衣巷》怀古诗有这样的诗句："旧时王谢堂前燕，飞入寻常百姓家。"当中的"王谢"就是王家和谢家。对这句诗，大多数人都理解为豪门大户的燕子飞到了普通老百姓的家。但是，最好理解为，燕子虽然飞到原来的房子了，可是房子的主人已经变了。谢灵运原是豪门大族，到东晋灭亡后他就侨居南方的浙江，他不满意刘宋的统治，但又不好反对，做了个县令，也不好好做，整天游山玩水，有时邀一帮人，一二百人，浩浩荡荡到临近县游山玩水，邻近的县还以为是盗贼来了。这个人很喜欢山水，做了个木屐。上山时，把前面那个支块取下来，很好爬山；下山时，就把后面的支块取下来，很好下山。李白称这种鞋为"谢公屐"，并在《梦游天姥吟留别》诗中云："脚著谢公屐，身登青云梯。半壁见海日，空中闻天鸡。"谢灵运开创了山水诗，他最好的两句诗是："池塘生春草，园柳变鸣禽。"这是最为人称道的两句诗。他感悟到物候的变化，春天来了，池塘里长出青草；而且园子里林木上鸣叫的鸟变换了，以前是黄莺在叫，现在是布谷鸟在叫了。

另外，再说一位诗人叫鲍照，他是寒门出身，很有激愤。他有

《拟行路难十八首》，充分反映了下层中有才华的人，对门阀制度的愤怒。其中有句“对案不能食，拔剑击柱长叹息……自古圣贤尽贫贱，何况我辈孤且直。”“贫”是物质上没有，“贱”是地位上没有。像我这样没有人支持，而且正直，所以更加贫贱。在《拟行路难十八首》中还有一首，写富贵人家的闺中妇怨，以女子口吻写：“宁作野中双飞凫，不愿云间别翅鹤。”凫就是野鸭子，小的野鸭子，宁愿是田野之中双飞的野鸭子，指贫苦人家。“云间”就是高位，“别翅”就是分飞，劳燕分飞，老是分离。

其他的，我们再讲一个，谢灵运的侄儿，叫谢朓。谢朓已经是在宋、齐、梁、陈的齐了，在齐永明年间。在齐永明年间，有两个人，一个人叫周颙，他最早发现我们汉语语言文字有四声，这四声是“平上去入”。平声就是“平声平道莫低昂”，就是不要低，不要高；上[shǎng]声就是“上声高呼猛烈强”；去声就是“去声分明哀远道”；入声就是“入声短促急收藏”。另外还有一个人，就是沈约。他说写诗歌有八种毛病要加以避免，譬如像五个字的诗，中间两个字的声调是一样的话，这就不好，这就是蜂腰。如果是那几个字不好，那就叫鹤膝，等等，我们就不细讲了。这就是齐永明年间著名的声律学方面的“四声八病”说。按照“四声八病”说的要求来写诗歌，这样的诗被称为“永明体”。这个时候，格律诗还没有产生，但开始讲究平仄的声调了，有高有低。大家知道中国古代的诗歌，从诗经到汉乐府，都是配上音乐加以歌唱。而到这个时候，诗歌要离开音乐了，那么诗歌的旋律、节奏靠什么呢？就靠诗歌语言自己，这是个进步。如“乐游原上清秋节”，有平仄起伏。永明体诗歌当中，诗歌写得最有成就的就是谢朓。谢朓亦称为“小谢”，而谢灵运称为“大谢”。谢朓诗的内容也是以山水诗为主。他山水诗中最有名的句子是“余霞散成绮，澄江净如练”。晚霞散开来就像有颜色的丝织品,“练”就是白色的纺织品。这写得很好。李白这个人,一生不肯向别人低头。可是他惟独特别推崇“小谢”。他说“解道澄江净如练,令人常忆谢玄晖”。谢玄晖就是谢朓。因为能够说出“澄江净如练”这样的诗歌,让人长久地怀念谢玄晖。李白的诗歌又说:“蓬莱文章建安骨,中间小谢又清发。”“蓬莱文章建安骨”就是汉代文章、建安风骨,“小谢”就是谢朓。

再说一下北朝一位诗人。这个诗人叫庾信。他本来是梁朝的诗人,是个宫廷文人。他三十多岁不到四十岁的时候,出使北朝。北朝一看,呦呵,大文人来了!就将他扣下来,不让他回去了。他生活在北朝,想念南朝,想念家乡的人。想念又不能回去,这时候就产生出真情实感。他早先在南朝写的诗歌,是宫体诗,应该说没有什么成就。幸亏他被北朝扣下来了。因此,一个人的人生磨难,可以折磨一个人,更可以玉成一个人,这就是“艰难困苦,玉汝于成”。另外一点,他具有的南方人的才华,到了北方,一看那里的风物,如此之壮美,如此之辽阔。因此,他就写了很多很好的边塞诗歌。譬如像“轻云飘马足,明月动弓弰”,譬如像“流星夕照镜,烽火夜烧原”等都写得非常之好。庾信融合了南北诗风,对唐代诗歌有很大的启发作用。所以杜甫说:“庾信文章老更成,凌云健笔意纵横。”中国的南方和北方很不一样,南方是秀美,北方是壮美;南方雨水充沛,北方气候干燥。因此,人的性格不一样,文风亦有很大不同。

南北朝时期,是中国历史上非常灿烂的时期。从420年到581年,南朝有宋、齐、梁、陈;北朝我先不说。在这个时期,中国的文学艺术非常灿烂。我说过一个观点,中国历史上思想发展灿烂的时期,第一个是战国时期,齐楚燕韩赵魏秦;第二个就是南北朝时期。天下不统一,有不统一的坏处;天下不统一,也会带来一些好处。在战国时期,思想非常活跃,非常自由。南北朝也是这样一个时期,是学术思想上非常自由的时期。在中国文学史上有许多方面,像诗歌呀,像散文呀,像骈文呀,像文学理论呀,艺术上像雕塑呀等等,这些在南北朝都很杰出。像敦煌莫高窟也是从南北朝时期开始的。另外,南北朝有顾恺之的绘画,有王羲之的书法。总之是文学艺术非常繁荣的时期。

从总体上说,南北朝的诗歌并不十分突出,但是民歌非常突出,是开得非常鲜艳的一朵花朵。南北朝的民歌,由于地理位置不一样,产生了不同的文学风格。在南方,水土肥沃,山川秀美,这样文学比较多情,比较轻柔。在北方,气候比较干燥,土地比较贫瘠,这样文学比较粗犷,比较豪放。南朝民歌在内容方面,主要是男女爱情的歌唱;在形式上主要是五言短诗。像歌颂男女爱情的:"郎歌妙意曲,侬亦吐芳词。"写得非常美好。又比如说,一女子不愿意男子离开,男的乘船要走,女子就唱歌:"愿得篙橹折,教郎到头还。"然后男的就唱"篙折当更觅,橹折当更安,各自是官人,那得到头还"来回应,意思是如果这只篙橹折了,就另找一只好的,总之还是要为公事离去。又例如,女子被抛弃了,失恋的悲痛:"石阙生口中,含碑不得语。"这是民歌中典型的艺术表现手法,利用汉字的谐音双关语来表达情感,这是中国汉字独有的表现形式。音同字不同,意思更不同,巧妙地把谐音字关联起来。在这两句诗歌中,哪个字是谐音双关呢?石阙就是碑,就是那个"碑"字。表面上的意思是,口含石碑说不出话来,但实际上,是满含着悲愤,悲痛,说不出话来。在南朝民歌中,这种谐音双关的表达方式使得诗歌更加委婉含蓄,曲折蕴藉,而不是那种一泻无余的方式。后来唐朝文人袭用这种谐音双关语,如李商隐的"春蚕到死丝方尽,蜡炬成灰泪始干"。这当中的"丝"就是谐音双关,是相思的“思”。又如男女双方断绝了恋爱关系，可是还藕断丝连，还想着他，就这样唱：“雨中蜘蛛还结网，无晴仍有暗中丝。”表明了在“无晴”即无情的日子里，仍在暗暗地思念。这里，“情”和“丝”都是谐音双关词。

南朝民歌中最有代表性的一首就是《西洲曲》，这首诗比较长，不好讲，因为没有那么多时间。《西洲曲》写一个女子春夏秋冬四季时的恋情，是南朝最长的一首诗歌。

忆梅下西洲，折梅寄江北。单衫杏子红，双鬓鸦雏色。西洲在何处？两桨桥头渡。日暮伯劳飞，风吹乌臼树。树下即门前，门中露翠钿。开门郎不至，出门采红莲。采莲南塘秋，莲花过人头。低头弄莲子，莲子青如水。置莲怀袖中，莲心彻底红。忆郎郎不至，仰首望飞鸿。鸿飞满西洲，望郎上青楼。楼高望不见，尽日栏杆头。栏杆十二曲，垂手明如玉。卷帘天自高，海水摇空绿。海水梦悠悠，君愁我亦愁。南风知我意，吹梦到西洲。

北朝诗歌，则有北方的生活，北方的豪情。比如有一首民歌写北方人喜欢骏马，喜欢宝刀：

新买五尺刀，悬著中梁柱。一日三摩娑，剧于十五女。

就是说，他对宝刀的喜爱，超过喜爱十五六岁的女孩子。北方人除了对北方生活的描写，还有对北方风景的描写。譬如：“敕勒川，阴山下，天似穹庐，笼盖四野。天苍苍，野茫茫，风吹草低见牛羊。”其中的“见”是表现的“现”，不是看“见”，“见牛羊”不是“望见牛羊”。“见牛羊”是怎么样呢？你看，风吹草低，牛羊就露出来。

这是非常好的诗歌，在座的都会背，也应该教会儿孙们背诵下来。

在北朝民歌中还有一首很出名的长诗，就是《木兰诗》。木兰代父从军，其故事就不说了。诗歌有三段，第一段写木兰经过思想斗争，决定替父从军。第二段写戎马生涯。第三段写凯旋，说木兰顺利地回来了。这首诗歌在艺术上最大的特色，是详略得当，“详”和“略”都是为主题服务的。这首诗的主题是什么呢？就是表现木兰为了国家，勇敢地承担起重担，而且功成不受赏，有了功劳，要回家乡。诗歌主要是歌颂这种高尚品德，而不是歌颂木兰的英雄行为，力气多么大，杀敌多么厉害，不是歌颂武力。

诗歌是逐段地写：“唧唧复唧唧，木兰当户织。不闻机杼声，惟闻女叹息。问女何所思？问女何所忆？女亦无所思，女亦无所忆。昨夜见军帖，可汗大点兵。军书十二卷，卷卷有爷名。阿爷无大儿，木兰无长兄。愿为市鞍马，从此替爷征。”说木兰织布时在想着，不能让我未成年的弟弟到前方去打仗，而我又没有哥哥，父亲又老了，因此木兰决意替父出征。于是“东市买骏马，西市买鞍鞯。南市买辔头，北市买长鞭。朝辞爷娘去，暮宿黄河边。不闻爷娘唤女声，但闻黄河流水鸣溅溅。朝辞黄河去，暮宿黑山头。不闻爷娘唤女声，但闻燕山胡骑声啾啾”。这样，诗歌就写木兰到前方去了。为什么这样写呢？是要表现我们的女英雄，为了国家，为了父母，勇挑重担这种高尚的情操。木兰打了十年仗，但只用了六句诗：“万里赴戎机，关山度若飞。朔气传金柝，寒光照铁衣。将军百战死，壮士十年归。”木兰打仗，只用了六句，三十个字，这是高度概括。在这里面，没有写木兰怎样怎样勇敢，怎样怎样杀敌，力气多么大，枪法怎么精，因为这不是诗歌主要要表现的。木兰回来后，和父母团聚，共享天伦之乐，过着平常的生活。“可汗问所欲，木兰不用尚书郎。愿借明驼千里足，送儿还故乡。”

木兰说，我什么也不要，让我回家就行了。回到家乡，“爷娘闻女来，出郭相扶将。阿姊闻妹来，当户理红妆。小弟闻姊来，磨刀霍霍向猪羊”。木兰回到家以后，脱掉战袍，穿上女儿装。木兰出来时，伙伴们都不认识她了：“同行十二年，不知木兰是女郎。”往下我就不细讲了。大家请记住，写东西的时候，如果是主题需要的，要详写。用中国的一句话来说，就是“泼墨如云”；如果不是主题需要的，就是“惜墨如金”。详者是“泼墨如云”，略者则“惜墨如金”。这在艺术上是非常高明的。

北方人比较豪健，所以北方民歌比较明朗、刚健，不是那样委婉、含蓄，没有一首是谐音双关的。譬如说，同样是表现爱情，女的年龄大了，还没有结婚，有点儿着急了，这时怎么办呢？她说：“门前一株枣，岁岁不知老。阿婆不嫁女，哪得孙儿抱？”让我再举一个例子，大家看看，同是表现男女约会的，女方先到，等男方不至，南北方的表现方式很不一样。北方民歌是这样说：“月明光光星欲堕，欲来不来早语我。”到了南方，女子这样说：“约郎约到月上时，月上山来弗见渠。亦不知是奴处山低月上得早，亦不知是郎处山高月上得迟。”古时候的人没有手表，不能说几点几分，在中关村的拐角处见面。那时只能以月亮上升的高低来约定时间，就是说当月亮出山的时候，咱们在什么地方见面。当月亮都上山了，女子还没见到男子到来，女子在嘀咕，是不是因为我们家这里的山低，月亮出得早，我来早了；是不是因为他家那里的山高，他还在家等着月亮上山才来，这样他就来晚了。读这样的诗歌，让人感到多舒服！

从这里我们可以看到，南北朝的民歌无论风格上、内容上，还是形式上都很不一样。在内容上，南朝民歌比较单纯，主要是男女爱情；而北朝民歌内容比较丰富。在形式上，南朝民歌主要是四句五言，而北朝却很不同。这对中国后来诗歌的影响是很大的。中国古代民歌的第一高潮，就是《诗经》的“国风”，第二高潮就是南北朝的民歌，第三高潮是明代的民歌，它是明代文学中的一绝。南北朝民歌就简单说到这里。

第六讲

独念天地之悠悠

——隋与初唐文学

前不见古人，
后不见来者。
念天地之悠悠，
独怆然而涕下。

——陈子昂《登幽州台歌》

我们简单地说一下隋代文学。隋朝是一个短命的封建王朝，它统一了天下，但时间很短，从公元581年到公元618年共38年时间。隋朝虽然很短，但它的历史地位很突出。秦朝和隋朝有很大相似之处。第一，它们的前面都是天下分裂，秦朝之前是齐楚燕韩赵魏秦；隋朝之前是南北朝，五胡十六国的分裂。第二，它们都统一了天下。第三，时间都很短。第四，在它们的后面都跟着一个强大的封建王朝。秦朝之后是汉朝，400多年。隋朝之后是唐朝，加上五代是350年。第五，它们自己制定了很多制度，应该说是很好的，但还来不及很好执行，就被人家推翻了。"汉承秦制"，是说汉代继承了秦朝的制度。"唐承隋制"，是说唐朝继承了很多隋代制定的制度。这当中最典型的就是科举制。从隋朝开始实行考试科举制，这种制度沿袭到唐朝，以及宋、元、明、清各朝代，甚至今天的高考，可以说，也是科举制的尾巴。

隋代很短，在文学方面成就不高。隋代之前的宋、齐、梁、陈，齐梁陈的诗歌内容主要是写宫廷生活，叫宫体诗。这些诗写女子的妩媚，写女子的体态等等，审美的情趣不高。中国的诗歌，写得最好的是反映社会广大民众的生活，反映人民的疾苦和欢乐。所以齐梁陈的文风不好，而且蔓延到隋代，一直蔓延到唐朝的初期。

因此，在这个时期没有什么特别的民歌。我在这里主要讲两首，一首是无名氏的送别诗，这首诗歌比较清新：

杨柳青青著地垂，杨花漫漫搅天飞。
柳条折尽花飞尽，借问行人归不归？

说明在这个时候，就开始"折柳送别"了。为什么要"折柳送别"呢？第一，在《诗经·小雅》中有一首《采薇》，说一个人到前方打仗，走的时候是春天，回来的时候是冬天，它是这样写的："昔我往矣，杨柳依依。今我来思，雨雪霏霏。"诗歌用美好的景来衬托悲伤的情。今天我回来了，是高兴的事情，但却雨雪霏霏。情景交融是一种美；情景相反相成，这也是一种美。你看，在白板上写黑字，这是一种烘托。这首诗影响非常大，杨柳依依反映了一种惜别的感情。这是"折柳送别"的第一个层次。第二，"柳"和"留"谐音双关。因此"折柳"有一种真诚挽留的心情。常见的是上述这两种观点。但是到了清代时有了第三种观点，说是因为柳树是最有生命力的东西，插到哪里都可以活下来，即"随地可活"，并由此转意为"随遇而安"。

另一首诗歌是薛道衡的一首诗，说他在农历的腊月到岭外去，当到了第二年的正月时，已跨过了新旧两年了。这时，他想着要回家，于是就写了一首小诗《人日思归》：

入春才七日，离家已二年。
人归落雁后，思发在花前。

由于他思家心切，离家短短的日子，对他来讲已是新旧两年了。也就是说，旧年是一年，新年又是一年。大雁已经从南方向北方回归了，可是我还没有回归；人的回归落在大雁回归之后。但是我思念家乡的感情，早已萌发了；春天的花还没有开，没有发，但是我思念家乡的情感已经萌发了，这种情感发在春天花开之前。这是一首很好的诗。隋代文学就简单讲到这里。

下面，我们讲中国诗歌最辉煌灿烂的时期，就是唐代的诗歌。我们先总的说一下，唐诗是中国人的骄傲，是炎黄子孙的骄傲，它是我们中国最具有民族特色的东西。一个中国人如果没读过唐诗，就如同英国人没读过莎士比亚的作品一样，是不可想像的。

唐诗分初唐、盛唐、中唐、晚唐四个时期。初唐是从公元 618 年到公元 712 年，盛唐是公元 712 到公元 762 年，中唐是从公元 762 年到公元 826 年，晚唐是从公元 826 年到公元 907 年。晚唐之后是五代，是从公元 907 年到公元 960 年。在盛唐时期有一个年代应该记住，这就是在公元 755 年冬季 11 月份，爆发了安史之乱，持续了八年。从此以后，唐王朝元气大伤，一蹶不振。我认为从整个封建社会发展的大势而言，唐代是顶峰，盛唐就是顶峰上的顶峰。因此，从某种意义上说，安史之乱也是整个中国历史上封建社会由盛到衰的转折点。虽说在这以后，宋代也有好的时候，清代也有好的时候（康雍乾）。但从大势而言，再也没有超过盛唐的了，主要是唐玄宗李隆基开元及天宝年间，即历史学家津津乐道的“开天盛世”，“开”是开元，“天”是天宝。初唐到晚唐 290 年，加上五代梁唐晋汉周一共约 350 年。这 350 年是中国历史上非常灿烂的时期；从文学角度说，更是灿烂的时期。我们先总的说一下唐诗，然后按初、盛、中、晚的顺序朝下讲。

在清代康熙年间编的《全唐诗》，一共收有 49 000 多首；从康熙到现在又收集散失了的唐诗一共有 2 000 多首。因此加在一起总共有 51 000 多首。这是空前的，但不是绝后的。为什么呢？因为北大中文系花了十多年时间，把《全宋诗》编好了。《全唐诗》20本，《全宋诗》72本；《全唐诗》50 000多首，《全宋诗》一共是20多万首，数量上大大超过了《全唐诗》，但其成就超不过唐诗。唐诗如同巍峨的高峰一样，宋代人没法攀越过去，只好绕道写宋词。可以这样说，凡是中国人情感方面的事情，大如爱祖国，爱民族，爱人民，小的方面如朋友之爱，男女之爱等等，在唐诗中都可以找到最好的诗篇。第二点，唐诗50 000多首，一共有2 200多个作者，这也是空前的。这2 000多作者在数量上当然是非常突出的，但这并不是主要的。主要在于这2 000多作者遍布社会所有的阶层。所有的阶层都在写诗，上到皇帝、大臣写诗，将军写诗；下到农民、农夫写诗，樵夫、渔父写诗，和尚写诗，妓女也写诗，谁都写诗。这是一个兴盛的表现。如果一种文学样式，为社会最广大的阶层都能接纳，这才是非常鼎盛的表现。第三点，就题材内容而言，可以说，唐代以前所有的题材和内容，唐人都写得非常好。譬如山水诗，田园诗，边塞诗，登临诗，怀古诗，咏史诗，闺怨诗，宫怨诗，爱情诗，等等所有的方面。第四点，就体裁形式而言，譬如五绝，七绝，五律，七律，五古，七古，歌行体，乐府诗等等，唐诗都很好。

就总体而言，唐诗重情趣。唐代的诗人用热烈的激情来感受生活、写到诗中。因此，我们读唐诗会得到振奋，得到激发。有个比喻说，读唐诗如饮美酒，让人热烈兴奋。而宋诗是重理趣，给人不是陶醉，而是给人以启迪。因此读宋诗，如品名茗。名茗就是名茶，古人喝茶是品茶，"品"是三个"口"字。也就是说，要把一口茶分成三口喝。这样，余香满颊，愈品愈觉得余味无穷，口齿留香。

我先讲唐人贺知章的一首诗歌，叫《咏柳》：

碧玉妆成一树高，万条垂下绿丝绦。
不知细叶谁裁出，二月春风似剪刀。

说的是春天里柳树像碧玉，高高一树。丝绦是什么？红旗下边挂下来的穗子就叫丝绦。碧是生命的本色，绿也是生命的本色。春天到来的时候，大地回暖，万物复苏，柳树以令人高兴的样子，上下翻飞，柳树上那些细细整齐的树叶又是谁剪裁出来的呢？是二月春风剪裁出来的，是大自然这个能工巧匠的杰作。这首诗歌写得层次井然，从总体写到局部。第二个特点，它表面上是咏柳，但实际上是颂风。把绿柳写得愈美好，愈引发人们发问：这绿柳的美好是谁带来的？是春风带来的。风是没有形体的，所以清代人说："柳枝西出叶向东，此非画柳实画风。风无本质不上笔，巧借柳枝相形容。"读了这首诗，我们会有一种激情，春天多么美好呀！人会受到感染。

我们再读一首《咏柳》。同样是七言绝句，同样是咏柳，可是到了宋代人曾巩的笔下，就大不相同。曾巩，何许人也？唐宋散文八大家的最后一家。八大家中唐朝有两家：韩愈和柳宗元。然后是宋朝的欧阳修、王安石、苏洵、苏轼、苏辙，最后就是曾巩。曾巩的咏柳诗是这样：

乱条犹未变初黄，倚得东风势便狂。
解把飞花蒙日月，不知天地有清霜。

春天到了，柳条还是冬天那样乱七八糟，没有改变它最初的鹅黄色。前辈们知道，春天到来的时候，柳不是一下子变绿的。先是出小芽苞子，它是鹅黄色的。这芽苞张开以后，绿叶就出来。第二句说柳条依仗着春风，疯狂地飘舞起来，狂到什么程度呢？"解把飞花蒙日月"，"飞花"是什么？是柳絮，它想把柳絮吹起来，把太阳和月亮都遮挡起来。你不要猖狂得太早了，天地之间还有清霜，等到秋风一起，清霜一降，你就黄叶飘零，你就完了。"不知"，就是知不知？是反诘，更有力。你们看一看，这首诗写的是什么？它写的是一种人，是在人类社会中感悟到的某种哲理。这种人就是《红楼梦》中写的"子系中山狼，得志便猖狂"。这是一个小人形象。作者把这样一种小人的形象，用"柳"作为物化外露的形象来表现出来。所以它给人的印象，一点儿不可爱，而是令人可恶、可憎。同时，给人以启迪。我经常用这两首诗从总体上说明唐诗和宋诗的差别。

那么，是不是唐诗都只重情趣，而不重理趣呢？这也不是。例如王之涣一张嘴就是："白日依山尽，黄河入海流。欲穷千里目，更上一层楼。"杜甫一张嘴就是："岱宗夫如何？齐鲁青未了。造化钟神秀，阴阳割昏晓。荡胸生层云，决眦入归鸟。会当凌绝顶，一览众山小。"这不就是哲理吗！刘禹锡说："怀旧空吟闻笛赋，到乡翻似烂柯人。沉舟侧畔千帆过，病树前头万木春。"这不也是哲理？又譬如说"议论"，唐诗中有一首议论得很好的诗歌，我们中国人都知道的一首诗："锄禾日当午，汗滴禾下土。谁知盘中餐，粒粒皆辛苦。"李绅的这首《悯农》诗歌每一句都是议论，议论得好，永远是好诗。我有一个观点，我认为无论社会怎样发展，不管到哪一天，无论有多少高级营养品，什么蜂王浆啦，什么B呀C呀的维生素片啦，但是我认为维持生命最好的东西是五谷。五谷粮食是谁种出来的？是农民种出来的，是农民一滴汗甩八瓣种出来的。所以我们应该珍惜粮食，这永远都是真理。

那么，宋代的诗歌全是重理趣，而不重情趣吗？也不是。当然，苏东坡比较多一些。"横看成岭侧成峰，远近高低各不同。不识庐山真面目，只缘身在此山中。"说的是当局者迷，旁观者清。

"水光潋滟晴方好,山色空濛雨亦奇。欲把西湖比西子,淡妆浓抹总相宜。"是说一个人的内质要好,譬如像西湖很美,晴朗的时候有明朗的美,下雨的时候有朦胧的美。一个女子很漂亮,淡扫蛾眉很美,浓饰粉黛也很美。苏东坡一张嘴就是:"若言琴上有琴声,放在匣中何不鸣?若言声在指头上,何不于君指上听?"一首优美动听的音乐,必须有两个条件:一个是客观上要有一把好琴,一个是主观上要有高超的弹奏技艺。有了这两个条件,什么《彩云追月》啦,《阳关三叠》啦,《二泉映月》啦才能表现出来。这首诗说的就是生活中这样一种道理。有的人有个好爸爸,可是他自己不学无术也不行。有的人很有才能,可是得不到领导赏识和提拔,他也没有"美妙动听的音乐"。清代时有个人说,苏轼诗歌没什么意思,全是重理趣,因此他不喜欢苏东坡的诗歌。他的朋友对他说,你不能一概而论,苏东坡也有很好的重情趣的诗歌,你看:"竹外桃花三两枝,春江水暖鸭先知。蒌蒿满地芦芽短,正是河豚欲上时。"这诗写得多好呀!这个人愣了半天说,这首也不好,为什么是"鸭先知",而为什么不可以是"鹅先知"呢?这就是抬杠了,没辙了。

对唐诗总体就说这么多。下面按初、盛、中、晚的顺序,有的地方多讲,有的地方少讲。

初唐100年,前50年诗歌成就不突出,但是在中国的诗歌史上,有很重要一笔的就是沈佺期和宋之问。这两人都是宫廷文人,他们的诗歌也不太突出,只是宋之问有一首写得比较好,这首诗叫《渡汉江》:

岭外音书断,经冬复历春。
近乡情更怯,不敢问来人。

这首诗对归乡人的心态写得非常好，越走近家乡，心里越害怕。怕什么呢？因为经冬历春好几个月没得到家信，不知家里发生了什么事情、出了什么问题了，以至于对面有人走过来，也不敢向他打听。我想，大家都会有这样的生活体验。一方面是归心似箭，一方面是近乡怯步。这首诗把这种矛盾而又细微的心情刻画得非常传神。这样一种情感，可以说是"人人意中皆有"，都经历过这样的事情，有过这样的情感的体验；但是"人人笔下皆无"，别人又都写不出来。我认为好诗歌应好在两个方面：第一，对人以外的，是对人民的同情，内容好。第二，对人以内的，是情感真切，情真意切。感情虚假，永远不是好诗。

对沈佺期和宋之问，我们说说他们另外一个杰出的功劳，就是把格律诗定型化。中国的格律诗是在谁的手中完成的呢？是在沈佺期和宋之问的手中完成的。在《新唐书·宋之问传》中有两句"回忌声病，约句准篇"，使得中国诗歌在形式方面产生了特殊的形式，这就是格律诗。特别是唐朝的绝句，在中国的历史上称得上诗人的一定写过绝句，就连称不上诗人的，也写过绝句。所以，绝句是人们最喜闻乐见的诗歌形式。为什么？因为中国的汉字不同于世界上任何民族的文字，是单音节，方块字，一个字一个形，一个音，这才能组成格律诗。格律诗中第三、四句与五、六句各自要对仗，而只有汉字才能对仗。只有汉字才有对联，其他形式的文字都是拼音连写，不能组成对联。正因此，对联是最具有中国文字特色的一种文艺形式，一朵奇葩。

对格律诗有很多要求，因为时间关系我在这里简要地讲一讲。大家们要了解格律诗，就请看我们北京大学王力教授的一本小书，叫《诗词格律》，看这本小书足矣！我把这本书中分析格律诗的内容概括为如下五句话。

第一，"篇有定句"：律诗只能八句，不能多，也不能少。这就是“准篇”，就是不能多，不能少。多了不是律诗，少了也不是律诗。

第二，“句有定字”：如果是五言律诗，一句只能有五个字。七言律诗一句只能有七个字。这就是“约句”。

第三，“中间对仗”：每两句组成一联，第一句叫“起句”，第二句叫“对句”；“起句”和“对句”组成一联。第一联叫“首联”，第二联叫“颔联”，第三联叫“颈联”，第四联叫“尾联”。这四联中，中间两联必须对仗，不对仗就不是律诗。我有一个观点，我们在写现代律诗时，在平仄上可以允许有点松动，以便不让形式来损害意思。但是在对仗押韵上，必须严格。如果不严格，那就写自由诗算了吧，就不要题上“律诗”两个字。

中间这两联对仗，有工对，有宽对，有借对，有扇面对，有流水对，等等。最基本的就是名词对名词，动词对动词，数词对数词，虚词对虚词。譬如“风云三尺剑，花鸟一床书”；“无边落木萧萧下，不尽长江滚滚来”等。关于流水对，举个例子：毛主席的“为有牺牲多壮志，敢教日月换新天”。从上一句到下一句，像流水一样，两句合在一起，才是完整的意思。譬如杜甫的：“剑外忽传收蓟北，初闻涕泪满衣裳。却看妻子愁何在，漫卷诗书喜欲狂。白日放歌须纵酒，青春作伴好还乡。即从巴峡穿巫峡，便下襄阳向洛阳。”这首诗的尾联也是流水对。

再譬如“借对”。杜甫很喜欢喝酒，没有钱，到处去借钱买酒。杜甫说：人生欠酒债没什么关系，“酒债寻常行处有，人生七十古来稀。”这是杜甫名句。中国人说，六十一花甲，七十古稀龄。现在物质生活好了，七十多来兮，八十不稀奇，九十有的是。大家看一看，七十是数词，它和“寻常”怎么能对得上呢？在唐诗中，杜甫的诗格律是最严格的。原来八尺长叫一“寻”，十六尺长叫一“常”，在这里杜甫借用八和十六来对七和十。

第四,“讲究平仄”:平仄,这是汉字特有的,外国人学汉语最头疼的就是分不清“妈麻马骂”,也就是“平上去入”四声。在南朝的齐梁时代,在齐永明年间,有个人叫周颙,他发现汉语语言文字有四声,就是“平上去入”,当中的“上”不读“上”,读“赏”音。中国的古诗歌原来是要配乐歌唱的,后来诗歌逐步地离开音乐了。这样,诗歌要从自己的语言中寻找节奏、韵律。于是从“平上去入”去寻找。“平”就是“平声平道莫低昂”,“上”就是“上声高呼猛烈强”,“去”就是“去声分明哀远道”,“入”就是“入声短促急收藏”。平就是平声;仄,这个汉字的本意就是“不平”。因此除掉平声外,“上去入”三声都属仄声,这是古代的四声说法。到了现代,普通话中,平,分阴平和阳平,北京的普通话中,已没有入声了。现代的“平仄”变成了平就是阴平和阳平;仄就是上声和去声。在江苏的吴语中还保留了一些入声,如李清照的“寻寻觅觅,冷冷清清,凄凄惨惨戚戚……梧桐更兼细雨,到黄昏,点点滴滴”。其中的“戚”、“滴”等就是入声字。

平仄句有四种格式,但最重要的有两种,一种是“仄仄平平仄”,它是以仄开始,叫“仄起式”,平仄相间,这是五言。对于七言,在句首加上两个相反的“平仄”字就可以了。例如:“仄仄平平仄”变为“平平仄仄平平仄”。另一种句式是平起式:平平仄仄平。当这两种句式构成为如下格式时(两句平仄正好相反):

平平仄仄平
仄仄平平仄

可是由于偶句的押韵字必须是平声韵。这时只要把最后一个字和倒数第三个字换一下就行了。也就是上面第二句变成“仄仄仄平平”。实际上,仄起式句和平起式句构成了律诗最基本的两种句式。

在诗句的平仄方面，还提炼出“一三五不论，二四六分明”。就是说，第一、三、五字，如果是该用平声的话，可以用仄声字，叫做可平可仄。在表示方法上，平声用圆圈表示，可平可仄则用一个圆表示，当中一半黑一半白。平仄使得一句当中的语调有语音起伏。

第五，“注重押韵”：押韵有三个要点，第一，首句可押韵也可不押韵，但偶句必须押韵。一般说来，首句多不押韵。第二，必须押平声韵，这是格律诗的严格要求。到了宋词的时候，则可以押平声韵，也可押仄声韵。但宋词中要求平声韵则都是平声韵，仄声韵则都是仄声韵。而到了元曲时候，上面可以有平平韵，下面则可以有仄仄韵，这是平仄互押。第三，一韵到底，不许换韵。

在上面五点中，前三点是讲形式上整齐的美，叫建筑的美；后面两点是讲声音的抑扬起伏，回环往复，是讲究音乐的美。再加上内容上意蕴的美，因此，格律诗是把汉字诗歌的表现力发挥到极致。所以，律诗是人们喜闻乐见的形式。在这当中，又特别是绝句，更加灵活，更加多用。

所谓绝句，可以有四种格式：第一种是只有后两句对仗，第二种是只有前两句对仗，这两种均是部分对仗；第三种是四句全对仗，第四种是四句全不对仗。全对仗的譬如杜甫的一首名诗《绝句四首》(其三)：

两个黄鹂鸣翠柳，一行白鹭上青天。
窗含西岭千秋雪，门泊东吴万里船。

对得好极了，没有人超过他。而且鸟的颜色，黄鹂和白鹭也对起来，翠柳的“翠”和青天的“青”都是颜色，千秋雪，万里船，对得好极了。绝句是人们最喜欢用的一种形式。从唐朝到现在，称得上是诗人的一定写过绝句，称不上的也写绝句。在绝句中，一般说来前两句写景或叙事，一般都比较普通；后两句抒怀或言情，一定要精彩。譬如王维的《送元二使安西》：

渭城朝雨浥轻尘，客舍青青柳色新。
劝君更尽一杯酒，西出阳关无故人。

王之涣的《登鹳雀楼》：

白日依山尽，黄河入海流。
欲穷千里目，更上一层楼。

高适的《别董大》：

千里黄云白日曛，北风吹雁雪纷纷。
莫愁前路无知己，天下谁人不识君。

李白的《赠汪伦》：

李白乘舟将欲行，忽闻岸上踏歌声。
桃花潭水深千尺，不及汪伦送我情。

这些诗的后两句都是绝句中很精彩的名句。所以写绝句，前两句不精彩不要紧，但后两句一定要精彩。如果后两句也不精彩，那干脆就甭写了。

格律诗当然还有不少具体要求，例如像平仄的要求怎样拗救，怎样补救等等，我就不说了。但是格律诗撮其要者不过这五个方面的要求。这在中国诗歌史上是有划时代意义的。李白是不愿意受到束缚的，因此他的格律诗写得最少。他一张嘴就是"噫吁嚱，危乎高哉！蜀道之难难于上青天"。一张嘴就是"君不见黄河之水天上来，奔流到海不复回。君不见高堂明镜悲白发，朝如青丝暮成雪"。而杜甫的格律诗写得最好，最严谨。大约在公元666年前后，格律诗就定型了。

下面讲初唐后期，那时开始批判、扫除齐梁余风，改变了诗歌只写宫廷生活的风气，开始把诗歌写到广大社会生活中去。譬如王勃，他在初唐时代是一个非常有才华的少年，他27岁就死了。真是"千古文章未尽才"。他写《滕王阁序》，他少年气盛，跑上去就写出来了，写得非常好。在诗歌方面，他有一首诗《送杜少府之任蜀川》，他和杜少府是好朋友，在长安送好朋友到四川去。在唐代是重内任而轻外任，就是说一个人受重视就在首都做官，一个人要是不受重视，犯错误了，就到外地去。四川是什么地方？四川当时是"蜀道之难难于上青天"这样的地方，因此，这是很糟糕的事情，他写诗安慰朋友。至于杜少府是谁？我们不知道。正是由于王勃这首诗有名，杜少府也跟着流传下来了。这首诗这样说：

城阙辅三秦，风烟望五津。
与君离别意，同是宦游人。
海内存知己，天涯若比邻。
无为在歧路，儿女共沾巾。

第一句说的是送别朋友的地方。第二句的"津"就是渡口（有个灯谜叫“银河渡口”，打一地名，是天津），长江流过四川有五个渡口，因此，“五津”代表四川，是朋友要去的地方，朋友要去风烟弥漫遥远的四川。这两句虽然还没有写到依依送别的感情，但是从这样客观的描写中，我们已经可以体味到这种依依难舍的感情。“与君离别意，同是宦游人”是说，我送别你时的心情和你是一样的，“宦游”就是离开家乡到外面做官。我王勃是山西人，同样是离开家乡到长安来做官；你离开长安到四川做官，因此我们“同是宦游人”。大家知道，如果我们的好朋友心情不好，安慰他最好的办法是什么呢？就是把你的遭遇拉到跟他相同的地步。譬如说，你考试得了65分，不高兴，我就对你说：不要难过嘛，我不过只考67分而已，咱们俩都差不多。下面讲应该怎么样，就是千古名句：“海内存知己，天涯若比邻。”以前我讲过，这两句是点化谁的诗句？就是曹植的诗句：“丈夫志四海，万里犹比邻。”这句诗写得很好，但未能在民间广为流传。王勃这首诗是抒情之作，广为流传。最后两句“无为在歧路，儿女共沾巾”是说我们不应怎么样。在送别诗中，这是非常明朗和乐观的一首，一般送别诗都是缠绵的、哀伤的、感叹的。因此这首诗更显得非同一般：化悲叹为乐观，变消极为进取。

初唐四杰第二人杨炯有一首《从军行》：

> 烽火照西京，心中自不平。
> 牙璋辞凤阙，铁骑绕龙城。
> 雪暗凋旗画，风多杂鼓声。
> 宁为百夫长，胜作一书生。

最后两句很有名。从这里，开始看出唐人的精神，到前方去打仗，投笔从戎，宁可在部队里做管理一百人的小头头，也胜过做一个书生，皓首穷经，空老于书斋之内。

初唐四杰第三人卢照邻有一首诗《长安古意》。这首诗歌比较长，就不全说了。但其中有两句：“得成比目何辞死，愿做鸳鸯不羡仙。”是说，两个人能结为夫妻，则万死不辞，即使神仙我也不羡慕。

初唐四杰的骆宾王，我们就不多说了，他的《在狱咏蝉》写得很好。原诗为：

西陆蝉声唱，南冠客思深。
不堪玄鬓影，来对白头吟。
露重飞难进，风多响易沉。
无人信高洁，谁为表予心？

我们讲初唐时期最后一个诗人陈子昂。他在诗歌史中的地位是非常突出的，如果没有陈子昂，就没有盛唐诗歌的广阔大道，他为盛唐诗歌扫清了道路。陈子昂是四川人，四川是中国出才子的地方，是出浪漫主义诗人的地方。李白是四川的，苏东坡是四川的，郭沫若也是四川的。很多人“在川是条虫，出川才是龙（“蜀”字中一个“虫”字）”，出川以后才得以大展抱负。陈子昂这个人非常有才华和抱负，他向武则天上书两次，得不到重用，反而被下到牢里去。他一腔悲愤之情，无处倾泻。他登上幽州台，写下了名传千古的《登幽州台歌》，抒发了自己报国无门、请缨无路、怀才不遇的一腔悲愤。他这样写：

前不见古人，后不见来者。
念天地之悠悠，独怆然而涕下。

就是说，像古时燕赵王求士那样重用有才能的人如今没有了，后面重用有才能的人又还没有出现。前两句是从时间轴，从纵的方面来描写；而“念天地之悠悠”则是从空间方面来叙述。在如此悠远的时间，如此广阔的空间里，我一个人怀才不遇，一腔悲愤之情没有人识。因此，有两个“不见”，才有一个“独”，“独怆然而涕下”。这首诗让人感到不知从何而起，不知从何而结，一刹那间情感的抒发，写就了千古好诗。这是从齐梁到陈子昂200多年来，没有听到过的洪钟巨响。

陈子昂的另一个功劳，是从理论上批判齐梁余风。他认为齐梁余风是“风雅不作”、“兴寄都绝”，和初唐四杰批评为“骨气都尽，刚健不闻”的看法相同，这也是非常突出的。因此，杜甫说他“公生扬马后，名与日月悬”，这里“扬马”不是奔腾的骏马，“扬”是扬雄，“马”是司马相如，是说陈子昂生在扬马二位之后，但你的名声跟太阳和月亮一样，常悬于天地之间。韩愈说，我们唐朝诗歌鼎盛：“国朝盛文章，子昂始高蹈。”说陈子昂是第一个登上唐朝诗歌高坛的人。你们看，杜甫和韩愈都非常推崇陈子昂。而且一直到金人元好问，还不遗余力地称赞陈子昂。元好问有一首《论诗绝句》：

沈宋横驰翰墨场，风流初不废齐梁。
论功若准平吴例，合著黄金铸子昂。

当中的“沈”就是沈佺期，“宋”就是宋之问。第一句是说，他二人在初唐时期，对诗坛的影响很大。第二句“风流”本是个好词，但在流传过程中发生了变异，现今如果说“你挺风流的”，你会不高兴的。其实风流好呀，“水流一条线，风流一大片”，风流者，影响很大也。第二句是说，尽管沈宋影响很大，但没有废除齐梁余风，并没有扫清唐代诗坛上的齐梁余风。三、四句是说，如果按照平吴的这个例子来做标准评价陈子昂的功劳的话，就应该用黄金为陈子昂塑像。“平吴例”是什么呢？我简单地说一下。越王勾践败了，被吴王夫差抓去，他就卧薪尝胆。被放回来之后，重用一个叫范蠡的人，他很有谋略，给越王出主意，他说怎么样才能打败吴国呢？第一，我们自己要富国强兵，励精图治。第二，要让吴国不行。吴王很喜欢美女，就给他送个美女去，让他整天荒淫享乐，不理朝政。送谁去呢？范蠡有个女朋友叫西施。西施是浣纱女，长得很漂亮。后来把西施叫来，教她歌舞。送给吴王后，果然吴王非常喜欢，整日喜欢西施，不理朝政。越国越来越强，突然一下打到吴国去，平掉了吴国。这就是“平吴”。平吴之后，越王说范蠡的功劳太大了，给他高官厚禄，黄金万两，但范蠡一概不要，只要一件，就是给我西施。他就带着西施，泛舟太湖，不知所终，也有人说他做生意去了。越王勾践认为范蠡的功劳太大了，就用黄金为范蠡铸了个塑像，放在他办公桌旁边，每天都看一看。元好问意思是说如果按照平吴的这个例子，我们也应该用黄金为陈子昂铸造一尊像。虽然在中国的历史上，并没有真正用物质的黄金为陈子昂塑造一尊像，但中华民族已用精神的黄金铸造了一尊陈子昂的塑像，高高地伫立在唐代的诗坛上！

第七讲

登高壮观天地间

——盛唐诗歌

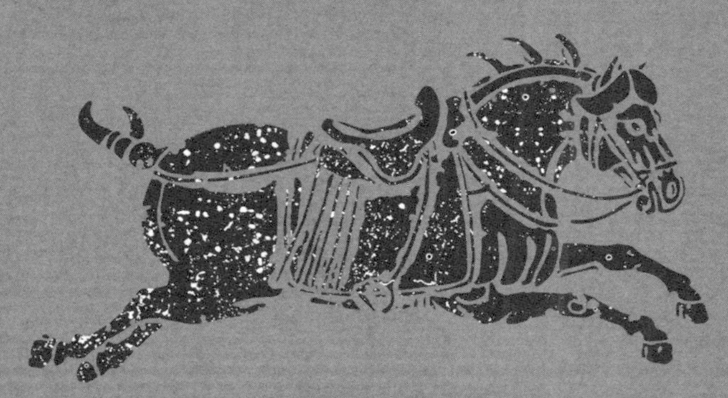

秦时明月汉时关，
万里长征人未还。
但使龙城飞将在，
不教胡马度阴山。

——王昌龄《出塞二首》(其一)

初唐从公元618年到公元712年，大约100年，是格律诗的形成期，主要诗人是陈子昂。初唐时期中国有一位著名的女皇，叫武则天，她当政从684年到704年，首尾21年。武则天是一位奇人，女子真正称皇帝的，中国历史上就她一个，其他都是垂帘听政，因此，武则天是个了不起的人物。

盛唐时期主要是唐玄宗——李隆基，关于他和杨贵妃的爱情故事，流传甚广。盛唐主要是开元和天宝两个年号。因此，我们在历史上津津乐道的就是“开天盛世”。有一个历史年代，大家要记住，就是755年，农历的冬天，11月份，爆发了一个重大的历史事件，这就是“安史之乱”，这个事件一直持续到762年的春天，首尾八年时间。这八年对唐朝的打击非常之大，从此一蹶不振，元气大伤。所以，我认为安史之乱不仅是唐朝由盛到衰的转折，而且从某种意义上说，也是中国封建社会由盛到衰的转折。

唐朝从开元起是非常鼎盛的时期。盛唐的诗歌反映了盛唐的精神，充满了积极的、进取的、昂扬的、乐观的精神；有一种高亢的、豪迈的旋律。这就是文学史家非常称道的“盛唐气象”。哪怕是发愁，也是“白发三千丈，缘愁似个长。不知明镜里，何处得秋霜”，愁都是夸张的。又如“五花马，千金裘，呼儿将出换美酒，与尔同销万古愁”。我们北大中文系有一位教授林庚先生，他是五四运动时的新诗诗人。我们问他，身体为什么这样好，有什么养生之道？他说，得益于“少年精神”四个字，心态永远年轻。林先生85岁时，还在家里唱昆曲，但现在已经不太能唱了。他自己有两句话：“蓝天为路，阳光满屋。”路在何方？路在蓝天！我为什么在这里要提到林庚先生呢？因为是他第一个提出了“盛唐气象”这个概念。盛唐的人充满了豪情，一点也不悲伤，一点也不消极，没有“回首不堪”这样的感觉，而是大方的，有气派的。

例如盛唐的边塞诗，一张嘴就是“黄沙百战穿金甲，不破楼兰终不还”。这是王昌龄的诗。不把敌人打败决不回去，这就是一种英雄主义的气概，充满了英雄主义豪情，不畏艰苦，相信我们一定能胜利。又例如王维，他说：“孰知不向边庭苦，纵死犹闻侠骨香。”即便死了，也是侠义之骨，也是香的。这就是盛唐人的精神。到了中唐晚唐的时候，这种精神开始逐步地减弱了。例如晚唐有陈陶的一组诗歌叫《陇西行》，其二说：“誓扫匈奴不顾身，五千貂锦丧胡尘。可怜无定河边骨，犹是春闺梦里人。”这样的诗歌是催人泪下的，哪里还有什么豪情呢！

再如岑参，他写道：“一生大笑能几回”，古人说“好怀百年几回开”，诸如“久旱逢甘霖，他乡遇故知。洞房花烛夜，金榜题名时”，这种难得的“好怀”，人生中能开几次！在这种时刻，一旦朋友聚在一起，就是“斗酒相逢须醉倒”，这也是盛唐人的精神，好朋友在一起喝酒，一定要一醉方休。

盛唐时像李颀写“腹中贮书一万卷，不肯低头在草莽”。他是说，如果一个人读了一万卷书，知识非常丰富，他决不甘心长期沉沦在草野之中，不甘心一辈子沉沦在下僚，一心要奋发向上。我曾讲过，传说南北朝时有一个神童，从小读了好多的书。有一年夏天一个大官要从他家门口走过，看见这个小孩脱光了躺在大道上。下边报告说，路当中躺着一个小孩，我们走不了。大官就下来问："孩子，你躺在路当中干什么？"孩子指了指太阳说，"我晒晒腹中的万卷书！"大官一听，这孩子口气这么大，就绕道走了。所以，"腹中贮书一万卷，不肯低头在草莽"，这就是盛唐的精神。

总的来说，盛唐的诗歌充满盛唐的豪情。而最能代表盛唐精神的是李白，等一会儿，我们讲李白。在盛唐时期，我们讲两个诗歌流派和两位伟大的诗人。一个流派就是山水田园诗，关于这个流派，我们讲两个人，一个是孟浩然，一个是王维。

孟浩然这个人很有才华，但命运不好，运气不佳。一辈子想向上爬，但一辈子也没爬上去。因此，他千方百计想找好朋友帮助他。孟浩然跟李白、王昌龄、王维、高适等都是好朋友。王维在长安做官的时候，有一次孟浩然去看他，正好唐玄宗来了。孟浩然因自己没有功名，不能见皇帝，赶紧躲避。但是唐玄宗已经看见，对他说："出来！出来！"孟浩然只好走出来。唐玄宗一问是孟浩然，说："你不是个大诗人吗！给我写一首诗吧。"可正是这首诗让孟浩然受苦啦。诗中有两句是这样写的："不才明主弃，多病故人疏。"就是说，我呀，没什么才华，故皇帝把我抛在一边不用。唐玄宗听了这句之后，很不高兴。他说，我并没有抛弃你呀，你这样说是诬蔑我。我没有弃你，你奈何诬我？唐玄宗从此对孟浩然不感兴趣。孟浩然长期过着田园生活。我们讲他这方面的两首诗歌。

第一首诗歌叫《过故人庄》，是很好的一首诗歌。"故人"就是老朋友。"过"在古汉语中有几种解释，在这里是指"拜访"的意思解。律诗有八句，共四联，组成"起"，"承"，"转"，"合"。这是格律诗结构上的特点。"起"就是兴起。这首诗这样说：

故人具鸡黍，邀我至田家。

绿树村边合，青山郭外斜。

开轩面场圃，把酒话桑麻。

待到重阳日，还来就菊花。

是说老朋友做了鸡肴和黄米饭，请我到农家，这是"起"。我去之后，看到绿树非常深情地环抱着这个小村落，而青山在村子外边横躺着，像哨兵一样守护着村庄。这个"合"与"斜"是拟人化，感情化。这两句诗，色彩用得非常好，树是绿树，山是青山，绿和青这两种颜色是生命的本色，让人感到生机盎然，朝气蓬勃。朋友们可以这样体会一下：假如不叫"绿树"，而是"大树村边合"；又假如不叫"青山"，叫"高山郭外斜"，这样的情感色彩就远不如绿树和青山来得好。这两句是"承"。而第五、第六两句就不能再写景这样的内容了，要"转"向另一个内容。诗中说：他和老朋友一起吃饭，打开窗户，面对的是打谷场和蔬菜的苗圃，拿起酒来，谈话的内容是"桑麻"，是一般的农事。大家看，在这个淳朴的农村小院子里，会见的是淳朴的老朋友，一个种地的老朋友，而谈话的内容是淳朴农村种地的事情。最后两句是"合"："待到重阳日，还来就菊花。"这两句意思十分丰富。第一，在刚刚分手的时候，就渴望下一次重逢，说明诗人对这次拜访非常满意。如果不满意的话，巴不得早点走，也不会想到下一次再来访。第二，再来拜访的内容是什么呢？赏菊花。在我们中国文化传统中，菊花是非常美好的，而且是百花凋谢后它"冲寒怒放"。春天的花在凋谢时，都是一瓣一瓣地掉下去。而秋天的花，是一朵一朵地掉下去，菊花就是这样，因此有这样说法："春花落瓣，秋花落朵。"人们在写菊花时，就会有这样的好诗句："宁肯抱香枝头老，不随黄叶舞秋风。"第三，诗中"就"字用得好。"就"是趋向动词，而且使人感到非常亲切。它比"还来赏菊花"，或者"还来看菊花"要好得多。大家看看，这首诗写得多好呀，“起”，“承”，“转”，“合”表达得多么好呀！它既是田园诗，又是友情诗。因此，如果你们写律诗，一定要注意“起承转合”。

这首诗让我想起宋代诗人陆游的《游山西村》，其诗中表现的“起承转合”我认为明显地是受到孟浩然的影响，虽说孟浩然的诗是五律，陆游的诗是七律。让我们将二者对比欣赏。孟浩然的前两句是“故人具鸡黍，邀我至田家”，陆游的是“莫笑农家腊酒浑，丰年留客足鸡豚”。与孟浩然写的不是一样吗！接下来陆游说：“山重水复疑无路，柳暗花明又一村。”这是中国古诗名句，名在哪里呢？一重重的山，一道道的水，好像找不到路了；但转过来一看，路又有了。中国人擅长用比喻，因此把这句诗比喻为工作中思考问题时，在人生道路上碰到挫折和困难时，以为走投无路了，可是忽然出现了转机，豁然开朗起来，这时候就会脱口而出：“山重水复疑无路，柳暗花明又一村。”诗中“山重水复”是很好的，但民间流传时，往往成了“山穷水尽疑无路”，意思完全不一样了。陆游的诗接下来是“箫鼓追随春社近，衣冠简朴古风存”。诗的最后两句是“从今若许闲乘月，拄杖无时夜叩门”：今后若再有时间，就会不时来敲门。这与孟浩然的最后两句也是非常相似的。

孟浩然还有一首诗，叫《望洞庭湖赠张丞相》。孟浩然到洞庭湖后想写一首诗，正好碰见丞相张九龄（也有说是张说），故希望张丞相能给他提拔一下。这首诗的“起承转合”也是非常清晰的。诗的开始是“八月湖水平，涵虚混太清”，写洞庭湖水面开阔。下面是“气蒸云梦泽，波撼岳阳城”，这两句是写洞庭湖的名句，写得非常开阔，非常豪迈。孟浩然诗写得非常好，是个名家，但是他心里想的只是他自己。你看接下来是：“欲济无舟楫，端居耻圣明。”我呀，想渡湖去，可是没有船，也没有船桨，只好在家白白地闲着，感到很有愧。最后诗里说：“坐观垂钓者，徒有羡鱼情。”我坐在这里看别人钓鱼，一会儿钓得条大鱼，一会儿又钓得条大鱼，可是我没有鱼竿，能给我根鱼竿就好了，如今我只有白白地羡慕别人钓得大鱼的心情。孟浩然写这首诗就是希望能够给他一官半职。

让我们来看看杜甫。同样是写洞庭湖，同样是五言律诗，也是“起承转合”结构井然。杜甫是这样写的：“昔闻洞庭水，今上岳阳楼。”登上楼一看，是“吴楚东南坼，乾坤日夜浮”。吴地是江苏、浙江；楚地是湖南、湖北，洞庭湖正好把吴楚两地分开了。乾指太阳，坤指月亮，太阳白天倒映在洞庭湖里，月亮夜晚倒映在洞庭湖里，所以太阳和月亮日夜在洞庭湖里沉浮着。有人说，洞庭湖岳阳楼上曾经挂过两副对联，右边是“吴楚东南坼，乾坤日夜浮”，左边就是“气蒸云梦泽，波撼岳阳城”。中国人是以右为上，即杜甫的诗被放在上面，孟浩然的诗被放在下面。这两句诗的写景可以说不相上下，但诗人的情怀却有天壤之别。杜甫是这样说：“亲朋无一字，老病有孤舟。”这时杜甫已到了晚年，亦很少收到朋友来信了。杜甫的伟大在于他总是从自己的不幸，想到天下人的不幸，想到别人的不幸。你看他接下来说：“戎马关山北，凭轩涕泗流。”他想到的是战争未歇，征战未停，老百姓生活在水深火热之中，为此，诗人靠在窗栏，眼泪哗哗流下来了。眼泪为谁而流？为天下的百姓而流！为天下国家不安宁而流！因此，杜甫这样的人才是“大家”，而孟浩然则是“名家”。什么叫“名家”？就是有大才华、大聪明、大手笔，在某一个方面取得杰出的成就，这就是“名家”。什么叫“大家”？就是在“名家”的基础上，在大才华、大聪明、大手笔的基础上，还要再加上大胸襟、大气派、大境界。这是我对比讲这两诗的主要观点。我认为，“大胸襟”说起很容易，但要真正做起来就很难，大胸襟的内核就是“不为自己，全为别人”。如果能做到这样，那就是圣人。杜甫就是个诗圣。或者“多为别人，少为自己”，这也很了不起。

公元2006年春天里，著名的王选院士去世了。我认为，这是中华民族的一个巨大损失。他和许多杰出院士一样，是我们民族的功臣，我们应该用国葬之礼来葬他。要是没有王选研制的汉字激光照排技术，我们中华民族就会跟不上时代步伐。在中国所有的文化遗产中，我认为汉字是最伟大的遗产，是一代一代人创造性智慧的结晶，它像纽带把中国人紧紧联系在一起。如果没有王选的汉字输入激光照排技术，我们的汉字文化就无法走出去。王选夫妇没有孩子，他去世时我为他写了一副挽联，是集句联。上联是取自杭州西湖岳飞坟前的“青山有幸埋忠骨”，那一联的下联原是“白铁无辜铸佞臣”，而我用“白云无尽是儿孙”为对。这一句取自著名马一浮先生的话，他21岁时，刚结婚一年不到，妻子得病去世了。在这之后，别人劝说他再娶一个妻子，他说，不要，我不结婚了。别人就说，那样的话你就断子绝孙了。他坦然答道：“他年青山埋骨处，白云无尽是儿孙。”在2000年时，王选就查出有癌症。为此，他写了个遗嘱，上面有一段这样的内容：北大季羡林季老说，什么叫“好人”呢？就是“想别人比想自己多一点”。王选在遗嘱里说，“我以为还可以把标准再降低一点，一个人在想到自己的同时也能想到别人，这也就是好人了。”我们说，若少想到自己，多想到别人，这就是大家胸怀。如果全想到别人，不想自己，这就是圣人，像孔子一样，是圣人胸怀。杜甫有首诗《茅屋为秋风所破歌》，秋雨哗哗下来，床头屋漏，给诗人带来很多痛苦，杜甫的伟大在于从自己的不幸想到天下人的不幸：“安得广厦千万间，大庇天下寒士俱欢颜，风雨不动安如山。呜呼！何时眼前突兀见此屋，吾庐独破受冻死亦足！”这是什么精神？这就是伟大的“利他主义”精神！也是我们今天所说的共产主义精神。

在我的一篇小文章中，我还说到白居易，他的夫人给他做了一件新布裘，他穿在身上暖和和的，想到天下人要是都像自己一样暖和和的，那该多好啊！于是写了一首《新制布裘》，五言古风，共十六句，结尾几句为："丈夫贵兼济，岂独善一身。安得万里裘，盖裹周四垠。稳暖皆如我，天下无寒人。"这种境界也很了不起。但是宋代有个人叫黄彻，在《䂬溪诗话》中有个评语说，白居易的"推身利以利人"，不及杜甫的"宁苦身以利人"！这个评论非常到位，这就是"名家"与"大家"的区别。孔子是大圣人，正如司马迁在写《史记·孔子世家》时说的那样——"高山仰止，景行行止"，一般人是达不到的。但是要做到"虽不能至，然心向往之"。我们应用这种精神教育我们的后代，教育我们的子孙，虽说我们没有这样伟大的精神境界，也许我们一辈子都达不到，但我们要追求它，不断地去实现它，这样的人生才会不断地进步，才会一步步走向光明，走向美好的未来。

再讲诗人王维。他跟李白同一年出生，不过早一年去世，他早年时就很有抱负。他到边疆去的时候写道："大漠孤烟直，长河落日圆。"对于"孤烟"有一种说法，是指狼粪烧的烟，狼烟；另一种说法，是指龙卷风。沙漠中茫茫无边，太阳是圆圆的，整个地落下去。这两句写得非常好。《红楼梦》第48回中，香菱向林黛玉学诗，读王维诗，读到"大漠孤烟直，长河落日圆"时，香菱感到"直字似无理，圆字似太俗"。她说：当我闭上眼睛时，就出现诗句的情景。若想找别的两个字来替换，可是怎么也找不出来了！这当然是曹雪芹的观点。

在公元755年安史之乱时，王维未走得了，叛军将他抓起来后让他做官。给叛乱的人去当官，如同在日本侵华时当上"伪官"一样。唐朝军队打回来后，要将给安史当过官的人都杀头，幸亏王维在作"伪官"时写了一首诗，其中一句说"百僚何日更朝天"，表明王维作"伪官"时，良心还没有完全泯灭，还想着大唐王朝。

第二,他的弟弟王缙在朝廷里做大官,听说他哥哥要被杀头,就上书朝廷说,我宁可削职为民用我的官来赎我哥哥的命,这样王维没有被杀头。但经过这件事以后,王维原来的豪情就消失了。他自己说:"晚年唯好静,万事不关心。"在长安南面终南山买了初唐宋之问的一个辋川别墅度过他的晚年。王维是个多才多艺的人,他书法写得好,他音乐也有才华,他的画也很好。在苏东坡北宋时代还能看到王维画的真迹,可是现在很难找了。如果在座的朋友们能在箱子底下翻出王维的画来,那么买栋别墅也就不用发愁了。不用说王维,就是苏东坡的画,也极难得到了。苏东坡称赞王维的诗是"诗中有画",说王维的画是"画中有诗"。诗是没有颜色的画,画是没有文字的诗。

王维有一首诗《竹里馆》:"独坐幽篁里,弹琴复长啸。深林人不知,明月来相照。"写得非常幽静。还有一首《鸟鸣涧》这样写:"人闲桂花落,夜静春山空。月出惊山鸟,时鸣春涧中。"诗中的"桂花"是春天的桂花,叫"春桂"。一般的桂花是八月的桂花,"八月桂花遍地开",那是"秋桂"。月亮出来把山中的鸟都惊起来了,月出于东山之上,鸟以为天快亮了,说明是多么安静!这首诗是非常典型的"以动写静",以动态的事物表达幽静的境界。鸟叫得愈厉害,愈显出山的幽静。南北朝有位诗人叫王藉,他有两个名句:"蝉噪林逾静,鸟鸣山更幽。"这都是以动写静,动中有静。我们在游山玩水时,会经常看到这两句诗作为对联的。但是,这首诗的毛病在于,两句的意思完全相同。到了唐代格律诗定型后,这是最忌讳的"合掌对"诗句。后来有人可能受王维诗的影响,改为如下两句:"风定花犹落,鸟鸣山更幽"。花是怎么落的呢?不是风吹的,是自开自落,这是静中有动;而后一句则是动中有静。

王维的送别诗也写得非常好,有一首著名的《渭城曲》:

渭城朝雨浥轻尘，客舍青青柳色新。
劝君更尽一杯酒，西出阳关无故人。

大家注意，“劝君更尽一杯酒”中不是“进”，而是这个“尽”，即全部干光；把对朋友的感情在这最后一杯酒中完全表达出来。这首诗歌前两句写景，“渭城”就是长安，早上下了一场雨，把路上浮尘都打湿了，正好让朋友上路。“客舍”就是旅馆，下了一场小雨后，柳树上的灰尘都洗掉了。诗歌的前两句写得非常温柔，非常亲切；而后两句则写，到了阳关那边，就没有老朋友陪你喝酒了，写得很感伤，因此情和景是相反的。

让我们比较一下唐代诗人高适的作品，他有一首诗歌《别董大》。这首诗也是前两句写景，后两句抒怀：

千里黄云白日曛，北风吹雁雪纷纷。
莫愁前路无知己，天下谁人不识君！

注意，一般唐诗中的“白日”都不是指白天，而是指明亮的太阳。如“白日依山尽”中的“白日”也一样。诗歌的第一句中的“曛”就是昏暗，暗淡。这两句写景写得非常寒冷，非常辽阔，非常暗淡。但是下面抒发的感情却非常昂扬，非常振奋。当中的“识”，不是指一般的认识，而是指你的人品这么好，你的才华这么好，你的德行这么好（德行本来是个好词，但到了北京就变了，如说：“瞧你这德行！”），天下谁人不赏识你，谁不喜欢跟你交朋友？所以你不用发愁，在你未来的人生道路上，还会有新的朋友。你们看，这两句写得多么好呀！如果当你要到边远的地方去时，你的朋友用这两句给你送行，你的心情就会一下子为之振奋。这首诗和王维的诗都是前两句写景，后两句抒情，情景相反。情景交融是一种美，情景相反也是一种美。艺术上有一种定律，叫“相反相成”。

我们再给大家讲一首王维的诗《送沈子福归江东》，古时候“江南”称为“江东”，这是为什么呢？因为长江在南京前有一段呈南北走向，其东面就是江南一带。这首诗是这样写：

杨柳渡头行客稀，罟师荡桨向临圻。
惟有相思似春色，江南江北送君归。

“罟师”指划渡船的老人，前两句的叙事非常平常。本来“相思”含义是很广的，指人与人的思念，但后来的含义变得很狭窄了，成了男女之间的情思。后两句是说，你在江南也好，在江北也好，到处都是春色无边，都有春光陪伴着你。而这些陪伴你的春光就是我的相思之情在陪伴着你。春色无边，无处不在，则朋友无处不在，相思之情无处不在。这两句写得非常好。

我们再讲一个诗人。最能代表盛唐特色的，那就是李白。李白是从公元701年到公元762年，而杜甫是公元712年到公元770年。李白和杜甫是好朋友，在公元744年时，他们相逢在东都洛阳，结下深厚友谊，分手后再也没重逢过，分别即为永别。李白是在上升时代完成他诗歌的创作和人生的塑造，是代表豪迈时代人们的声音；而杜甫是在安史之乱之后才登上诗歌的舞台，成为人民的诗人。因此，杜甫是苦难时代的代表，是苦难时代人民心声的抒发者。李白5岁时跟随父亲从国外(即今天的吉尔吉斯斯坦的托克马克)回来，所以李白是古代的“海归派”。李白的爸爸李客是个商人。大家知道，中国古代封建社会中“重农抑商”，商人的地位不高，有“君子不言利”之说。因此李白从来没有一句诗是夸耀自己家庭出身的。而杜甫一张嘴就夸耀自己奉儒守官的家庭非常好："诗是吾家事"，"吾祖诗冠古"，他的祖父是初唐诗人杜审言。李白从来不夸耀家庭，而是说"天生我材必有用"。相传李白5岁时来到四川，读书时感到太苦了，就逃学从山上沿小溪往下走，看到一个老妇人在磨东西。李白上前问：老妈妈，你磨什么东西？老妇人回答说：我想把这铁棒磨成绣花针。李白听后，幡然醒悟，扭头又上山去继续读书。这样我们中国就留下这样的格言："只要工夫深，铁杵磨成针"，或者"铁棒磨成针，功到自然成"。李白后来不愿考科举，认为这太麻烦了，要一步一步往上爬。他曾经说，"要则不飞，一飞冲天；要则不鸣，一鸣惊人。"在公元742年，李白42岁，名声已很大了，唐玄宗都知道他的诗歌写得非常好。李白有个朋友叫吴筠，在朝廷做事，就向唐玄宗推荐李白。唐玄宗下诏让李白来长安。李白一听说皇帝要招他去，十分高兴。就写了首诗，告别家乡父老，诗最后两句是这样："仰天大笑出门去，我辈岂是蓬蒿人！"这就是李白，"仰天大笑"就是李白。杜甫一辈子都没有"仰天大笑"过，只"狂"过一次，当然这一次也是非常有意义的。那是安史之乱平定后，他在四川写了平生唯一一首快诗："剑外忽传收蓟北，初闻涕泪满衣裳。却看妻子愁何在，漫卷诗书喜欲狂……"这首诗我们下次再讲。

李白来到了长安，当时42岁，朝廷有个诗人叫贺知章，已经83岁了。"人生七十古来稀"，贺知章85岁才去世，是位长寿诗人，非常了不得。李白将自己的诗给贺知章看，因为贺知章威望高，贺老要说好就好，说不好就不好。贺老打开李白的诗《蜀道难》："噫吁嚱，危乎高哉！蜀道之难难于上青天！……"这么好呀！李白你简直不是人呀！是从上天贬谪下来的仙人——"谪仙"呀！从此李白最喜欢这个雅号"谪仙"。李白去拜访宰相，递上个名片，说自己是"海上钓鳌客——李白"。宰相问李白：你钓鳌用什么为钩？什么为线？李白回答说：我以彩虹为线，以明月为钩。宰相又进一步问：你以什么为饵呀？李白答：我以天下无义气丈夫为饵。宰相听后，吓了一大跳。有一次，从吐蕃族给朝廷来了一纸公文，朝廷里的人都不认得这种外文，李白留过学，一下子就将公文翻译出来，满朝文武都相当惊讶。唐玄宗很高兴，并让李白用吐蕃文给回一封信。李白说，可以呀！让杨贵妃捧砚，高力士脱靴。李白如此傲岸，处世"不屈己，不干人"，得罪了权贵。到了公元743年春天，沉香亭北百花盛开，唐玄宗非常高兴，带着杨贵妃春游。杨贵妃非常漂亮，她是"解语花"，牡丹花虽然漂亮，但它不会说话，而杨贵妃这朵"花"会说话，能理解人的心意。唐玄宗说，对着美景美人，不能唱旧曲，就让人叫李翰林李白来填词，李白写了《清平调》词三首。李白来朝廷本来希望抒发和施展自己的抱负，但没法施展，不过是皇帝生活的点缀，高兴就叫他来，不高兴就让他走。李白的诗歌里经常说"大话"，但是打开他的全集，在他的诗文里却找不到一句像王安石、苏东坡"策论"这种东西，即治国怎么治，用兵怎么用，只有"天生我材必有用"这类的话。因此，李白在公元744年辞别了朝廷。他是公元742年去的，首尾是三年，实际上是两年多时间，希望唐玄宗将他放还，离开朝廷。唐玄宗对他兴趣也淡漠了，走就走吧，并给他"五花马"，"千金裘"这些值很多钱的东西。所以李白后来有钱喝酒："百年三万六千日，一日须倾三百杯。"你们看，李白算账算得非常清楚，一百年就是三万六千日，一天得喝三百杯。李白最喜欢喝酒："人生得意须尽欢，莫使金樽空对月。"酒喝完了，再添满，不能让杯子空着。李白和朋友在一起："两人对酌山花开，一杯一杯复一杯。我醉欲眠卿且去，明朝有意抱琴来。"李白离开长安在东都洛阳遇见了杜甫，两个人结下了深厚的友谊。今天暂不讲这些。

李白这个人特别喜欢山水，"五岳寻仙不辞远，一生好入名山游。”他家乡在四川江油，李白晚年寄居在安徽当涂马鞍山他族叔李阳冰家里。李白的一生是悲剧的一生。什么是悲剧？从本质上说来，一个人有理想有抱负，但得不到施展，怀抱着理想和抱负而死去，这就是悲剧。李白就是这样，到后来他没有回到自己的家乡，在马鞍山住着，寄人篱下。长江流经安徽的地方，江边有突出的地方，就叫“矶”，如南京有个燕子矶，马鞍山这里有个采石矶。李白乘小船到江里去，月白风清，在小船上喝酒。清清的江水，明明的月亮，李白一生最喜欢月亮，最喜欢喝酒。杜甫说：“露从今夜白，月是故乡明。”天下月亮都是一样的亮，为什么家乡月亮最亮呢？这是因为对家乡怀有最深厚的感情。这种手法叫“移情于物”，把自己的感情寄托到所描写的事物上去。在古代诗歌中，写月亮写得最好的是唐代——“月是唐代明”。在唐代诗人中，写月亮写得最好的是李白——“月是李白明”。李白从小就喜欢月亮，他说：“小时不识月，呼作白玉盘。”长大以后，他喜欢四川的月亮，“峨眉山月半轮秋，影入平羌江水流”。长大后他说：“花间一壶酒，独酌无相亲。举杯邀明月，对影成三人。”还有“青天明月来几时，我今停杯一问之。”我曾经把李白的诗句和苏东坡的诗句放在一起组成一联：“举杯邀明月”，“把酒问青天”。

回到李白那天在月白风清之下游采石矶，在船上喝酒，一定是喝多了，当月亮倒影在江水里，他醉态懵懂中以为月亮在江水里，就去抓月亮，一头掉下去就淹死了。月亮怎么能抓得住？有个办法可以抓住。唐代诗人于良史有这样的诗句：“掬水月在手，弄花香满袖。”关于李白之死，有很多传说，但我最相信这个传说，他以这样方式去死，死得最好。一个非常浪漫的诗人，一个非常喜欢月亮的诗人，在如此清清的江水中，在如此明亮皎洁的月光下，李白死了，这不叫“死了”，而是“仙去了”，这多好呀。李白的墓就在采石矶旁边。38年以后，中唐诗人白居易去凭吊李白的墓，写有《李白墓》："采石江边李白坟，绕田无限草连云。可怜荒垅穷泉骨，曾有惊天动地文。但是诗人多薄命，就中沦落不过君。"一般人说"红颜薄命"，但白居易说"诗人薄命"，而在薄命的诗人中，命运最不好的也不超过你啊！这首诗写得很好。从那以后，历朝的人都在那里写诗留念。明代有个进士叫梅之焕，看到李白墓前历朝历代很多人写诗刻石，有感而发，写了一首打油诗："采石江边一堆土，李白之名高千古。来来往往一首诗，鲁班门前弄大斧。"李白是何许人也？李白是诗仙呀！你在诗仙面前写诗，不是整个一个傻子吗！

讲到这里我就想起1995年10月25日，我参加北大接待香港著名武侠小说家金庸先生，他捐资100万港币支持北大做国学研究，北大授予他名誉教授，并请他作演讲。这个人文章、小说写得文采飞扬，非常好，但他不善言辞，讲话不紧不慢、结结巴巴的。正是他开始时不紧不慢地讲了四句话，让北大学生掌声雷动。他怎么说的呢？他说前两年他到兰亭去。兰亭是什么地方？王羲之的家乡。王羲之何许人也？书法家。"书法家"太轻了，是"书圣"，以后不要说书法家，要说书圣。金庸是名人，到兰亭后，公园负责人摆好笔墨，请他无论如何得留下墨宝。金庸说，在这个地方，无论如何也不敢写字。后来又到了成都的杜甫草堂，杜甫是何许人也？杜甫是诗圣呀。草堂主人让金庸写几句诗，金庸说，这里是诗圣杜甫流寓住过的地方，我怎么敢在这里写诗呢！金庸讲完这段之后，他不紧不慢地说，我当时只想起三句话，第一句话是："班门弄斧"；第二句话是："兰亭挥毫"；第三句话是："草堂赋诗"；今天到北大来演讲，我忽然想起第四句："北大讲学"。学生们掌声潮起。

李白的诗歌第一个风格就是豪放飘逸；这是他的主体风格。

这可以借用杜甫称赞李白的两句诗来概括："笔落惊风雨，诗成泣鬼神。"李白的诗写好之后，鬼神也为之感泣。李白的夸张令人难以想象，可以把大的事物夸张到非常小，如"黄河如丝天际来"。也可以把小的东西说成非常大，如"燕山雪花大如席"。鲁迅先生说，这夸张得好，因为燕山（即北京）有雪，夸张必须有真实作为基础；如果说是"广州雪花大如席"，那就不是夸张，而是荒谬了，因为广州压根儿没有雪花。又例如"白发三千丈，缘愁似个长。不知明镜里，何处得秋霜"。谁都知道谁的头发都不可能有三千丈这么长。但这是最好的夸张形容句子，设想一下，如果说"白发三尺长"，就不是李白写的句子，永远不能激动人心，尽管那样更接近现实。

李白的诗歌豪放飘逸还在于他喜欢写高大的，壮美的，飘飞的，流动的事物。大的如写大鹏鸟，写雄鹰，写骏马，写高山，写飞瀑，写宝剑，写黄河，写长江。"登高壮观天地间，大江茫茫去不还。黄云万里动风色，白波九道流雪山。"雄鹰、骏马、大鹏鸟本身就很有气势，加上李白夸张手笔就更加有气势，更加豪放飘逸。如果不写大鹏鸟你写麻雀，那么怎么夸张也不会有气势；你不写千里马，而是写老鼠，怎么写也不会有气势。

象就是物象，一旦进入诗歌就成了意象。李白在写意象时，喜欢写高大的，壮美的，飘飞的，流动的。大家记住，飘飞的、流动的意象更能引起审美的兴趣，具有更强的感发人心的力量。李白一张嘴就说："日照香炉生紫烟，遥看瀑布挂前川。飞流直下三千尺，疑是银河落九天。""连峰去天不盈尺，孤松倒挂倚绝壁。飞湍瀑流争喧豗，砯崖转石万壑雷。"他喜欢这种飘飞的东西，这使得他的诗歌豪放飘逸。这是他的主体风格。

对一般人来说，有一种风格就很了不起了，李白的诗歌还有完全不同的另外一种风格，那就是清新自然。把豪放飘逸和清新自然统一在一个人的笔下，是非常难得的，李白是非常了不起的一个，后来的苏东坡也是一个。李白的清新自然风格可以用他自己的两句诗来形容："清水出芙蓉，天然去雕饰。""芙蓉"就是荷花，出水芙蓉，天然之美，她的美不用"淡扫蛾眉"，也不用"浓施粉黛"，内质的美是最美的。李白这类诗最典型的就是《静夜思》：

床前明月光，疑是地上霜。
举头望明月，低头思故乡。

这20个字，不论是老人读，还是小孩读，读出来都让人感到那么清新，让多少人引起共鸣。从唐代开始，多少炎黄子孙，在千千万万的情况下，有着千千万万不同的思念家乡的情怀，但都可以借助于这20个字来抒发自己的情感，这就是这20个字的伟大之处。好的诗歌永远不是诘屈聱牙、晦涩难懂的。反过来，晦涩难懂的，永远不会是好的诗歌。好的诗歌是"到口即消，味之愈长，历久弥新"。诗歌写得越具体，包含的内容越狭小，越不能引起更多人共鸣。设想一下，如果李白写的是"低头思儿子"，这样具体，就不会有那么多人共鸣了。我在日本讲学两年，让日本学生背唐诗，一年讲下来，每个人都能背出来的，就是李白这首《静夜思》。一首诗歌，读了之后让人忘不了，永远记住，都不知是什么时候学会的，什么人教的，什么时候开始背下来的，其他诗都忘了，惟独这首诗歌忘不了，这就是一首好诗，具有巨大的感发人心的力量。四年以前，2002年，香港城市大学校长张信刚教授来北大，和我们一起讨论大学生的素质教育。他先发言说，现在香港年轻人知道中国传统文化太少啦，一问他们会背古诗吗？他们一张嘴就背："床前明月光……"他的意思是说学生知道得太少了。后来我在发言中说，张校长说出了问题的一个方面，但问题另一方面还在于，能够记住这 20 个字的，就是中国人。这就是中国文化的烙印，而且深深地烙在他的骨子里、融在血液中。张教授亦赞同我这个观点。

李白在安徽时，泾县农村有个人叫汪伦，他非常崇拜李白。原来以为汪伦是农民，后来考证他是小地主，这无关紧要。他非常希望李白来他们村玩玩。他知道李白第一喜欢大自然，第二喜欢美酒，就写了封信给李白，告诉李白说：我们这里有"万家酒店，十里桃花"。李白一看，这地方好呀，就去了。李白去了一看，这是个小村庄，哪里有什么万家酒店！就问汪伦：万家酒店何在？汪伦笑嘻嘻对李白说，你来看看，指给李白看一家酒店的酒旗上写有"万家酒店"，原来开酒店的老板姓万，他开的酒店不就是万家酒店吗。李白又问：十里桃花何在？他就指给李白看外边的一个桃花潭。李白很高兴，走的时候写了一首诗《赠汪伦》：

李白乘舟将欲行，忽闻岸上踏歌声。
桃花潭水深千尺，不及汪伦送我情。

前两句像说话一样，很平常。但后一句很不简单。不简单在哪里？第一，诗中"不及"使用得好，它使得感情无限了。如果改"犹如"、"好像"、"就似"，感情就有限了；而"不及"让人想象有多深就有多深。第二，这里桃花的意象用得好，它美好，美丽，用它来比喻友情，可以说是珠联璧合，相得益彰。如果不用桃花潭，而是"黑龙潭"，从认知上说，"桃花潭水深千尺"与"黑龙潭水深千尺"是一样的，但在情感色彩上，则是天壤之别。一个是非常美好的，温暖的；一个是恐怖的，不好的。如果写成"黑龙潭水深千尺"，那么下一句只能是"不及某人罪恶深"，用它来写贪污几百万的坏人还差不多。

第八讲

乌衣巷口夕阳斜

——中唐诗歌

朱雀桥边野草花，
乌衣巷口夕阳斜。
旧时王谢堂前燕，
飞入寻常百姓家。

——刘禹锡《乌衣巷》

今天讲中唐诗歌。公元 755 年(到 762 年)安史之乱爆发之后,唐王朝一蹶不振,元气大伤,大约在公元 780 年左右开始有些起色。在当时的社会条件下,产生了一种改革的潮流。在中国历史上,任何革新运动都只有在这样的条件下才能产生:一方面社会有矛盾,一方面又有转机;一方面有弊端,一方面又有希望。如果一个社会没有矛盾、没有弊端,可以用两句诗歌来形容:“春色满园关不住”,“万紫千红总是春”。社会非常好则不需要改革。如果说一个社会没有转机,没有希望,这个社会则可用另外两句诗歌来形容:“无可奈何花落去”,“流水落花春去也”。这个时候也不用改革了,因为没有希望了。我认为古往今来,概莫能外。中唐社会正属于改革的时期,在政治上实行改革,文学上也改革。在散文方面有韩愈、柳宗元的古文运动,在诗歌方面有白居易的新乐府运动。这是总的、大的背景。盛唐时期李白的豪情已逐步消失了,从杜甫开始关心现实,揭露社会的弊端,影响了以后的诗人。

杜甫以后到中唐时开始有两个诗人:一个是元结,一个是顾况,他们都是继承了杜甫反映现实的传统,用诗歌描写老百姓的苦难生活,所以元结和顾况可以看作是白居易新乐府运动的先声。他们写了不少诗歌,不举例了。我先特别介绍一下顾况,他生于公元726年,死于公元810年左右,活了80多岁。他的诗歌从内容到形式方面都影响了白居易。在他60多岁时,白居易才20多岁(白是772年~846年)。唐朝文人有个时尚叫干谒,文人把自己的诗歌作品拿去请当朝有权威的人物看一看,或者是文坛权威,或者是政坛的宰相,只要德高望重有权威的人说你写得好,你便一下子声名鹊起,誉满京华,身价百倍。白居易把自己写的诗歌,拿给顾况请他看一看,他正准备睡午觉,递了过去,他未及打开,先看一下名字:"白居易",就随口说道:"长安米贵,居大不易。"米贵不是指物价,而是说这个地方人才济济,你要想在长安这个地方生活下来可不容易呀!他一边说一边打开诗一看,看完第一首《赋得古原草送别》:"离离原上草,一岁一枯荣。野火烧不尽,春风吹又生。远芳侵古道,晴翠接荒城。又送王孙去,萋萋满别情。"一下子就站起来,他说:能够写出这样诗歌的人,"居天下亦易!老夫前言戏耳",刚才是开个玩笑。顾况从此就非常看重他。白居易很受顾况的影响,诗的内容多反映现实,形式上则喜欢在题目下加个小注,都是受顾况影响。比如《卖炭翁》的题目下,加上"苦宫市也":我写这首诗是揭露"宫市"扰民。皇帝的宫里人到宫外边采购东西,不给钱或给很少的钱,老百姓非常痛恨这样一种现象,称之为"宫市"。

元结、顾况之后,有些诗人如钱起、韦应物都是这个时候的诗人。韦应物是个山水诗人,他最有名的诗《滁州西涧》:

独怜幽草涧边生,上有黄鹂深树鸣。
春潮带雨晚来急,野渡无人舟自横。

这最后一句,曾经成为宋代画院的一个绘画的题目。有个人画了野外涧边有个小船，有一个摆渡老人，懒洋洋地坐在船上。这幅画最得这首诗歌真谛：野渡无人，不是说一个人没有，而是指没有行人来往，所以摆渡老人百无聊赖地坐在船上。韦应物也是非常同情老百姓的。他有首诗说："身多疾病思田里，邑有流亡愧俸钱。"我所管的县里老百姓有流离失所，我拿国家的俸禄感到非常有愧。白居易也有这种情怀。他有诗《观刈麦》说："田家少闲月，五月人倍忙。夜来南风起，小麦覆垅黄。妇姑荷箪食，童稚携壶浆。相随饷田去，丁壮在南岗。足蒸暑土气，背灼炎天光。力尽不知热，但惜夏日长。"写老百姓刈麦时的辛苦劳累。最后说："今我何功德？曾不事农桑。吏禄三百担，岁晏有余粮。念此私自愧，尽日不能忘！"我认为"邑有流亡愧俸钱"是封建时代官吏中非常难得的一种心态，能想到老百姓的痛苦。

在白居易之前，还有个诗人叫李益，写了这样的一首比较好的边塞诗《夜上受降城闻笛》：

回乐峰前沙似雪，受降城外月如霜。
不知何处吹芦管，一夜征人尽望乡。

你看这样的诗歌，不像盛唐气象的"黄沙百战穿金甲，不破楼兰终不还"、"孰知不向边庭苦，纵死犹闻侠骨香"。到了中唐就是"不知何处吹芦管，一夜征人尽望乡"，听到家乡小调就怀念家乡了，远远没有盛唐时期英雄主义和乐观主义的豪情。到晚唐，有个诗人叫陈陶，他有一首诗歌《陇西行四首》(其二)："誓扫匈奴不顾身，五千貂锦丧胡尘。可怜无定河边骨，犹是春闺梦里人。"你看，诗到了晚唐的时候，边塞诗已是催人泪下了。丈夫战死已成白骨一堆，南方的妻子不知道，每晚做梦还和他团聚呢，还是春闺梦里人。从盛唐的"不破楼兰终不还"，到中唐的"一夜征人尽望乡"，到晚唐的"犹是春闺梦里人"，可以看出时代对诗歌的影响。李益还有一首小诗，大家可能会引起共鸣。他跟外弟十年后又相逢了，非常激动，但又很快又要分手了，于是写了《喜见外弟又言别》，写得非常真切。他说："十年离乱后，长大一相逢。问姓惊初见，称名忆旧容。别来沧海事，语罢暮天钟。明日巴陵道，秋山又几重？"写得非常真切：在未来的人生道路上，又有多少艰难险阻在等着我们呢！"问姓惊初见，称名忆旧容"，非常生动，写得很好，很容易引起人共鸣。从杜甫到白居易之前，我们就简单地讲以上这些。

下面讲白居易和新乐府运动。白居易是个相当了不起的诗人，他是唐代诗人中诗歌流传下来最多的，共有 2 700 多首，没有一个超过他。像李白只有 900 多首，杜甫只有 1 400 多首，而白居易一个人就有 2 700 多首。他的诗为什么有那么多流传下来呢？主要是因为他活得长、写得多，并且在 50 多岁的时候，就自己为自己的诗歌编集子了。在中国历史上，诗人自编诗集开始于白居易，所以他的诗歌散失得很少。这看似好事，但不一定是好事，因为他把自己诗歌中什么东西都收进来了，有些不好的、无聊的也都收进来了。而像李白虽然只有 900 多首，但他去世后，他叔叔为他编的集子有个序言，说李白的诗已"十失八九"，真正好的就是能流传下来的诗歌。反过来说，没能传下来的东西，大都不是真正好的东西。我从不为中国诗歌遗失的东西而惋惜，真正好的东西一定会流传下来，如李白的 900 多首，每一首都是精金美玉。

白居易一生分两个时期。儒家最典型、影响最深远的两句话：《孟子》中的"穷则独善其身，达则兼善天下"。这个"穷"，在中国古代汉语中是指精神方面，精神上不得志叫穷，而物质上没有(无吃无穿)叫做贫。现在贫穷都连在一起说了。穷，不得志，自己要管好自己；达，显达，有所作为，就要兼善天下。白居易是最典型的“穷则独善其身，达则兼善天下”。在40岁以前，他做谏官，以诗歌作为奏章，他认为诗歌应“补察时政”，对老百姓有帮助。前期他主张“惟歌生民病，愿得天子知”。他还有一句最典型的话，是他著名的诗歌主张：“文章合为时而著，歌诗合为事而作。”不能无病呻吟，不能无目的地只关心自己一身，应为了时事，为了老百姓而写。这是中国诗歌中的一条关心现实的红线：从《诗经》开始，《诗经》是“饥者歌其食，劳者歌其事”，这是中国诗歌的优良传统。中国人不喜欢无病呻吟，或者只关心自己，那样意义不大，诗歌要有真实的内容。汉乐府继承了这个传统：“感于哀乐，缘事而发”，到白居易的“文章合为时而著，歌诗合为事而作”，这是我们中国古代诗歌的优良传统。所以在前期，白居易不遗余力地为老百姓歌唱，他在做左拾遗（是个谏官）时，对皇帝直言规劝，他把自己的诗歌作为奏章，来给皇帝提意见。在前期的作品中，著名的有《新乐府》五十首，还有《秦中吟》十首，这六十首诗歌都是反映民间疾苦的。“乐府”是汉代管理音乐的机构，后来成为诗歌体裁的名称，叫乐府诗。他的新乐府不用旧题目，他可以不歌唱，但本质上和乐府一样反映现实，反映老百姓的心声。比如《卖炭翁》，写了个卖炭的老人在山里砍柴烧炭，脸上怎么黑，心里怎么愁苦，早晨天寒地冻，在冰雪地上推了炭车赶到城里去卖，他的心理活动是最典型的两句话，白居易把同情的笔深入到贫苦人内心的最深处，说“可怜身上衣正单，心忧炭贱愿天寒”。担心天一暖和，我的炭就卖不到好价钱了，所以但愿天气一直寒冷，尽管自己冻得哆哆嗦嗦，还祈求老天，你再寒冷一点吧、再寒冷一点吧，只要炭能卖个好价钱就行，我们一家子才能活下去！写得多么深刻。白居易还有一首诗《红线毯》，写南方女子采桑养蚕、择茧缫丝织成地毯，一寸地毯不知要费多少人的心血和汗水，但统治阶级拿来铺在宫殿地上供美人踩踏歌舞,毫无爱惜之心。最后他发出了强烈的抗议:“地不知寒人要暖,少夺人衣作地衣!”揭露得非常深刻。

白居易41岁那年,因为一件事情被贬官到了九江,即陶渊明的家乡,成为江州司马。他在“达则兼善天下”时写得多么激烈,连皇帝都受不了,如“虐人害物即豺狼,何必钩爪锯牙食人肉”。残酷欺压老百姓的就是豺狼虎豹!但是被贬职后,白居易一下子变为消沉了,开始走上“穷则独善其身”了。他自己说:“面上灭除忧喜色,胸中消尽是非心。”看不出忧喜,无所谓了,管他人世间是对与不对呢,我都不管了。实际上,他也没有完全消极,在杭州、在洛阳还为社会做了不少好事。简单说一下他好的诗句。有首诗写自己盖房子,一定要找个好邻居:“每因暂出犹思伴,岂得安居不择邻?”另外,还有一首诗歌《放言五首》(其三):

赠君一法决狐疑,不用钻龟与祝蓍。
试玉要烧三日满,辨材须待七年期。
周公恐惧流言日,王莽谦恭未篡时。
向使当初身便死,一生真伪复谁知?

任何人世间的事物,时间是最有力的试金石,是最好的考验。我们说:“路遥知马力,日久见人心”;“疾风知劲草,板荡识诚臣”。周公旦辅佐成王,他没有一点二心,却有流言说他要篡位;王莽非常之谦恭,人们不知道像他这样的人后来会造反:向使当初死了,那么“一生真伪复谁知?”这首诗写得挺好的。

白居易前期有一首长诗,叫《长恨歌》,共有120句,840个字。他被贬以后的后期又写了一首长诗,叫《琵琶行》,有88句,616个字。我以为，他全部2 700多首诗歌，哪怕一首也没有，只要有这两首诗，他就永垂不朽。清代孙洙编选《唐诗三百首》，很有眼光，他普及唐诗给小孩们读，竟把这两首诗都选进去了。

《长恨歌》说："汉皇重色思倾国，御宇多年求不得。杨家有女初长成，养在深闺人未识。天生丽质难自弃，一朝选在君王侧。回眸一笑百媚生，六宫粉黛无颜色。"写得非常好，后来写到马嵬坡，"六军不发无奈何"，唐军要逼玄宗赐死杨贵妃和杨国忠，唐朝皇帝也保不住自己心爱的女子，"宛转蛾眉马前死"。后来回到长安，"归来池苑皆依旧，太液芙蓉未央柳。芙蓉如面柳如眉，对此如何不泪垂！"白居易也是有矛盾的：他第一句就说"汉皇重色思倾国"，治理国家不能重色，这个批评是很严厉的，但他接着又寄以深深的同情。这首诗艺术上说来非常好。当时唐代政治比较开明，白居易去世次年即位的皇帝是唐宣宗李忱，他在悼白居易诗里，特别称赞"童子解吟《长恨曲》，胡儿能唱《琵琶篇》"。我数了一下，李忱是玄宗下的第九个皇帝，你看他居然对于一个说他祖上"重色"的诗人，不但不惩处，反而称颂说你这诗写得好。说明当时是很开明的。"忽闻海上有仙山，山在虚无飘渺间"。一个临邛道士能把杨贵妃的灵魂招回来，留下一个尾巴说：当时并没有把杨贵妃赐死，而是有个宫女代替她死了。她跑到哪了？到日本去了！日本后来还煞有介事地找几处遗迹，这当然是不可能的事。中国历史悠久，对同一历史事件历代都有不同看法。如刘项相争，刘邦把项羽围在垓下，项羽带了十几个人逃到乌江边上，一个老船夫叫他上船过江，项羽说：八千江东子弟跟我过江征战，今只有几人还，我无颜见江东父老。乃拔剑自刎。对此，杜牧在《题乌江亭》诗中说："胜败兵家事不期，包羞忍耻是男儿。江东子弟多才俊，卷土重来未可知。"到了宋代王安石，他不同意这个看法，在《乌江亭》中说："百战疲劳壮士哀，中原一败势难回。江东弟子今虽在，肯为君王卷土来?”对此持不同观点。写得最好的，不是男子写的，而是女子写的，宋朝李清照的一首《夏日绝句》：“生当作人杰，死亦为鬼雄。至今思项羽，不肯过江东!”她认为不过江东，自刎才是英雄汉！这20个字，每读至此，我就对历史上多少好男儿写不出这样的诗而感到汗颜，我自己也汗颜。到了清朝，袁枚不同意白居易的观点，在所写诗《马嵬驿》中说：“劝君莫唱长恨歌，人间亦自有天河。石壕村里夫妻别，泪比长生殿上多!”石壕村出自杜甫的《石壕吏》，有多少老百姓因安史之乱而生离死别，比唐玄宗想念杨贵妃的眼泪不知多多少!

《琵琶行》是中国古代诗歌中用诗歌描写音乐的最好的诗歌。音乐是看不见，摸不着，没有颜色，没有形体的东西，是转瞬即逝的。诗歌是语言艺术，用诗歌把美妙的音乐刻画出来，保留下来，是非常难的。音乐反映生活主要有两个要素：一个是节奏，一个是旋律。绘画反映生活，也有两个要素：一个是线条，一个是色彩。诗歌反映生活，主要靠文字。所以用诗歌来表现音乐，是不同种类的艺术之间的相互表现。所有用诗歌表现音乐的作品中，《琵琶行》是最好的。现在就只讲《琵琶行》的音乐描写。白居易用了两个方法：第一，以声拟声，用人们日常生活中可以听到的声音来摹拟琵琶的声音。当人们读了这首诗歌以后，会唤起一种联想。比如他说：“大弦嘈嘈如急雨，小弦切切如私语。嘈嘈切切错杂弹，大珠小珠落玉盘。间关莺语花底滑，幽咽泉流冰下难。冰泉冷涩弦凝绝，凝绝不通声暂歇。别有幽愁暗恨生，此时无声胜有声。银瓶乍破水浆迸，铁骑突出刀枪鸣。曲终收拨当心划，四弦一声如裂帛。”我们没有听到当时弹奏琵琶的声音，但是听过急雨打窗的声音，听过私语的声音。读了这样的诗歌以后，会唤起一种生活的联想。用人们生活的经历来弥补和丰富音乐的声音。这是以声拟声。

但是最好的还在于第二种手法，描写效果，侧面烘托。有时一件事情，正面已无法描写了，索性不从正面描写，而进行侧面烘托。正面描写往往是有限的，而侧面烘托往往是无限的。举个例子：我讲过汉代的乐府诗中有一首叫《陌上桑》，描写秦罗敷长得很美，说她"头上倭堕髻，耳中明月珠。缃绮为下裙，紫绮为上襦。行者见罗敷，下担捋髭须。少年见罗敷，脱帽着帩头。耕者忘其犁，锄者忘其锄。来归相怨怒，但坐观罗敷"。人最漂亮的是脸，脸上最漂亮的是眼。美得已无法用文字描写了，诸如眉如柳叶，不过像柳叶一样；目似双星，不过像星星一样；樱桃小口，粉面桃腮，唇红齿白……美都是有限的，诗人高明之处在于他大胆撇开这些不写，却写行者、少年、耕者、锄者看到她时忘情的表现：过路的人见罗敷如此美，歇下担子、捋着胡子欣赏；少年人见罗敷如此美，脱下帽子，露出美丽的帩头，以引起对方的注意。耕者忘了犁地，锄者忘了锄地，都是因为看傻了。这里"坐"是因为的意思。原来理解为看到罗敷如此漂亮，所以才"来归相怨怒"，回家就跟妻子打架，说你为什么长得这么丑？但后来认为劳动人民不会有不好的感情，于是理解为互相之间埋怨：就是你，因为看罗敷没有把今天的农活干完！这就是侧面描写。他用美所产生的效果是无限的、是惊人的，说明美本身的惊人，说明美的无限，美的惊人，读者想象多美就有多美！留下了丰富的想象空间，有一百个人就能想象出一百个罗敷，多么了不起！

现在，来看看白居易是多么高明。在《琵琶行》中，他共写了三次弹琵琶。第一次，"浔阳江头夜送客，枫叶荻花秋瑟瑟，主人下马客在船，举酒欲饮无管弦。醉不成欢惨将别，别时茫茫江浸月。忽闻水上琵琶声，主人忘归客不发。"这就是效果，一下子产生了"主人忘了归去、客人忘了出发"这样的效果。然后，"转轴拨弦三两声，未成曲调先有情……大弦嘈嘈如急雨，小弦切切如私语。……”这是一个高潮，是最完整的一次。弹完以后，他说“曲终收拨当心划，四弦一声如裂帛”。琵琶有四根弦，最外边最细的是高音，最里面粗的是低音。我们看白居易的伟大，他的了不起，他的大手笔，体现在下面两句：“东船西舫悄无言，唯见江心秋月白。”这两句写得好！弹奏时很多的船都被美妙的琵琶声吸引过来了，很多的船上一定有很多的人，可是一点声音也没有，说明人们都沉浸在美妙的琵琶声中，人们已经进入琵琶的美妙梦境中去了。现在忽然停下，人们恍惚如梦方醒，从梦里回到现实中来，回到秋江之上，啊，原来皎洁的月光，已经洒满了眼前秋江。实际上月出于东山之上，徘徊于斗牛之间，月亮早已出来，人们听琵琶声把周围的美景都忘了，把周围的环境都忘了。待琵琶停下来了，人们如梦方醒。这两句是大手笔，最高明，写出了极致效果。第三次弹琵琶是“莫辞更坐弹一曲，为君翻作《琵琶行》。感我此言良久立，却坐促弦弦转急，凄凄不似向前声，满座重闻皆掩泣。座中泣下谁最多，江州司马青衫湿。”也是写弹的效果。第一次弹，是无头无尾，第二次是有头有尾，第三次弹，弹完后我为你写一曲《琵琶行》，却没有结尾，结在人们的眼泪中了，在哭声中淹没了。

白居易是非常有成就的诗人。中唐的其他诗人，我们简单说一说。比如韩愈，他是以文为诗，是很有特色的。比如他有一首小诗《早春呈水部张十八员外》，写春天刚刚到来：

天街小雨润如酥，草色遥看近却无。
最是一年春好处，绝胜烟柳满皇都。

他的审美集中点在写春天刚来时的景色：春色满皇都不一定最

好，只有草色遥看则有、近看却无，才好。另外，还有一首写他有一次去了古庙，在《山石》诗中写道："升堂坐阶新雨足，芭蕉叶大栀子肥！"写景写得非常大气。后来宋代有位词人秦观（少游），他的诗词多写男女恋情，人们都说是"女儿诗"，他有一首诗《春日》说："一夕轻雷落万丝，霁光浮瓦碧参差。有情芍药含春泪，无力蔷薇卧晓枝。"写花像有情女子，上面的露水像眼泪。后来金人元好问《论诗》评此诗说："有情芍药含春泪，无力蔷薇卧晓枝。拈出退之《山石》句，始知渠是女郎诗。"韩愈的这首《山石》，等于是无题，是第一句诗的开头两个字，即"山石荦确行径微"诗句的开头。所谓《山石》句，即"芭蕉叶大栀子肥"。清人薛雪又写了一首诗，反驳元好问，说："先生休讪女郎诗，《山石》拈来压晓枝。千古杜陵佳句在，香雾云鬟也堪师。"杜甫在安史之乱中，他在长安，怀念在鄜（fū）州的妻子，写了一首《月夜》："今夜鄜州月，闺中只独看。遥怜小儿女，未解忆长安。香雾云鬟湿，清辉玉臂寒。何时倚虚幌，双照泪痕干？"这首诗巧妙在他不写自己想念妻子，却说妻子此时在家中想我。清浦起龙评说："心已驰神到彼，诗从对面飞来。"这是一个写诗的好方法，感情加倍深刻。"遥怜小儿女，未解忆长安"有两个意思：一种解释是小儿女不懂想念困在长安的爸爸，二为不懂他妈妈在想念长安的爸爸。"香雾云鬟湿，清辉玉臂寒"是说妻子在外面站了很久，看月光想念杜甫，头发被露水打湿了，清辉下玉臂都寒冷了，可见时间很长。什么时候能见面，双照泪痕干呢？"香雾云鬟也堪师"，杜甫堂堂正正，他写妻子那么多情，也值得学习，写多情不一定不好。著名红学家俞平伯先生新中国成立之前写过一文，说《月夜》中"香雾云鬟"应指月中嫦娥，认为杜甫不会用艳词写自己的妻子。但是后来选文集时未收此文。吴小如先生和他是世交，问他为何此诗的析文不选入书中，俞先生非常幽默地开了一个玩笑说："我怕杜太太不高兴。"

另外，还有柳宗元。他有一首诗《江雪》："千山鸟飞绝，万径人踪灭。孤舟蓑笠翁，独钓寒江雪。"不多说了，留待讲散文、古文运动时再讲他。

还有一个刘禹锡，是非常了不起的。他的七言绝句写得很好。在唐代诗人中，七绝写得最好的有四个人：一个是王昌龄，被称为是"七绝圣手"；一个是李白，人们称其七言绝句和王昌龄"争胜毫厘，俱是神品"，不相上下；第三个人就是刘禹锡，第四个是晚唐的杜牧，杜樊川。刘禹锡的七言绝句写得非常好，他跟着王叔文参加改革，失败了，王叔文被杀掉了。他们有八个人跟着王叔文改革的，都被贬为"司马"，"司马"是个有名无实的官，史称"八司马事件"。他被贬官十年，之后被朝廷召回，写了一首诗《游玄都观绝句》：

紫陌红尘拂面来，无人不道看花回。
玄都观里桃千树，尽是刘郎去后栽。

诗中有一种怨气在里边。他的政敌报告给皇帝说刘禹锡还不服气，皇帝一看，又把他贬下去 14 年。14 年后又回来，又写了一首《再游玄都观》：

百亩庭中半是苔，桃花净尽菜花开。
种桃道士归何处？前度刘郎今又来。

后来又没有重用他，把他弄到洛阳做太子宾客，当个闲官。刘禹锡有很多诗写得很好，如七律《西塞山怀古》：

王濬楼船下益州，金陵王气黯然收。
千寻铁锁沉江底，一片降幡出石头。

人世几回伤往事，山形依旧枕寒流。

从今四海为家日，故垒萧萧芦荻秋。

非常之好。刘禹锡有几首学习民歌的绝句写得很好，如《竹枝词》：

杨柳青青江水平，闻郎江上唱歌声。

东边日出西边雨，道是无晴却有晴。

民歌中有个重要的表现手法，叫做“谐音双关语”，就是说，这首词里的“晴”表面上意义不重要，真实里面的“情”更重要：说他有情，等他不来；说他无情，他却来了。

下面讲一下孟郊和贾岛，他们二人是以苦吟著称的诗人，合称“郊寒岛瘦”。孟郊一生非常贫寒，做过小官。他有一首小诗，写自己搬家：“借车载家具，家具少于车。”一车都没有装满。讲他一首著名的大家都会背的诗歌《游子吟》，我以前讲过这首诗：

慈母手中线，游子身上衣。

临行密密缝，意恐迟迟归。

谁言寸草心，报得三春晖。

母亲为儿子准备行装，缝补衣服，用针连着线，线连着针，暗喻母子心心相连，儿行千里母担忧。密密，即一针一针把母亲对儿子博大深厚的爱缝进去。我曾经著文分析过这首诗。本来儿子说三个月能回来，缝五针就行了，假如三个月回不来、五个月才回来呢？母亲又缝了八针，还没有回来怎么办，又缝了十五针！

这就是母亲，只有母亲能这样想，只有母亲能这样做！她把对儿子的爱，一针一针缝进去。人世间有很多爱：有夫妻、男女、父母、兄弟、朋友的爱，有一些爱也许能赶上母爱的博大和深厚，但所有的爱在母爱前都黯然失色，那是因为母爱的无私，母爱的不求回报，母爱没有任何功利目的。李清照的词用叠字多，如《声声慢》中的"寻寻觅觅，冷冷清清，凄凄惨惨戚戚！……到黄昏、点点滴滴"。连用了那么多叠字，但不及这"密密"和"迟迟"两组叠字，因为叠进去、表达出来的是伟大的母爱！

我国古代有个故事，后来被改编成一出戏剧叫《灰栏记》。说有个女子，带着自己才几个月的儿子回娘家，走到半路上忽然下雨了，一个同行的女子把伞撑过来说："你抱孩子太累了，让我替你抱一会儿吧。"她说好吧，过了一会儿，雨过天晴，那个女子抱着她儿子走了，说："儿子是我的！"两人争执不下，儿子也不会说话，怎么办呢？迎面来了个老人，听了她们两人的诉说，沉思片刻，顺手抓起一把灰来，在地上划了个圈，把儿子放在里面说："你们一人拽一只手，朝相反的方向，谁先把儿子拽出圈，儿子就是她的。"一个女的哭呀，哭呀，另一个女的一下子把孩子拽了出来。老人对她说："这个儿子不是你的！"这个女的不服，说，"你刚才不是说了，谁先拽出来就是谁的吗？"老人说："如果你是他的亲生母亲，你就不会使劲儿地拽，你把孩子拽坏了怎么办？"所以不能使劲。孩子很小呀，尽管拽不出来便不是我的孩子，也不能使劲呀，使劲把孩子拽坏了怎么办？所以母爱是不能作假的，母爱是不能掩饰的，这是非常深刻的。

我在日本讲学，还听说过一个弃母的故事。有个孩子三岁时爸爸去世了，他妈妈含辛茹苦把他抚养成人，后来妈妈瘫痪了。儿子娶了媳妇，开始还可以，时间长了，他媳妇说，把她扔了吧，她又不能干活，还要伺候她拉屎撒尿，不如把她扔了。时间长了，儿子有点心动,有一天天气很好,他对他妈妈说:"我背妈妈出去玩玩吧。"妈妈的心是最敏感的,知道要把她扔掉了。儿子觉得扔得越远越安全。儿子背着她朝深山里走,她在儿子的肩膀上,尽量把能够得到的树枝折下来,一根一根地往下扔。儿子开始没注意,时间长了,儿子发现了,问:妈妈,你扔树枝干什么?妈妈说:"你离家这么远,我担心你回去的时候不认识路,回去的时候顺着妈扔的树枝走,就可以走回家了。"儿子一下子良心发现了,又把他妈妈背回去好好伺候了。慈母的情,大海的情;慈母的心,最纯的金!

北京电视台在2006年9月22日有一台晚会,让我讲5分钟,我就讲了孟郊的《游子吟》。讲完后,我说:从某种意义上说,我们每个人的一生都有三个母亲:第一个母亲是给我们血肉和生命的母亲,她含辛茹苦养育我们的恩情,是我们永远报答不完的;第二个母亲是给我们知识和才华的母亲,那就是我们的母校和母校的老师,包括大、中、小学,它培养我们的恩情,也是永远报答不完的;第三个母亲,是给我们尊严和精神的母亲,那就是我们伟大的祖国。这绝不是空话!一个人忘记了自己的民族,忘记了自己的祖国,这个人一钱不值!祖国哺育我们的恩情,也是我们永远报答不完的。我有个观点:在中华民族伟大遗产中,不论有形和无形的,加在一起,我认为最伟大的遗产是我们的汉字。不少老年朋友同意我的观点。汉字有利于开发我们炎黄子孙的智慧,成为民族凝聚的纽带等,这我不说了。我有一个观点:只要人类存在,我们中华民族一定存在;只要中华民族存在,我们汉字一定存在;只要汉字存在,《游子吟》永远是最伟大的诗篇!什么作品都不能代替它。特别是"密密"和"迟迟",什么文字都代替不了的。

下面讲贾岛。贾岛这个人以苦吟著称,他和孟郊被人们视为

"郊寒岛瘦"。贾岛写过"独行潭底影，数息树边身"这样的诗句，其实不怎么样。他自己说这两句诗是"两句三年得，一吟双泪流。知音如不赏，归卧故山秋"。他"吟安一个字，捻断数茎须"。他最著名的推敲的故事，他作诗"鸟宿池边树，僧敲月下门"，"敲""推"到底用哪个字呢？不觉撞上了韩愈的大轿，冒犯了高官。贾岛只是个书生，韩愈问他在干什么，他说："对不起，我在做诗呢。这句到底是用'推'字好呢，还是'敲'字好？"韩愈想想说："当然'敲'字好，'敲'字好！"我们今天也认为"敲"字好。第一，"敲"字音节浏亮，月下敲门更响亮，"推"则是喑哑的。第二，"敲"光明正大，小偷才悄悄推门呢！

实际上，贾岛有些诗没有推敲、没有苦吟，倒是千古好诗。如一首《剑客》：

十年磨一剑，霜刃未曾试。
今日把示君，谁有不平事？

谁有，我就拔剑而起，打抱不平去！这首诗，没有苦吟，反而成千古绝唱，挺好的。我在北大负责整个文科的科研工作，在 2001 年 4 月份，我们提出一个口号，要树立北大文科的精品意识。我曾写过一篇小文章，说十年磨一剑，也许不一定是一把好宝剑，但是一年磨十剑，肯定不是好宝剑。后来在网上传播了。说一个人著书立说，十年写一本书，我会从头到尾地看；一年写十本书，我也许一本也不看！哪有那么多思想呀，大多数是添加水分进去的。

中唐还有一些诗人，像李贺，浪漫主义很厉害的，他 27 岁就去世了。他一生很不得志，外出时常背个布袋子，想起一个好诗句就写下来赶紧扔进去，又想到一句，又写下来扔进去。到晚上回家倒出来一桌子，他妈妈心疼地说："是儿要呕出心来乃已尔！"

呕心沥血写诗,可能影响健康了,27岁就过早熄灭了生命的火焰。后来崔珏《哭李商隐二首》中有句:“虚负凌云万丈才,一生襟抱未曾开。”对李贺也适用,他非常短命。毛主席非常喜欢李贺的诗,他将李贺的“黑云压城城欲摧”、“雄鸡一声天下白”、“天若有情天亦老”等诗句几乎都一字不改地写入自己诗中。如在《人民解放军占领南京》一诗中就用了“天若有情天亦老”,全诗是:“钟山风雨起苍黄,百万雄师过大江。虎踞龙盘今胜昔,天翻地覆慨而慷。宜将剩勇追穷寇,不可沽名学霸王。天若有情天亦老,人间正道是沧桑。”

第九讲

霜叶红于二月花

——晚唐诗歌

远上寒山石径斜，
白云生处有人家。
停车坐爱枫林晚，
霜叶红于二月花。

——杜牧《山行》

今天接上次往下讲晚唐诗歌，再讲一点唐五代的词。

先讲晚唐诗歌。晚唐大约是从公元826年到公元907年。在这时期有一个突出事件，那就是公元874年爆发的黄巢农民大起义。晚唐经过农民起义的打击，就更是不行了；正像李商隐所说的，晚唐已是“夕阳无限好，只是近黄昏”（《登乐游原》）。晚唐的社会，晚唐的政治，晚唐人的心态，晚唐的诗歌创作都已经到了“夕阳无限好，只是近黄昏”的状态。我曾说过，一个时代开始衰败下去，会影响人的心态，影响人的情绪。如果这个社会是蓬勃的，充满希望的，那人们的心态就不一样。比如说，同样是“夕阳”，在中唐诗人刘禹锡的笔下却是“莫道桑榆晚，为霞尚满天”。太阳虽然落山，却还可以放射出满天霞光。这不同于李商隐的感叹：夕阳好是好，可是快完了。刘禹锡说：尽管快完了，依然无限好！

我们可以从李商隐的诗歌中感受到衰飒的气氛。他写道：“秋阴不散霜飞晚，留得枯荷听雨声。”他把审美的兴奋点集中在“枯荷”上面，这是一种衰飒的心情。如果是充满积极的心情，是该欣赏雨点打落在夏天荷叶上的声音，而不会是落在“枯荷”上的声音。李商隐又说：“客散酒醒夜深后，更持红烛赏残花。”审美的兴奋点不是赏“晓花”，而是赏“残花”。花先是“含苞不放”，然后是“含苞欲放”，再后是“欲放似放”，往后是“展苞怒放”。怒放之后就是“残花”了。这些都让我们看出晚唐时人的心态，一种衰飒，一种走到尽头的心态，鼎盛大唐的“大幕”快要落下！在公元874年农民起义爆发之后，甚至连衰飒也不能赏了。

晚唐的诗人，挑三个讲。

第一讲“小李杜”，李就是李商隐，杜就是杜牧。李商隐从公元813年到公元858年，活了46岁。杜牧从公元803年至公元853年，活了51岁。在唐代，能活到50岁就不错了。王勃才活到27岁；李白活了62岁；杜甫59岁；最长命的诗人贺知章，活了85岁。盛唐有李白和杜甫，称为“李杜”；因此习惯上把晚唐的李商隐和杜牧称为“小李杜”。

李商隐这个人也很不幸，晚唐农民起义还没有爆发的时候，政坛上有一个重大事件，就是“牛李党争”。开始时，李商隐属于“牛党”，可是到了20多岁后，娶了一位属“李党”的王氏之女作为妻子。这样一来“牛党”不赏识他，“李党”也不信任他。李商隐一生在“牛李党争”的夹缝中不得志。他的诗歌成就很高，他的政治诗、咏史诗等都很好，但都不说了，专门说说他的“无题”诗。

李商隐的“无题”诗是很有名的。这类诗的前面没有题目，如：

相见时难别亦难，东风无力百花残。
春蚕到死丝方尽，蜡炬成灰泪始干。
晓镜但愁云鬓改，夜吟应觉月光寒。
蓬山此去无多路，青鸟殷勤为探看。

有一些虽然有题目，但也属“无题”诗，如他有一首诗叫《锦瑟》：

锦瑟无端五十弦，一弦一柱思华年。
庄生晓梦迷蝴蝶，望帝春心托杜鹃。
沧海月明珠有泪，蓝田日暖玉生烟。
此情可待成追忆，只是当时已惘然。

这首诗是把第一句的开头两个字作为题目，实际上也是“无题”。像中唐诗人韩愈有一首《山石》：“山石荦确行径微，黄昏到寺蝙蝠飞。……”也是一首“无题”诗。李商隐的无题诗一共 20 多首，艺术成就非常突出。可是其诗歌风格与中唐和盛唐相比，已是“天壤之别”。盛唐诗歌是明朗的，乐观的，奔放的；而晚唐诗歌却是收敛的，晦涩的，隐晦曲折的。有人认为这类诗影射政治内容，但这些都是猜测。在所有唐朝诗人中，李商隐的诗歌是最难解释的，正如元遗山说：“诗家总爱西昆好，独恨无人作郑笺。”没法笺注，最难“笺”。我认为，有的诗歌可以进行深入的探讨，有的诗歌则不必刻意求深。李商隐的无题诗，在我看来，主要就是爱情诗。如写两个人一见如故，可是在当时条件下无法倾心相谈：“身无彩凤双飞翼，心有灵犀一点通。”“灵犀”就是犀牛角，它当中有条细细的缝隙相通。又如写爱情中的山盟海誓：“春蚕到死丝方尽，蜡炬成灰泪始干。”如写爱情生活中非常思念对方，没法见面，夜里做梦梦见亲爱的人：“梦为远别啼难唤，书被催成墨未浓。”醒了要给梦中见到的人写信，心情非常迫切，墨还未磨浓，书信却已经写完了，表示急不可待，诗写得很真切。另外写爱情生活中的往事不堪回首：“此情可待成追忆，只是当时已惘然。”在没有过硬的史证来表明诗的确切背景的时候，我认为按爱情诗来理解是比较恰当的。李商隐还有一首诗歌，叫《夜雨寄北》，有的版本也叫《夜雨

寄内》,即寄给自己的妻子。这首诗是比较明快的:

君问归期未有期,巴山夜雨涨秋池。
何当共剪西窗烛,却话巴山夜雨时。

你问我什么时候回去,而我收到信的时候正是巴山夜雨涨秋池。什么时候我们能够重逢在一起,共剪西窗烛,这是想象未来重逢时的情景。为什么要"剪烛"?说明重逢时,互相交谈了很长很长时间,蜡烛需要再剪当中的烛芯才能更明亮一点。这首诗巧妙在哪里呢?收到信是"巴山夜雨"时,诗歌设想相逢时谈话的内容正是"巴山夜雨时",即现在我是如何想念你,这会成为将来相逢时的谈话内容。整首诗歌一往情深,明白晓畅;而在结构上回环往复。

下面讲杜牧。杜牧这个人是风流才子,在扬州曾有长达十年的浪漫生活,曾说:"十年一觉扬州梦,赢得青楼薄倖名。"据笔记记载,他在江南看到一个小女孩,十三四岁,非常漂亮,可是年纪太小了。他就对这个女孩的妈妈说:等我十年,不来然后嫁。以后的十年中,他未去,太忙了,而是十三年以后才去。找到这个女孩,可是她已经结婚了,而且生了三个儿子。杜牧就问她妈妈,她妈妈说,我们的确等你十年,你不来才让她出嫁。杜牧为此很感伤,写了首诗歌:"自是寻春去较迟,何须惆怅怨芳时。狂风落尽花底色,绿叶成荫子满枝。"杜牧是个风流文人,但这个人很有文才武略,只是生在末世,怀才不遇。他不但写诗歌,还写策论。在策论中有很多是写如何平定边患、安定边疆的,表现出他在治国安邦方面的才能。

他在诗歌方面,最有名的是七言绝句。上次讲过在唐朝诗人中，七言绝句写得最好的有四个人。一个是王昌龄，被称为“七绝圣手”；另一个是李白，与王昌龄相比，可以说是“争胜毫厘，俱是神品”。第三人是刘禹锡，代表作如《乌衣巷》：

朱雀桥边野草花，乌衣巷口夕阳斜。
旧时王谢堂前燕，飞入寻常百姓家。

又如《竹枝词》（其一）：

杨柳青青江水平，闻郎江上唱歌声。
东边日出西边雨，道是无晴却有晴。

第四个人就是杜牧，杜樊川。他的七言绝句内容非常丰富，如《江南春》：

千里莺啼绿映红，水村山郭酒旗风。
南朝四百八十寺，多少楼台烟雨中。

后来有人说，诗中肯定有错别字，“千里”以外黄莺声怎么能听得到呢？不会是“千里”，肯定是“十里”。别人又说，“十里”也照样听不到！因此，我们写诗不必“坐实”，应允许艺术的夸张。所谓“千里”者，“一片”也！从这里到天津，到济南，到南京，一片莺啼。不能“坐实”，“坐实”就坏了。再讲杜牧一首，他的咏史诗《赤壁》：

折戟沉沙铁未销，自将磨洗认前朝。
东风不与周郎便，铜雀春深锁二乔。

还有他写的《过华清宫绝句》(其一)：

长安回望绣成堆，山顶千门次第开。
一骑红尘妃子笑，无人知是荔枝来。

杨贵妃喜欢吃荔枝，西安没有，岭南才有。但荔枝不好保鲜，就让快马运送。因为这首诗，荔枝就有了另一个文雅的名字，叫“妃子笑”。

再讲杜牧的两首诗，一首《山行》，是写秋天：

远上寒山石径斜，白云生处有人家。
停车坐爱枫林晚，霜叶红于二月花。

注意，“白云生处”是这个“生”，不是那个“升”或“深浅”的“深”。唐代人这个“生”字用得非常好，充满生命的诞生感。如张若虚的《春江花月夜》中“春江潮水连海平，海上明月共潮生”的“生”，不是那个“升”。又如张九龄的“海上生明月，天涯共此时”也是这个“生”，不是那个“升”。又如李白的“日照香炉生紫烟”也是这个“生”。以上杜牧诗中的“坐”在古汉语中有一义是“因为”：因为枫林的晚景太美丽啦，不得不停车观赏。枫林一片，夕阳西照时更是一片火红。“夕阳”像一抹“底色”。例如马致远的一个小令《天净沙》：“枯藤老树昏鸦，小桥流水人家，古道西风瘦马。”每句三个景，都是独立的景色，下面的一句“夕阳西下”就是“底色”，哇！一下子把以上所有的九景都连在一起，浑然一体，非常好。杜牧这首诗非常开朗，乐观。这是多数人的看法，这当然是对的。但是如果联系到杜牧所处的时代和他不得志的一生，他诗歌后两句中所浮动的情绪依然是一种感伤的情绪。为什么这样说呢？因为红叶越红，就表明生命快完结了。最充满生命气息的是“绿叶”。为此，我曾写过一首小诗，反其意写道：“万口传诵杜牧诗，寒山石径行迟迟。纵然霜叶无限好，到底已近飘零时。”杜牧的诗中含有一种淡淡的感伤。

再讲他一首《清明》：

清明时节雨纷纷，路上行人欲断魂。
借问酒家何处有？牧童遥指杏花村。

这第一句就写得非常好，“雨纷纷”，这就是春雨，如同杜甫写的“好雨知时节，当春乃发生。随风潜入夜，润物细无声”。这“润物细无声”就是“雨纷纷”。如果是“雨哗哗”，就不是春雨，而是“夏雨”了。因此诗歌描写的物态非常准确。诗歌第二句的“断魂”就是“销魂”，是表示人的精神极度兴奋，或者极度悲伤。在这首诗中毫无疑问，指的是感伤。诗人一人漂泊在外，又是细雨纷纷，心情非常感伤。对于后两句诗，山西人应给诗人很多的广告费，让山西汾酒出了大名。实际上，到处都有“杏花村”。同样，扬州人给李白多少广告费也不算多，因为他的诗句“烟花三月下扬州”，使扬州名扬天下。从古到今没能超过这一句，怎么理解怎么美。关于杜牧这首脍炙人口的七绝，有人认为用字有点重复浪费，每句删去两个字，五言就足够了：“清明雨纷纷，行人欲断魂。酒家何处有？遥指杏花村。”大家可以比较一下，前三句还差强人意，可是第四句绝对不可去掉“牧童”两个字。整首诗能够点睛传神，最精彩的全在“牧童”二字之中！那个天真无邪的孩子。唐朝和宋朝有很多写牧童的诗，写得非常之好，有两句我很喜欢：“牧童归去横牛背，短笛无腔信口吹。”写的正是天真无邪的孩子，横坐在牛背上，吹不出完整的腔调。如果能吹“阳关三叠”，那就不是牧童了；如果吹“梅花三弄”，当然更不是牧童啦，成了乐师了。杜牧的诗描绘了一幅美丽的“田园春雨图”。如果借用王安石的诗句“浓绿枝头红一点，动人春色不须多”来说，“一片红”固然很美，但万绿丛中“一点红”更美！因此，春游秋游时，一定要找个女孩子穿上红衣服，照相就好看，整个画面就灵动起来了。这首诗最动人的就是“牧童”，淳朴的江南美景与淳朴的牧童浑然一体。去掉“牧童”就黯然失色，失去了生机。而且我在讲课时还讲到，不但不能去掉，而且改也不能改。如果改为“老人遥指杏花村”（哈哈……），这太沉闷了！如果改为“书生”，就太书卷气了！如果改为“红袖”，就太香艳了！只有牧童最好。后来宋代人开始写词了，这首诗不能缩减，但可以重新改为“长短句”：“清明时节雨，纷纷路上行人，欲断魂。借问酒家何处？有牧童遥指，杏花村。”这可以，意思没有变化，更加生动，但读起来感觉不一样了。

往下讲几位末世诗人，反映了农民起义后下层人民对上层强烈的抨击和反抗的呐喊。我们挑几个诗人看看当时时代的情绪。

第一个讲聂夷中，他一首《咏田家》这样写：

二月卖新丝，五月粜新谷。
医得眼前疮，剜却心头肉。
我愿君王心，化作光明烛。
不照绮罗筵，只照逃亡屋。

下一个讲罗隐的《雪》：

尽道丰年瑞，丰年事若何？
长安有贫者，为瑞不宜多。

这是对下层在瑟瑟寒风中躺在街头挨冻的穷人无限体贴的心态。

再讲一个诗人杜荀鹤的《山中寡妇》：

> 夫因兵死守蓬茅，麻苎衣衫鬓发焦。
> 桑柘废来犹纳税，田园荒后尚征苗。
> 时挑野菜和根煮，旋斫生柴带叶烧。
> 任是深山更深处，也应无计避征徭。

他还写过这样一首诗《再经胡城县》：

> 去岁曾经此县城，县民无口不冤声。
> 今来县宰加朱绂，便是生灵血染成。

县太爷升官了，穿上了红色官服，都是老百姓鲜血染成的。

他的一首小诗《泾溪》充满了哲理：

> 泾溪石险人兢慎，终岁不闻倾覆人。
> 却是平流无石处，时时闻说有沉沦。

人生就是这样，谨慎不会出什么问题，一大意就会出问题。

再讲晚唐诗人皮日休的一首怀古诗《汴河怀古》：

> 尽道隋亡为此河，至今千里赖通波。
> 若无水殿龙舟事，共禹论功不较多。

对这首怀古诗，我非常喜欢。对古代的事情，不同的人会有不同看法。汴河就是大运河，是谁开凿的呢？隋炀帝，是在公元 600

年左右，隋炀帝要到扬州看花，就开凿了大运河，劳民伤财，老百姓不堪其苦，纷纷揭竿而起，把隋王朝推翻了。隋朝才短短38年。大家知道，中国近代史以前即辛亥革命以前，中国最重要的交通方式就是航运，河开到哪里，经济就繁荣到哪里。你们看，开封很发达，扬州很发达。但铁路起来以后，开封、扬州当时没通铁路就不再发达了。皮日休是公元830多年出生，隋朝是公元600年左右开凿大运河，其间不到300年。一直到今天，大运河依然还是南北运输通道。在高邮湖一带一看，船一大片。皮日休说，如果不是隋炀帝为自己享乐而干这件事，那么开凿大运河的功劳可以与大禹治水的功劳一样不相上下。多么别具一格的历史观。

对于同一个历史事件，不同的人有不同的评说。譬如对于楚汉相争，楚霸王自刎于乌江边，杜牧有诗这样写："胜败兵家事不期，包羞忍耻是男儿。江东弟子多才俊，卷土重来未可知。"杜牧的诗表明他并不赞成楚霸王自刎乌江。如果能够渡江过去，利用江东的人才，说不定还可以东山再起。

可是对于同一件事，宋代王安石并不这样看。他的《题乌江亭》这样说："百战疲劳壮士哀，中原一败势难回。江东弟子今虽在，肯为君王卷土来？"

在这些咏项羽诗中，后来宋代有位女诗人李清照，她是山东人，北宋灭亡时中原被金人占领了，她没办法就逃到了江苏南京一带，她痛恨宋王朝不抵抗，写下了一首《夏日绝句》："生当作人杰，死亦为鬼雄。至今思项羽，不肯过江东。"在座的看看，这哪里像是个女诗人写出来的诗句，她多么刚烈，多么挺拔。我们说李清照是中国古代诗人中最伟大的女诗人。因为在宋代的诗坛上，不像当今的奥运会，是男女分开比赛的。在诗人当中，女的少，组成不了队伍，李清照没办法，就跟男的一起跑。可是就这样，她还跑在最前面，很了不起！

晚唐的诗歌就讲这些。晚唐的诗歌就是“无可奈何花落去”，“流水落花春去也”！无可奈何地落下它的帷幕。

现在讲第二个题目:唐五代词。

词是一种崭新的文学体裁,从所描写的内容上讲,词和诗大体是一致的。但是在形式上和诗很不一样。词有词牌,而且有题目,这些就不多说了。

词这种文学体裁描写的内容,可以说百分之九十以上是写男女爱情。尽管后来有苏东坡“大江东去,浪淘尽千古风流人物”这样雄伟的词句,但词从一开始,直到清代,一直到现代,最主要的风格是婉约缠绵。一种诗歌体裁,有无数体式,而且几乎专门歌咏一个方面的内容,基本风格几乎是一致的,这在全世界的诗歌中,是独一无二的。

词有词牌,词调,一共有820多个调子和不同的样式,这在古今中外所有的诗词当中都是没有的,而且这种样式都固定下来了。词也是中华民族文化遗产中的瑰宝。

今天我先讲起源,非常简单地讲一讲。

关于词的起源,有很多说法。有说是源自《诗经》,因其中有长短句;有人说起源于《楚辞》;也有人说起源于汉代的乐府,起源于南北朝等等,有很多很多说法。但是我认为,词有一个根本的特点,它是跟音乐联系在一起的。只是在宋代以后才逐步不唱了。因此,我认为词起源于隋唐之间,大约在南北朝时南朝宋齐梁陈的后期。在陈的时候,陈后主就有一首诗歌,格式已很整齐了,初具词的形式,而且配乐歌唱。从隋朝,大约公元581年到公元618年,到初唐,大致是公元668年,这当中大约100年时期为词的孕育阶段,这是第一个时期。

第二个时期为雏形期。世上任何一种事物,都是从简单到复杂，从短到长，从一般到宏伟，文学体裁也是这样。中国诗开始是原始歌谣，如《弹歌》："断竹，续竹，飞土，逐宍（肉）。"到《诗经》的"关关雎鸠，在河之洲。窈窕淑女，君子好逑。"词也一样，在盛唐和中唐之间，当时还没有专门的词人，只是诗人来写词，用"诗之余"来写。盛唐李白有两首词，一首叫《菩萨蛮》，另一首叫《忆秦娥》。有人怀疑这两首词不是李白写的，因为写得太成熟了，太好了。如《菩萨蛮》：

平林漠漠烟如织，寒山一带伤心碧。暝色入高楼，有人楼上愁。　　玉阶空伫立，宿鸟归飞急。何处是归程？长亭更短亭。

又如《忆秦娥》：

箫声咽，秦娥梦断秦楼月。秦楼月，年年柳色，灞陵伤别。　　乐游原上清秋节，咸阳古道音尘绝。音尘绝，西风残照，汉家陵阙。

词写得这么好，于是有人怀疑盛唐时期怎么可能写出这么好的词呢？后来有人评价说，词中"西风残照，汉家陵阙"这八个字"遂关千古登临之口"，就是说，千年之后，人们再登临要抒发感情，就都不敢说了。但是也有人认为，以李白这样的才华横溢的文学天才，难道他还写不出两首小词！你看他写的："君不见，黄河之水天上来，奔流到海不复回。君不见，高堂明镜悲白发，朝如青丝暮成雪。……"这样的诗歌都写得出来，何况这样的两首小词。我也是倾向于这种看法。为什么呢？第一，盛唐时有记载，肯定有人写过《菩萨蛮》这个词牌；另外一个很有力的证据，就是在宋代初期，有个人叫李之仪，写了首《卜算子》："我住长江头，君住长江尾。日日思君不见君，共饮长江水。　　此水几时休，此恨何时已。只愿君心似我心，定不负相思意。"就是这个人写了一首《忆秦娥》，下面有一句话："用太白韵"。李之仪与李太白相隔大约300年，我们是相信现代人，还是相信李之仪？这是千真万确的史料记载的事情，非常重要，不容有任何动摇的。现在的很多词的选本，有的人写着是"无名氏"，表明选词的人认为不是李白写的。如果我选，当定为李白所作。

到了中唐时期，文人写词已成为不争的事实。例如张志和的《渔歌子》，一共五首，第一首是：

> 西塞山前白鹭飞，桃花流水鳜鱼肥。青箬笠，绿蓑衣，斜风细雨不须归。

它的句式结构是"七七三三七"。他一共写了五首，而且最后的一个"七"中倒数第三个字都是"不"字。这就形成了一个完整的格式，后人写《渔歌子》都按这样的格式，趋向稳定和成熟。特别是40多年以后，日本嵯峨天皇和他的两个女儿（即公主），一共写了12首《渔歌子》，都是完全按照张志和写的格式，时在公元820年前后。从中可以看出当时中国和日本的交流非常频繁，而且中国的影响非常大。我曾编写了一本小书《百首渔歌子》。我觉得许多词牌，例如《念奴娇》，本来是写念奴这位女子长得非常漂亮，"娇"就是娇美。但是后来的人再写这类词的时候，只用这个词名，也就是用该词的外壳，内容却可以写"大江东去"之类。在这类800多个词牌中，惟独有两个词牌，其内容基本上一直不变。第一个就是《渔歌子》，从唐朝，到宋元明清，一般写《渔歌子》都是写隐逸生活，写渔父生活，写隐逸情怀。没有人用《渔歌子》来写谈恋爱的。而且风格都是清新明快，内容风格相当稳定。另外一种词牌就是《长相思》，我已选了160首，拟以《百首长相思》成书。当中的"百"谐音相关"白"。我将所有《长相思》都找出来，只有几首是例外，绝大多数都是写男女爱情。

白居易的小词也写得很好。如《长相思》：

> 汴水流，泗水流，流到瓜洲古渡头，吴山点点愁。
>
> 思悠悠，恨悠悠，恨到归时方始休，月明人倚楼。

写一个女子对远方恋人的怀念，希望心上人早点回来。这种写法在古代叫"代言体"，男人用女子口吻，替女子抒情，望月怀远。你在北京，在月下把情感发射到月球上去；你的心上人在广州，同样在月下，就可以借月光收到你发的信息。这就是"望月怀远"。此外，白居易的《忆江南》：

> 江南好，风景旧曾谙。日出江花红胜火，春来江水绿如蓝。能不忆江南？

在写江南那么多的诗歌当中，这首写得最好，很少有人超过这首。

往下讲刘禹锡。他晚年与白居易一起在洛阳，两人是好朋友。刘敢于提意见，就被贬到下面去。若干年后把他召回来，对此他写了一首诗："紫陌红尘拂面来，无人不道看花回。玄都观里桃千树，尽是刘郎去后栽。"这样就又没有重用他，再将他放下去。后来提上来后，他又写道："百亩庭中半是苔，桃花净尽菜花开。种桃道士归何处？前度刘郎今又来。"因此，又没有重用他，让他到东都洛阳做闲官太子宾客，正好和白居易一起在洛阳。刘禹锡看到白居易的《忆江南》以后就和了两首。这首词一般人不大知道。他是这样写的："春去也！多谢洛城人。弱柳从风疑举袂，从兰浥露似沾巾。独坐亦含颦。"袂是衣袖。这当中"弱柳从风"写得很好，让我想起相传的苏小妹的一个故事。她对她哥哥苏东坡说，近日里我写两句诗，但拿不准，你帮忙看一看。诗是这样写的："轻风（　）细柳，淡月（　）梅花。"我们写诗歌在锤炼字句的时候，一定要记住：名词不要锤炼。如"梅花"，李白写也是"梅花"，我们写也是"梅花"。主要是锤炼动词，虚词。苏东坡听苏小妹说了之后说，这很好办："轻风动细柳，淡月照梅花"这不挺好吗！苏小妹说，这不好。苏东坡又改为"轻风舞细柳，淡月映梅花"。不很好吗？苏小妹还说这不好。当时黄庭坚在一边，也不敢吭声了。这时，苏小妹说，我想写的是："轻风扶细柳，淡月失梅花。"把轻风拟人化，多情化，写得多好！而且在皎洁的月光下面，白白的梅花与皎洁的月光融为一体了，没有了。这正如《春江花月夜》里的"江流婉转绕芳甸，月照花林皆似霰。空里流霜不觉飞，汀上白沙看不见"一样，在皎洁的月光下，白沙也看不见了，与月色浑然一体了。

我们总结一下这个时期的词，第一，写词的人主要是诗人。第二，所有的词，其体制都很短小，没有长篇。第三，这时候词的题材内容都非常多样。不像后来，如从晚唐开始，词主要用来写男女爱情。

接下来讲词的成熟时期：晚唐和五代。这时，出现了很多词人，词的体式开始成熟。在公元 940 年，五代赵崇祚把这个时期的词编成词集《花间集》，他收集了 500 首词共 18 家。在这当中有两个人最突出，一个是温庭筠，他有 66 首；一个是韦庄，有 48 首。

温庭筠的诗写得很好，流传下来大约有360多首。他的词66首，大都词风秾艳。如《菩萨蛮》：

小山重叠金明灭，鬓云欲度香腮雪。懒起画蛾眉，弄妆梳洗迟。　　照花前后镜，花面交相映。新帖绣罗襦，双双金鹧鸪。

首句描写一个女子起床以后，她头上插的钗子，阳光一照，明灭闪烁。另一种认为女子在闺房还没有起来，床前屏风上面金碧辉煌，阳光从窗子照进来，屏风上画的山水重叠明灭。对这两种说法，我倾向第一种，因为，接着下面几句："鬓云欲度香腮雪。懒起画蛾眉，弄妆梳洗迟……"太阳老高了还不起来，懒洋洋的。这是"花间派"的开始。

他也有写得比较清新的，让我们来看他一首词《望江南》：

梳洗罢，独倚望江楼。过尽千帆皆不是，斜晖脉脉水悠悠。肠断白苹洲。

写女子在江边从早到晚盼望着心上人归来，写得非常好。而且是梳洗罢，打扮得漂漂亮亮，司马迁说"士为知己者用，女为悦己者容"，一定在梳洗以后才上楼，说明她对丈夫回来，充满希望。大家知道词中的"独"不是说只有一个人在望江楼上，而是说自己的心上人不在身边。毛主席写："独立寒秋，湘江北去，橘子洲头……"也不是说，只毛主席一个人在江边。词中的"千帆"是汉语的表达方法，用事物的局部来代表事物的整体，"千帆"就是"千船"。一只船老远来了又去，另一只来了又去，一个，两个，三个，……一直多至"千帆"，形容很多。从词中我们可以体会到女子的心情是，从一次次的希望，到一次次地失望，从早一直到晚。词写得很深刻，很好。像这种“怀人望远”，后来柳永的“想佳人妆楼颙望（抬着头向远处望），误几回天际识归舟”有异曲同工之妙。在温庭筠的词中，像这样的词是很少的，他的很多词都是秾艳的。

韦庄的词正好与温庭筠的相反，写得很疏朗，清淡。如《女冠子》：

四月十七，正是去年今日。别君时，忍泪佯低面，含羞半敛眉。　　不知魂已断，空有梦相随。除却天边月，没人知。

词句像说话一样，但写女子与心上人分别的情态，写得很生动。

五代词人中有两个人值得说一下，一个是冯延巳，有人说是冯延己：开口“己”，半口“已”，闭口“巳”，我看还是巳对。他一共有120多首词，是中国历史上第一个做词最多的人，有个专集叫《阳春集》。而且他是专门写词的，没有诗流传下来。他的词很好，不多说了。

另是南唐二主：中主李璟，后主李煜。李璟只有四首词，不讲了。这里只讲讲后主李煜，他前半生做皇帝，因此那时的词都是写男欢女爱，相思离别。例如他与小周后相好，有词句：“刬袜步香阶，手提金缕鞋。”“刬袜”是脱鞋后光穿袜子，怕走路出声音，她就这样去约会。公元960年宋朝成立，大约在公元976年，他成为赵匡胤手下的阶下囚。从帝王到阶下囚，人生的遭遇发生了天翻地覆的变化，因而他的感情与他的词作也发生很大的变化。最大的变化就是他有切身的亡国之痛，他把这种深切的痛苦写到词里，使中国的词发生了非常大的变化。也就是说，词不再只是写男欢女爱、相思离别的内容，而写亡国之痛。例如他写的《虞美人》：

> 春花秋月何时了，往事知多少！小楼昨夜又东风，故国不堪回首月明中。　雕栏玉砌应犹在，只是朱颜改。问君能有几多愁，恰似一江春水向东流。

这是以水喻愁的名句。江有很多特色，最基本的特色是什么呢？就是滚滚不尽，永远不停。因此，词末二句比喻愁多无尽。后来宋代词人秦观（秦少游）有句说："春去也，飞红万点愁如海。"这是以海喻愁。海的最大特点，就是浩瀚无边。以水喻愁，以江喻愁，以海喻愁，都是以一个东西来比喻事物，用有形的物质比喻无形的情思，这叫单喻。宋代贺铸还有博喻："试问闲情都几许？一川烟草，满城风絮，梅子黄时雨。""一川烟草"是写愁思茂盛；"满城风絮"是写愁思缭乱；"梅子黄时雨"是写愁思绵绵不尽。这里是用三个意象描述一种情思。李清照写愁思却又别开生面："闻说双溪春尚好，也拟泛轻舟。只恐双溪舴艋舟，载不动许多愁。"愁哪有重量？写得多好。

第十讲

大江东去浪淘沙

——两宋金元文学

大江东去，浪淘尽，千古风流人物。故垒西边，人道是，三国周郎赤壁。乱石穿空，惊涛拍岸，卷起千堆雪。江山如画，一时多少豪杰。
遥想公瑾当年，小乔初嫁了，雄姿英发。羽扇纶巾，谈笑间，樯橹灰飞烟灭。故国神游，多情应笑我，早生华发。人生如梦，一尊还酹江月。

——苏轼《念奴娇·赤壁怀古》

上次，唐、五代文学基本上讲完了，讲到诗词之不同。宋代文学主要是以词为主。词是最特殊的诗歌样式，大家知道诗的样式是比较固定的：一个是五言绝句，一个是七言绝句；一个是五言古风，一个是七言古风；一个是五言律诗，一个是七言律诗。偶尔有六言律诗，还有歌行体和乐府诗，其句式即便是乐府诗，也基本上是整齐的，例如李白的《蜀道难》："噫吁嚱，危乎高哉！蜀道之难难于上青天。……"下面主体句式还是基本整齐的。而词很不一样，在形式上是长短句。在根本上，音乐是词的生命，词是和音乐紧密联系在一起的。可以说词是在音乐中产生的。词一开始，有不同的词牌，即不同的曲调，词的音乐生命开始时大于它的文学生命。后来到了北宋苏东坡以后，词逐步开始摆脱了音乐的束缚，词的音乐生命开始跌落，而它的文学生命开始伸长。所谓文学生命是在诗的意义上说的。

词的形式非常之多。清代万树（红友）《词律》收词牌有 626 个之多，如《踏莎行》、《蝶恋花》等。一个词牌还有不同的调式，如《蝶恋花》有 97 字体的，有 101 字体的；共有1 100多个调式。清康熙年间编《钦定词谱》收有 826 种之多，调式有 2 000 多个。词最短的如《十六字令 · 山》："山，快马加鞭未下鞍。惊回首，离天三尺三!”句法是“一,七,三,五”。这是最短的。最长的有《莺啼序》,四叠共有240个字。中国之外,世界上没有一个国家诗歌有这么多不同的样式,这是非常罕见的。这是一。二,词自诞生一直到晚清,有关男女爱情的题材占90%以上。一个爱情题材能集中于一种文学体裁之中,也是罕见的。三,词尽管有很豪放的苏词,我们认为这只是在词的发展过程中出现的一种新的气象。苏东坡本人有360多首词,而像“大江东去,浪淘尽千古风流人物”、“老夫聊发少年狂”这类的所谓“豪放词”,十分之一都不到。整个词,主题风格是婉约派占主流,轻柔婉约细腻,内容方面主要写男女爱情,风格上主要以婉约为主,体式方面有600～800多种。所以词是非常好的一种文学样式。

宋代人在巍峨的唐诗面前难以超步。唐代诗歌有51 000多首,中华书局出版了20本;宋代诗歌,北大中文系编的,有近210 000首,北大出版社出了72本,数量是唐诗的四倍,但宋代人都承认,在质量上没有超过唐诗的高峰。唐诗高峰是不可逾越的。宋代人非常聪明,改用词来抒发情感,用19 000多首词,把宋词推上了顶峰。从此以后,唐诗宋词如“双峰并峙,两水分流”,非常之了不起。词可以说是最精美的文学艺术。如果说诗是精致的,词则是精美的。律诗中五律40个字,七律56个字,每个字都像一个文人雅士,一个粗人、俗人都不能搀杂其中;而词,每个字都可以算得上是名媛淑女,连文人雅士都不能搀杂其中。对词的特色、词牌、发展史等,我在北大要讲一个学期,在此不能细讲,也没有必要。

宋代分北宋(960～1127)和南宋(1127～1279),共320年。从中国历史说来,宋代在政治上、经济上力量软弱,被人形容如“鼻涕”,但是在文艺上、在文学史上却有非常重要的地位,是“承前启后,继往开来”的:诗词、散文总结了过去,高峰出现以后,文学高峰不再是诗词了，而小说戏曲开创了未来。我将专门讲一次小说：唐人传奇和宋人话本。宋代以后文学主流是小说和戏曲，戏曲自汉萌芽，唐有雏形，而后到成熟，繁荣，到衰落。就中国文学发展大势而言，宋代处于一个从雅文学向俗文学转变的时期，这当然也是相对的。宋代是文学、艺术蓬勃繁荣的时期。宋代书法在唐人的基础上又有很大的创新，书法四大家有米芾、蔡襄、黄庭坚、苏东坡，取得了非常突出的成就；绘画，特别到北宋徽宗时期国画非常繁荣，他治理国家不行，但文艺方面是非常好的，他的书法“瘦金体”很有名；建筑、雕塑等也非常突出。作为一个时代文学之代表，唐代是唐诗，宋代无疑是宋词。我们以词为主线，把宋代文学说一下。

一、宋初的词

宋初的词主要是晚唐五代词风的蔓延。有几个特点：

1. 体制短小，一般是单调或双调，如《菩萨蛮》、《浣溪沙》等，都是比较短的。

2. 体裁比较狭隘，没有什么突破，均为男欢女爱，相思离别，小庭深院，红楼翠阁这些方面的。

3. 风格方面，基本上承袭了唐五代的特色：婉约柔媚。

宋初词坛是个过渡时期。这时有个重要词人晏殊，他有《浣溪沙》：

> 一曲新词酒一杯，去年天气旧亭台，夕阳西下几时回？
> 无可奈何花落去，似曾相识燕归来。小园香径独徘徊。

据说他当时吟得“无可奈何花落去”后，一时想不出下一句，问他手下的王琪，王应声答道：“似曾相识燕归来”。他非常喜欢这两句。之后，他在写一首七律《示张寺丞王校勘》一诗中又用了这两句。但诗中好的句子在词中不一定好，反之亦然，因诗词的要求不一样。如“落花人独立，微雨燕双飞”是五代诗人翁宏的诗句，作为诗句无多特色，但被晏殊的儿子晏几道写入了词《临江仙》，却成了名句。晏殊和他的儿子晏几道被称为大晏和小晏，后者和李后主、纳兰性德三人被称为词坛三个清纯美少年。前人说晏几道很淳善，生活中有人负于他，他也不计较。他的代表作有《临江仙》：

梦后楼台高锁，酒醒帘幕低垂。去年春恨却来时。落花人独立，微雨燕双飞。　　记得小苹初见，两重心字罗衣。琵琶弦上说相思。当时明月在，曾照彩云归。

还有一首《鹧鸪天》，在艺术方面很好：

彩袖殷勤捧玉钟，当年拼却醉颜红。舞低杨柳楼心月，歌尽桃花扇底风。　　从别后，忆相逢，几回梦魂与君同。今宵剩把银釭照，犹恐相逢是梦中。

写他和非常要好的歌女重逢，写以前曾在一起喝酒。现在相逢却写以前在一起的情景，离别之后的心情。最后写到渴望的重逢。渴望的事一下子实现了，却疑惑是否是真的还是在梦中。这是很好的写法，值得仿效。末两句取了杜甫《羌村》“夜阑更秉烛，相对如梦寐”的诗意。

宋初还有一位突出的人物范仲淹，他是一位政治家、军事家、文学家，在著名的《岳阳楼记》中有“先天下之忧而忧，后天下之乐而乐”的千古名言。他的小词只有五六首，都非常好。如《苏幕遮》写秋天情景：

碧云天，黄叶地。秋色连波，波上寒烟翠。山映斜阳天接水，芳草无情，更在斜阳外。　　黯乡魂，追旅思，夜夜除非，好梦留人睡。明月楼高休独倚。酒入愁肠，化作相思泪。

这首词很有名。李白说："抽刀断水水更流，举杯销愁愁更愁。"为什么？原来是"酒入愁肠，化作相思泪"。他写边塞生活，风格比较豪迈。如《渔家傲》：

塞下秋来风景异，衡阳雁去无留意。四面边声连角起。千嶂里，长烟落日孤城闭。　　浊酒一杯家万里，燕然未勒归无计。羌管悠悠霜满地。人不寐，将军白发征夫泪。

体裁和风格上在宋初都是别具一格，开了"豪放派"之先声。

再讲个词人——欧阳修，宋仁宗时做宰相，当时文坛上古文革新运动的领袖人物，唐宋散文八大家之一，继承韩愈、柳宗元开创的古文运动——"文以载道"。他的文，毫无疑问都是讲"治国安邦"的大道理，他有一篇《五代史·伶官传序》，文中说："忧劳可以兴国，逸豫可以亡身。"他的诗歌写得也是非常政治化的，但写小词却非常浪漫，有些地方甚至有点黄色，有人怀疑这些写男女情爱的词不是他写的，一定是他的敌人栽害在他身上的。这种见解没有什么必要的。欧阳修也是人，欧阳修也有常人的七情六欲，他把治国安邦那些大道理写入文和诗中，把生活中的儿女情怀写入词中，当时人的基本观点是："诗庄词媚"。人的情感是非常微妙的：有一些情感巴不得让人知道，如热爱祖国、孝敬父母等好的情感;有些情感想掩盖起来惟恐不及。欧阳修也有这方面的情感,写入词中也很正常,我们不必为尊者讳,为贤者讳。

他有一首《踏莎行》:

> 侯馆梅残,溪桥柳细,草薰风暖摇征辔。离愁渐远渐无穷,迢迢不断如春水。　　寸寸柔肠,盈盈粉泪。楼高莫近危阑倚。平芜尽处是春山,行人更在春山外。

其中有以水喻愁的名句。先生们以后写诗,可以先把一个事情写得最远,而后说所思念的人在比那儿还远的地方。这是个很好的递进写法。他还有一组小词《采桑子》,就不举了。

他的散文成就非常突出。他出身寒微,四岁时父亲就死了,母亲要教他认字,没有钱怎么办?便用芦荻杆在沙地上画,所以有"欧母画荻"之说,后来把他培养成文章的一代宗师。他精心推敲自己的文章,注重字句的锤炼,文章写好以后贴在墙上改一改,最后能改到一字不剩。如他写《醉翁亭记》,最初说滁州四面有山,用了几十、一百多个字,后来统统删去,改定后只用了五个字"环滁皆山也"来概括,非常精辟。他晚年编文集还一丝不苟,反复锤炼,用思甚苦。其夫人说:年纪这么大了,"难道你还怕先生嗔骂吗?"他却笑答说:"不畏先生嗔,却怕后生哂!"他怕后来的年轻人耻笑。

北宋初期有位大词人柳永。词到那时发生了一些变化,柳永创制了一种新词叫慢词,即长词。对词有一种分法:58 字以下的叫小令,59 字到 90 字之间的叫中调,91 字以上的叫长调。如"念奴娇"正好 100 字,所以又叫百字令。柳永是个落拓不羁的人,是在下层和歌女妓女中混的一个人。他原名三变,求取功名多因名声不太好而不被录取，他写了一首《鹤冲天》，说自己无意功名："忍把浮名，换了浅斟低唱!"一次考试，放榜前，皇帝宋仁宗一看是柳三变，便说："此人风前月下，好去浅斟低唱，何要浮名？且填词去。"他索性自我解嘲，说自己是"奉旨填词"。后来改名为柳永，应试才取了。他在词的发展中地位很突出，创制了 90 多个新词牌，大都是长调。他潦倒穷困到死后连埋葬的钱都没有，还是几个红颜知己凑钱把他埋葬的。另外他把词从小亭深院红楼翠阁，引向了广阔的社会，是有贡献的。他的代表作有《望海潮》，其中写杭州的繁华："东南形胜，江吴都会，钱塘自古繁华。烟柳画桥，风帘翠幕，参差十万人家。……有三秋桂子，十里荷花。"后来，金主完颜亮听到唱这首词，倾慕于"三秋桂子，十里荷花"：杭州这么美呀！遂起挥戈南下之志想去攻打杭州了。对此明代人谢处厚有诗云："谁把杭州曲子讴？荷花十里桂三秋。哪知草木无情物，牵动长江万里愁。"讲的就是这首词。

柳永还有一首送别的词很有名，叫《雨霖铃》：

> 寒蝉凄切，对长亭晚，骤雨初歇。都门帐饮无绪，留恋处、兰舟催发。执手相看泪眼，竟无语凝噎。念去去千里烟波，暮霭沉沉楚天阔。　　多情自古伤离别，更哪堪、冷落清秋节！今宵酒醒何处？杨柳岸、晓风残月。此去经年，应是良辰好景虚设。便纵有千种风情，更与何人说？

"多情自古伤离别"句，有李商隐"相见时难别亦难"的诗意。俞文豹在记录宋代诗坛趣文逸事的《吹剑录》中说，苏东坡一次问其善讴的幕士："我词何如柳七？"回答说："柳中郎词，只合十七八女郎，执红牙板，歌'杨柳岸，晓风残月'；学士词，须关西大汉，铜琵琶、铁绰板，唱'大江东去'。""东坡为之绝倒。"他抓住了不同词人的不同词风。

二、北宋中期的词

重点讲一讲苏东坡，他是我最喜欢的古代文人，生卒年是公元1037～1101。有人说他生于公元1036，也没错，因为他生在农历腊月。按农历是公元1036，按阳历是公元1037。苏东坡是千古第一文豪，千古第一才子，才如江海。他的文，和欧阳修并称“欧苏”。唐宋散文八大家中最有名的四家中，有所谓韩文如潮，柳文如泉，欧文如澜，苏文如海之说。他的文章有4 800多篇。他的诗与黄庭坚并称“苏黄”，诗有2 700多首。词有360首，和辛弃疾并称“苏辛”。他的书法，是北宋四大家“米、蔡、黄、苏”之一，他所书写的陶渊明《归去来兮辞》现藏在台北故宫博物院，前几年我访台时去看过，看到了真品，确实非常之好。还有绘画，他和表哥文与可都善画墨竹，他在《文与可画筼筜谷偃竹记》文中说，画竹当胸有成竹。在画墨竹之前，先铺好纸，凝神细看，想象怎么画，但不动笔。等到构思成熟，才急起振笔，用笔墨追自己的构思，一下子把它画出来，此即所谓“胸有成竹”。苏东坡在哪一方面都可以算是大家，而且是集众家之长，成一家之大。旷达人生，旷达胸怀。他是个非常了不起的人物。朋友们如果到成都，眉州三苏祠有副对联：“一门父子三词客，千古文章四大家。”上联说的是其父苏洵、苏轼和其弟苏辙；下联四大家说是指韩、柳、欧、苏。

他的思想非常解放，文学观点非常通达，兼容并包，主张美是多样的，不是单调的。他有诗《次韵子由论书》说：“貌妍容有颦，璧美何妨椭。端庄杂流丽，刚健含婀娜。”他还说“短长肥瘠各有态，玉环飞燕谁敢憎？”美女也要允许有不太漂亮的一点；美玉是椭圆也不要紧。杨玉环胖乎乎，赵飞燕瘦得能在掌上跳舞，都美，美是多样的。他有一首诗写西湖《饮湖上初晴后雨》，是写西湖写得最好的诗：

水光潋滟晴方好，山色空蒙雨亦奇。
欲把西湖比西子，淡妆浓抹总相宜。

西湖、西子，巧妙地取其共同的一个“西”字，只要本质美，在阳光下面有明朗之美，纤毫毕露；下雨时有朦胧之美，后者更能激发人的情思和审美的好奇心。人的审美特征之一是，越是看不清楚的东西，越想看清楚。写西湖的词，则是白居易的《忆江南》写得最好：“江南好，风景旧曾谙：日出江花红胜火，春来江水绿如蓝，能不忆江南？”“江南忆，最忆是杭州：山寺月中寻桂子，郡亭枕上看潮头。何日更重游？”苏东坡对问者回答说，写文章应如“风行水上，自然成文”。他的诀窍是：“如流水行云，初无定质。但常行于所当行，常止于不可不止”，如此而已。他主张风格多样，还创造了一种“神智体”的诗，是以汉字字型特点，以字体长短、大小、正反、疏密、离合、笔划多少作出一首诗来。宋神宗时有一个北朝使者到东京来，自许能诗，说中原谁都不行，目中无人。皇帝就叫苏东坡去会他。苏东坡提笔写了一首题目叫《晚眺》的七言绝句请他读一读。那位使者看了，惊得目瞪口呆，连一个字都认不出来，声言“自后不复言诗矣”。原诗是：“长亭短景无人画，老大横拖瘦竹筇。回首断云斜日暮，曲江倒蘸侧山峰。”（每行只写三个字，第一句亭字细长，景字扁短，繁体画字框中无人；第二句老字写得很大，拖字横过来写等等。）读这种诗，是“以意写图，令人自悟”；旧时以其设想新奇，启人神智，故名神智体。再如《闺怨》：“月斜三更门半开，横枕长夜意心歪。别离到今无口信，望断肝肠无人来。”（第一句“月”字斜写，三个“更”字叠在一起，“门”字用半边，等)。在中国文化史上,能创造一个东西,是很了不起的。

苏东坡有一首词《定风波》:

> 莫听穿林打叶声,何妨吟啸且徐行。竹杖芒鞋轻胜马,谁怕,一蓑烟雨任平生。　　料峭春风吹酒醒。微冷,山头斜照却相迎。回首向来萧瑟处,归去,也无风雨也无晴。

我去年写过一篇小文章,就是今天发给大家的《一蓑烟雨任平生》。他在一次出游遇雨,没有了雨具,同行的人都觉得很狼狈,但他浑然不觉,处之泰然,在雨中走,别有一番风味。后来雨过天晴,他也不为之过喜。“归去,也无风雨也无晴。”他胸怀坦荡、旷达。人生何尝不是如此? 奋斗了一生,退休了回过头来静静想想,“归去,也无风雨也无晴”,人生“得”没有了,“失”也没有了;欢乐过去了,痛苦也过去了。

苏东坡才如江海,开创了“豪放派”词风,如《念奴娇·赤壁怀古》:“大江东去,浪淘尽、千古风流人物。人道是、三国周郎赤壁。”实际上他写词的地方(黄冈)并不是当年大战的赤壁(嘉鱼),有所谓文、武两个赤壁。而后是写景:“乱石穿空,惊涛拍岸,卷起千堆雪。”“江山如画”是总结了上文,“一时多少豪杰”是启下。下片是从多少豪杰中选出一个豪杰。谁呀? 周瑜。“遥想公瑾当年,小乔初嫁了,雄姿英发。”最为人们称道的是“小乔初嫁了”,英雄美人相得益彰。“羽扇纶巾,谈笑间、强虏灰飞烟灭。”最后“故国神游,多情应笑我,早生华发。人生如梦,一尊还酹江月。”这首词非常明朗,非常豪迈。

苏东坡是大才华、大手笔,还在于他能以同样的一个词牌,写出两种不同风格的词来。如我们经常称道的《江城子》,是悼念他亡故十年的妻子王弗的。这是悼亡词中最好的一首:

十年生死两茫茫。不思量，自难忘。千里孤坟，无处话凄凉。纵使相逢应不识，尘满面，鬓如霜。　　夜来幽梦忽还乡。小轩窗，正梳妆。相顾无言，惟有泪千行。料得年年肠断处：明月夜，短松冈。

悼亡词中感情真挚，一往情深，而且风格细腻，婉约。同样的《江城子》词牌，他还写了《密州出猎》：

老夫聊发少年狂。左牵黄，右擎苍。锦帽貂裘，千骑卷平冈。为报倾城随太守，亲射虎，看孙郎。　　酒酣胸胆尚开张。鬓微霜，又何妨！持节云中，何日遣冯唐？会挽雕弓如满月，西北望，射天狼。

非常豪放。两首《江城子》风格迥然不同，非常难得。真是说不尽的苏东坡！

其他词人再讲两位，苏门的四学士之中，最有代表性的有黄庭坚和秦少游。黄是江西词派的代表，主张把前人词句改一改，能“点铁成金”，但效果有时比较生硬，往往不好，成了“点金成铁”。还有一位陈师道(无已)，黄庭坚有诗曰：“闭门觅句陈无已，对客挥毫秦少游。”说陈师道一有诗兴，就跑回家关起门来，蒙在被子里苦苦思索，家里人知道他要作诗了，就赶紧把鸡狗都赶走，怕干扰他，过了一会儿他从床上推被而起，一首诗就作好了。陈黄作诗讲究无一字无来处。我们以前讲过黄庭坚有“《汉书》下酒”的典故。《汉书》是东汉的班固所著，继承司马迁《史记》的体例，记载自汉高祖元年(前206)到王莽4年(23)共229年的历史。黄庭坚特别喜欢读《汉书》，一次到他岳父家，吃过晚饭，他就提了一壶酒，进书房读《汉书》。第二天早上一壶酒就没有了，第二天又是这个样子。他的岳父感到很惊讶，悄悄地看他是怎样喝酒的。看到他打开《汉书》，他读到张良指使勇士去刺杀秦始皇，一椎棰下，没有打到始皇，误中了副车，他一拍桌子："惜乎未中矣！"然后满饮一杯。又读到一个地方，"哎呀！没有弄好呀"，又饮一杯。他的老丈人在门边听后说："有如此下酒物，一斗诚不多矣！"在座的先生们，晚上可以一边读唐诗一边喝酒，读到"人生得意须尽欢，莫使金樽空对月"时，满饮一大杯。黄庭坚的词就不说了。

秦观（少游）是江苏高邮人，词的成就还是很突出的。苏东坡非常喜欢秦少游，去杭州路过他的家乡高邮，曾去访问过他；在他去世后，苏曾说"少游已矣，虽万身何赎！"对他评价很高。他是婉约派的代表词人（还有李清照）。举一首《鹊桥仙》：

> 纤云弄巧，飞星传恨，银汉迢迢暗度。金风玉露一相逢，便胜却人间无数。　　柔情似水，佳期如梦，忍顾鹊桥归路！两情若是久长时，又岂在朝朝暮暮。

七月七日，天上云彩的样子变化非常巧妙，民间有乞巧节，闺中女子比赛针线活，常把云彩的样子刺绣下来。牛郎织女聚会，不忍心回顾离别之路。最后两句是历来为人们称道的千古名句。以前在座的朋友们两地分居非常难解决，这首词为两地分居找到了一个理由。但联系到整个词的意思和他其他的词作，我写过一篇文章说，总觉得他是在故作旷达，实际上渴望的还是想朝朝暮暮，因为在现实中不能朝朝暮暮。我在北大讲课说如今年轻人情感太随意了，明知两情不久长，愣是要朝朝暮暮，卿卿我我，耳鬓厮磨。古时谈恋爱和情人幽会，不能在阳光下，月光还嫌太明亮，希望有片云遮月，可以温存一下。有一首词："仗谁传与片云也，遮取片时则够。"月光都嫌太亮，而现在的年轻男女，在太阳下都敢亲热在一起。

他有一首《满庭芳》："山抹微云，天黏衰草，画角声断谯门。暂停征棹，聊共引离尊。多少蓬莱旧事，空回首，烟霭纷纷。斜阳外，寒鸦数点，流水绕孤村。……"也非常好。

秦观的诗歌也写得比较柔弱，有"有情芍药含春泪，无力蔷薇卧晓枝"之句，后来被金人元好问讥之为女郎诗，说："拈出退之'山石'句，始知渠是女郎诗。"《山石》是韩愈（退之）写过的一首诗，开头四句是："山石荦确行径微，黄昏到寺蝙蝠飞。升堂坐阶新雨足，芭蕉叶大栀子肥。"用后一句来比较秦少游的这两句，秦诗就显得柔弱像女郎诗了。后来清人薛雪又写了一首诗反驳元好问，说："先生休讪女郎诗，《山石》拈来压晓枝，千古杜陵佳句在，香雾云鬟也堪师。""杜陵"指杜甫，他是诗圣呀！谁敢说他的诗不好？他有一首《月夜》，明明是他困在长安时想念远在鄜州的妻子儿女，诗中却说是妻子在想念他——久久伫立月下："香雾云鬟湿，清辉玉臂寒。"这种手法被清人浦起龙称为"心已神驰到彼，诗从对面飞来"。

秦少游的文。他写有《进策》30 篇，《进论》20 篇，共 50 篇，有一篇写用人之道说："勿以寸朽而弃连抱之材"，这个观点非常好，不能因有小缺点而舍弃大才。还有一篇小散文，写一个妓女《眇倡传》，很巧妙。少一目即为眇，我认为汉字奇妙无比，是中华民族最伟大的遗产。文中写一个十分喜欢这个女子的少年说："自余得若人，还视世上女子，无不余一目（多余一只眼睛）者。夫佳目得一足矣，又奚以多为！"文章写的是一种缺陷美，写得很精彩。研究完整的秦少游，发现他是很不错的。

一个时代有一个时代的代表性的文学。唐诗宋词可以说将中国人的情感写尽了,后人超不过它们了。但后人可以通过新的文学形式和题材胜过前人。文学是不断发展的,但每个时代的高峰都是不会再重复出现的。

宋代在中国文学历史上的地位十分重要,起着承前启后、继往开来的作用。它的诗词和散文可以说是总结了过去,中国的诗词和散文到了宋代发展到全面鼎盛阶段,以后的元明清就再也没有这样突出了。它的小说和戏曲开创了未来,宋代的小说和戏曲成为未来元明清文学的主流。它是中国文学从正统的"雅"文学向"俗"文学转化的时期,因为小说戏曲在当时都属于"俗"文学,而诗词则属于"雅"文学。

李清照是一位著名的女词人,她生于公元 1084 年,一生经历了南北宋的交替,北宋灭亡时 44 岁。她是济南人,是著名的"济南二安"之一:女的是李易安,即李清照,男的是辛幼安,即辛弃疾。北宋灭亡后,北方的人都往南方跑,她的丈夫赵明诚南下江宁(今南京),她也到江宁去了。可是第二年,她 45 岁的时候,赵明诚不幸去世,她便漂泊在江南。所以她的前半生是非常美好的,在封建社会"父母之命,媒妁之言"的情况下,能遇上一个志同道合的丈夫是非常难得的;而她的后半生却是很凄惨的。在中国文学史上,我认为她是最伟大的女诗人,文学成就很了不起。中国古代文学本来就是男性为主的文学,女性是很弱的,历史上能留下名字的很少。在这当中,第一个是蔡琰(文姬),东汉蔡邕的女儿,她有著名的《悲愤诗》传世。唐代有不少的女诗人,但真正数得上的也就是那几个,像薛涛、李冶、鱼玄机等,总的说来成就也平平。而在宋代最了不起的就是李清照。她的词并不多,一共才 30 多首,加上存疑的也不过 50 多首,可是每一首都可以称得上是精金美玉。

她的词有记录她少女生活的,如《如梦令》:

常记溪亭日暮，沉醉不知归路。兴尽晚回舟，误入藕花深处。争渡，争渡，惊起一滩鸥鹭。

写与女伴们一起游玩，写得非常好。她结婚后与丈夫感情很好，丈夫外出做官，离别后她十分思念，写了一首《醉花阴》，寄给她的丈夫。词曰：

薄雾浓云愁永昼，瑞脑销金兽。佳节又重阳，玉枕纱厨，半夜凉初透。　　东篱把酒黄昏后，有暗香盈袖。莫道不消魂，帘卷西风，人比黄花瘦。

其中以最后的“莫道不消魂，帘卷西风，人比黄花瘦”几句最有名，是极为人称道的佳句。据史料记载，她的丈夫收到后，一看此词写得太好了，但有点不甘心，不服气，于是闭门谢客三日，一共写了50首《醉花阴》；把李清照寄来的这一首也一并抄写放在当中，然后请他的朋友陆德夫看。陆德夫看后，大加赏识说，士隔三日，刮目相看，你的词大有长进，其中最好的就是“莫道不消魂，帘卷西风，人比黄花瘦”。听到这样的评论后，赵明诚长叹一声说，其他词都是我写的，惟独这一首不是。这一段故事，传为佳话。

李清照晚年的词比较凄婉，其中《声声慢》是她的名篇。词曰：

寻寻觅觅，冷冷清清，凄凄惨惨戚戚。乍暖还寒时候，最难将息。三杯两盏淡酒，怎敌他、晚来风急。雁过也，正伤心，却是旧时相识。　　满地黄花堆积，憔悴损，如今有谁堪摘？守着窗儿，独自怎生得黑？梧桐更兼细雨，到黄昏、点点滴滴。这次第，怎一个愁字了得？

“寻寻觅觅，冷冷清清，凄凄惨惨戚戚”，这样一连串的叠字最为人称道。叠字是我们中国古典诗词的一种修辞手法，叠得好，效果会很好的。这首词接下来就是：“三杯两盏淡酒，怎敌他、晚来风急？雁过也，正伤心，却是旧时相识。”下面写她愁苦的心情：“满地黄花堆积，憔悴损，如今有谁堪摘？守着窗儿，独自怎生得黑？梧桐更兼细雨，到黄昏、点点滴滴。这次第，怎一个愁字了得？”写得非常好。

在这里，我要介绍一下，我们北京大学有一位有名的教授叫吴小如先生，学问非常好。吴小如先生的文章，每一篇都有他自己的新意。他给自己立下一条规定：没有己意不动笔。例如，对于李清照《声声慢》中的“满地黄花堆积，憔悴损，如今有谁堪摘？”历来人们都是解释为：满地黄花（即菊花）凋谢了，堆满了一地。大家知道，春天的花是落瓣，秋天的花是落朵。如果菊花都已经凋谢成那样了，还有什么用不用摘的呢？吴小如先生认为，历来人都讲错了。“满地黄花堆积”，并不是说黄花都凋零了，而正好相反，指的是黄花开得非常茂盛，花团锦簇，一朵一朵重重叠叠的菊花，构成“满地黄花堆积”的视觉效果。菊花是那样美，而我的心情却是那样的凄苦，“憔悴损”，不是说菊花，而是说词人自己面容憔悴，谁还有心情去欣赏和采摘那样的菊花呢！这就是“如今有谁堪摘？”我认为，从古到今，只有他讲对了李清照的真实意思。

李清照晚年写过一首《永遇乐》，说最难熬就是在帘儿底下听别人欢声笑语，这种愁苦可以说是最为不堪，最难以忍受。这首词是这样写的：

落日镕金，暮云合璧，人在何处？染柳烟浓，吹梅笛怨，春意知几许？元宵佳节，融和天气，次第岂无风雨？来相召，香车宝马，谢他酒朋诗侣。　　中州盛日，闺门多暇，记得偏重三五。铺翠冠儿，捻金雪柳，簇带争济楚。如今憔悴，风鬟雾鬓，怕见夜间出去。不如向帘儿底下，听人笑语。

另外像晚年的《武陵春·春晓》也写得很好：

风住尘香花已尽，日晚倦梳头。物是人非事事休，欲语泪先流。　闻说双溪春尚好，也拟泛轻舟。只恐双溪舴艋舟，载不动、许多愁。

这首词是她晚年飘泊到金华时写的。春天来了，风光非常好，她"闻说双溪春尚好，也拟泛轻舟"，听人们说双溪的春光明媚，自己也想去观赏一番，但就是"只恐双溪舴艋舟，载不动、许多愁。"就担心双溪那小小的船啊，它承载不了我内心这么多、这么沉重的愁啊！写得多好啊！从来没有人把"愁"写成有重量的。"愁"是属于精神情绪，怎么会有重量呢？历来写"愁"的有几个名句：

第一个就是李后主用长江水来比喻"愁"：

春花秋月何时了，往事知多少。小楼昨夜又东风，故国不堪回首月明中。　雕栏玉砌应犹在，只是朱颜改。问君能有几多愁？恰似一江春水向东流。

长江的一个主要特点就是"滚滚无尽"，是用长江的滚滚无尽来写自己愁绪滚滚无尽。

第二个就是北宋的秦少游，在《千秋岁》一词中写道："春去也，飞红万点愁如海。"这也是名句，用大海来比喻愁。大海的主要特点是什么呢？是"浩浩无边"；用"愁如海"，来形容愁之浩浩无边。

再一个是北宋的贺铸，在《青玉案》一词中写道："试问闲愁都几许？一川烟草，满城风絮，梅子黄时雨。"在这里他用三种事物来比喻愁。"一川烟草"的特色是什么呢？是茂盛；"满城风絮"的特色是什么呢？是缭乱；"梅子黄时雨"的特色是什么呢？是"绵绵无绝"。这是博喻，用三种事物来比喻愁之盛、之乱、之绵绵无绝。

还有很有名写"愁"的诗句，就是李白《秋浦歌》中的：

白发三千丈，缘愁似个长。
不知明镜里，何处得秋霜。

李白的比喻好在哪里呢？以上的比喻虽然都很好，但所有的比喻都跟"愁"的情绪没有什么关系，"江"跟"愁"没有关系，"海"跟"愁"也没有关系，"梅子雨"跟"愁"同样没有关系。惟独"白发三千丈，缘愁似个长"中的"白发"与"愁"是有关系的，因为"愁"很多而愁白了头。

在所有这些写"愁"的名句中，李清照能别出新意，说"愁"有重量。她这个人很有创造力，不肯重复别人，她创造性地说："只恐双溪舴艋舟，载不动、许多愁。"就是说，我担心上船后会把船压沉啊，为什么会压沉呢？因为我满怀的愁绪，实在太多了，太重了！

李清照是位女子，但她非常泼辣，敢于反对流俗。例如，古人认为"女子无才便是德"，她偏偏才情洋溢。再如一般女子不能喝酒，她却很喜欢喝酒。只要翻开她的词，几乎篇篇都有"酒"。如："三杯两盏淡酒"，"浓睡不消残酒"，"东篱把酒黄昏后"，"未成沉醉意先融"，还有"沉醉不知归路"等等，几乎都离不开酒。从这里可以看到一个人不随流俗的性格。

从唐代到宋代，李清照之前有很多词人名家，像唐五代的温庭筠、韦庄、李煜，宋代的晏殊、欧阳修、柳永等，都没有一个人写过词学理论著作。而到了李清照的时候，她写了一篇著名的词学理论著作，那就是《词论》。这是中国词学理论批评史上第一部完整的理论著作。我经常说，一个人要是能留下一个"第一"，此生不虚也！当然要是好的"第一"了。在这篇著作里，李清照以女子无羁的才华横扫须眉，一一评点前人。说晏殊怎么怎么样，说欧阳修怎么怎么样，说秦少游怎么怎么样，说苏东坡怎么怎么样，一个人一个人地点评了一遍，每个人都有不足。这是何等的气概！何等的才华！

我上次说过，她有一篇《夏日绝句》写刘邦和项羽的楚汉相争：

生当作人杰，死亦为鬼雄。
至今思项羽，不肯过江东。

这首五绝共 20 个字，真让千古男儿为之汗颜。这么好的诗句，而在她以前有那么多的伟大诗人却没有写出来；在她以后又有谁能及呢，也都没人能超越她。写楚汉相争的诗句中，最好的就是这豪气干云的 20 个字。

这就是男子汉的气概，虽然失败了，但也是失败的英雄。相反，有的人虽然胜利了，但却不一定是英雄。项羽自刎了，但自刎得好，这是英雄。李清照的观点是不满南宋的投降主义，跑到长江以南去，以长江为天险，在临安苟延残喘。一个女子在当时能够发出这样的时代强音，非常了不起！我们应该永远记住她，怀念她。

李清照还有一篇散文《金石录后序》，写她与丈夫的日常生活，写得非常好。她们两口子很喜欢金石字画，当时他们还能看到唐人的字画，甚至王维的字画，南北朝顾恺之的字画。有一次看到一件很好的字画，两口子喜欢得不得了；可是要价太高了，两人把家里的家具首饰全加起来都还不够，只好把这件字画又还给人家了。可惜北宋灭亡后，她家的字画都散失掉了。

下面我要接下来讲讲南宋的词人，那是从 1127 年到 1279 年。南宋的首都是临安，也就是今天的杭州。曾有诗人林升写诗《题临安邸》讽刺南宋的统治集团。诗曰：

山外青山楼外楼，西湖歌舞几时休！
暖风熏得游人醉，直把杭州作汴州。

南宋统治者们在杭州花天酒地，不想打回到北方去了。在北宋灭亡之后，最强的呼声就是抗战的呼声，就是要恢复中原，这是当时时代的主旋律。在这样的主旋律当中，产生了一批杰出的诗人和词人。

比较突出的，例如岳飞。岳飞是一位了不起的民族英雄，他的一生主要是戎马征战，抗金卫国。可惜后来被秦桧害死了，他的才华没有得到充分展示，不但是武的才华，文的才华也没有得到展示。他写的脍炙人口的《满江红》，大家都可以背诵。特别是在民族矛盾尖锐的时候，这首词就成为激励人们前进的号角。词曰：

怒发冲冠，凭栏处、潇潇雨歇。抬望眼、仰天长啸，壮怀激烈。三十功名尘与土，八千里路云和月。莫等闲、白了少年头，空悲切。　　靖康耻，犹未雪；臣子恨，何时灭！驾长车踏破、贺兰山缺。壮志饥餐胡虏肉，笑谈渴饮匈奴血。待从头、收拾旧山河，朝天阙。

现在对这首词略有争议，我认为不要争议。有人对“壮志饥餐胡虏肉”提出异议，认为“胡虏”也是少数民族，不能吃他们的“肉”。我认为，这是历史呀！倘若不歌颂岳飞，难道要歌颂卖国的人吗？不同的历史时期，具有不同的历史背景。“胡虏”现在是我们的兄弟民族，那是后来历史发展的结果。岳飞满腔热情地要收复中原，可是朝廷的主要矛盾是，一个主和，一个主战，这两者之间的矛盾。宋王朝是一个软弱的王朝，有人称之为“鼻涕宋”，像鼻涕一样软软塌塌地提不起来。在北宋的时候，政治上的主要矛盾是革新与保守的矛盾。在南宋时，主和派老是占上风，主战派老是掌握不了实权。所以岳飞一直都很愁闷，他写了另外一首词，叫《小重山》。如果说《满江红》写的壮怀激烈，那么《小重山》写得低沉悲愤。这是他不同风格的两首词。《小重山》词曰：

昨夜寒蛩不住鸣。惊回千里梦，已三更。起来独自绕阶行。人悄悄，帘外月胧明。　　白首为功名。旧山松竹老，阻归程。欲将心事付瑶琴。知音少，弦断有谁听？

岳飞他满腔的悲愤，盘郁着深深的激情，没法喷发出来。一个人能写出“怒发冲冠，凭栏处”这样豪放的词，又能写出“欲将心事付瑶琴。知音少，弦断有谁听”这样低沉、委婉、悲愤的词，是非常难得的。

其他词人例如张孝祥，也是主战派的人物。他的《六州歌头》我们这里就不说了。他有一首词叫《念奴娇·过洞庭》，是一首写中秋很著名的词。关于写中秋的词，历来人们最推崇的当属苏东坡的《水调歌头》。词曰：

明月几时有？把酒问青天。不知天上宫阙，今夕是何年？我欲乘风归去，又恐琼楼玉宇，高处不胜寒。起舞弄清影，何似在人间。　转朱阁，低绮户，照无眠。不应有恨，何事长向别时圆？人有悲欢离合，月有阴晴圆缺，此事古难全。但愿人长久，千里共婵娟。

在座年事已高的前辈，社会阅历非常丰富，当回忆自己一生的时候，就会脱口而出“人有悲欢离合，月有阴晴圆缺，此事古难全”，就会感到人生不会是永远美好的，自古以来难以两全其美。所以词人最后祝愿“但愿人长久，千里共婵娟”，“婵娟”者，美女也，这里指嫦娥，月亮里的嫦娥。“千里共婵娟”就是千里共月亮。有人十分推崇地说：中秋词，自东坡《水调歌头》一出，余词尽废。这样的评价，从夸张的角度来说苏东坡的这首词非常好，这是没有问题的。但从事实来看，这是夸张了的。我认为，什么中秋词都可以“废”，但却不能把张孝祥的《念奴娇·过洞庭》“废”掉，事实上也“废”不了。这首词，是张孝祥被贬到岭南以后，由于大赦，他从岭南回来，经过衡阳，到湘潭，到长沙，然后到岳阳，到洞庭湖。洞庭湖在明月云烟之下，一碧万顷，风景非常美丽，令他写了这首词。词的上阕写洞庭湖的月下美景；下阕抒发自己的情怀。在填词的时候，一般都是把上下阕分开来，上阕写景，下阕抒怀；或者上阕写往，下阕写今；或者上阕写白天，下阕写晚上。

张孝祥的《念奴娇·过洞庭》是这样写的：

洞庭青草，近中秋、更无一点风色。玉鉴琼田三万顷，著我扁舟一叶。素月分辉，明河共影，表里俱澄澈。悠然心会，妙处难与君说。　　应念岭表经年，孤光自照，肝胆皆冰雪。短发萧骚襟袖冷，稳泛沧溟空阔。尽挹西江，细斟北斗，万象为宾客。扣舷独啸，不知今夕何夕？

其中，"青草"是指青草湖。"表里俱澄澈"是说月光皎洁，在月光照耀下，"表"是指湖水的上面的空明，"里"是指倒影在湖水里面的景致，二者都非常清澈，非常透亮。我想，当时空气的能见度肯定要比现在好多了，现在已很少能够见到"表里俱澄澈"了，到哪里去找这样的情景啊！真让人神往。下阕是写他自己的心情，虽说被贬到岭南去，但初衷不改，"肝胆皆冰雪"。最后写"尽挹西江，细斟北斗，万象为宾客"，把江湖当酒，把北斗当酒杯，以天地万象为宾客，共饮共醉。"扣舷独啸，不知今夕何夕？"他扣着船舷，放声歌唱，竟然不知是何年。写得非常好。在写心情的下阕中，"肝胆皆冰雪"这五个字写得非常好，是说自己情怀高洁，"一尘不染"，如唐代诗人王昌龄所说的"洛阳亲友如相问，一片冰心在玉壶"。

我曾经把这两句摘出来，做成一幅很好的对联："表里俱澄澈，肝胆皆冰雪。"但是遗憾的是，"澈"是仄声字，没有问题；但"雪"也是仄声字，对联必须仄起平收。为此，我将"冰雪"改为"雪冰"："表里俱澄澈，肝胆皆雪冰。"我们北大的袁行霈教授，他是中央文史馆的馆长，他把杜甫的一句诗"心迹喜双清"与张孝祥的这句词集到一起，自己书写了一幅对联，他的字也写得非常好："表里俱澄澈，心迹喜双清。""心"是一个人的精神和思想；"迹"是一个人做的事情，这两样东西都很"清"。不仅境界好，平仄对仗也很好。

在南宋词人中，还有一位叫陈与义，他有一首著名的词叫《临江仙》，写得很委婉，非常好。词曰：

忆昔午桥桥上饮，坐中多是豪英。长沟流月去无声。杏花疏影里，吹笛到天明。　　二十余年如一梦，此身虽在堪惊。闲登小阁看新晴。古今多少事，渔唱起三更。

词的后半片也写得很好，这里就不多说了。

南宋最著名的词人中，还有陆游。他出生于公元1125年，也就是说当北宋灭亡的时候，他才虚岁3岁，他于公元1210年去世，活了85岁。在我的印象中，唐朝诗人中八十岁以上的有贺知章，他也活了85岁。北宋有个词人叫张先，也活了85岁多。

陆游是一位伟大的诗人，倘若要数中国伟大的诗人，人数不超过两位数字即不超过10位的话，那一定要把陆游数上。第一个是屈原，第二个是陶渊明，第三个是李白，第四个是杜甫，如果把白居易也数进去，那么下面就是苏东坡，陆游，辛弃疾等，这些都是超一流的诗人。陆游一生中成年后几乎没有一天不写诗。从古到今，他是留下诗歌最多的一位诗人，留下将近一万首，九千多首诗词。后来听说清朝乾隆皇帝的诗歌也挺多的，多达四万多首，但是我们一首都记不得。当然，唐朝的张若虚一首《春江花月夜》就永垂不朽。

陆游诗歌的主旋律是抗战的声音，他是浙江绍兴人，他生活的时代是民族矛盾很尖锐的时代，他是在收复中原的呼声中长大的。因他在年轻时代就立下豪言壮语："上马击狂胡，下马草军书。"能文能武。他确实作为战士到前方去过，去到哪里呢？陕西的西南部古代叫南郑的地方。后来他回到老家绍兴，经常回忆自己在西部的战斗生活。晚年的时候写有《十一月四日风雨大作二首》（其二）：

僵卧孤村不自哀，尚思为国戍轮台。
夜阑卧听风吹雨，铁马冰河入梦来。

他在生命的最后时刻，写了一首伟大的诗歌，叫《示儿》：

死去原知万事空，但悲不见九州同。
王师北定中原日，家祭毋忘告乃翁。

又例如他的《书愤》也是名篇：

早岁那知世事艰，中原北望气如山。
楼船夜雪瓜洲渡，铁马秋风大散关。
塞上长城空自许，镜中衰鬓已先斑。
出师一表真名世，千载谁堪伯仲间！

其中“楼船夜雪瓜洲渡，铁马秋风大散关”，是诗歌中很有特点的修辞佳句，它不用任何的虚词，全都是实词。你们看“楼船”，“夜雪”，“瓜洲渡”；“铁马”，“秋风”，“大散关”，全都是实词。后来的马致远的“枯藤”，“老树”，“昏鸦”；“小桥”，“流水”，“人家”；“古道”，“西风”，“瘦马”，这些词都是并列的名词，不用任何关联词，不用虚词。

陆游的词有 160 多首，也写得很好，他的词名为诗名所掩。词中有一首《诉衷情》：

当年万里觅封侯，匹马戍梁州。关河梦断何处，尘暗旧貂裘。　胡未灭，鬓先秋，泪空流。此生谁料，心在天山，身老沧州。

写他人虽老，心仍在天山，可是只能空老于林泉之下，写得非常之好。

陆游词中还有一首叫《卜算子·咏梅》，他是我们古代喜欢梅花最突出的一位诗人。中国古人喜欢一种事物都跟他的人格、他的兴趣和他的审美爱好很有关系。例如伟大的爱国诗人屈原就喜欢橘树，写有《橘颂》。大家知道“橘生淮南则为橘，生于淮北则为枳”。有这样一个故事，古代的齐相晏子出使楚国，当宴请他的时候，楚王故意安排捆绑一个人从宴席面前走过。大王故意问，绑的是什么人？回答说是晏子所在的齐国的人。又问，为什么绑他？回答说，他是小偷。大王就问晏子，你们齐国的人是不是都会做小偷？晏子立即回答说，臣闻之，橘生淮南则为橘，生于淮北则为枳。为什么橘树到了淮北就结出枳子了呢？因为水土不一样。这个人在我们国家的时候从来不偷东西，到了你们国家就偷东西，看来是你们国家的水土适合于使人偷东西。晏子这个人很聪明，在古代是智慧的化身。他经常出使他国，有一次到了楚国，楚王嘲笑他说，你看你们国家多差劲，都选不出像样的人当使者，怎么派你这样又矮小又残疾的人出使来。晏子回答说，我们国家有规定，有才能的人派到好的国家去，没有才能的人派到差的国家去。我是我们国家最差的，所以就派到你们国家来了。智慧啊！回头再说屈原，它之所以喜欢橘树，是喜欢橘树那种“独立不迁，深固难徙”，“苏世独立，横而不流”的那样一种精神。

梅花是陆游的最爱。他写梅花有这样的诗句：“何方可化身千亿，一树梅花一放翁。”就是说，有什么办法把我陆游变成亿万个陆游呢？孙悟空有这样的办法，拔一撮毛，口一吹就变成许许多多的孙悟空。那当然是神话。倘若有这样的办法的话，那么在一棵梅花树前就有一个陆放翁在欣赏梅花。你们看，陆游多喜欢梅花。陆游那首著名的《卜算子·咏梅》，毛主席非常喜欢，我也非常喜欢。词曰：

驿外断桥边，寂寞开无主。已是黄昏独自愁，更著风和雨。　　无意苦争春，一任群芳妒。零落成泥碾作尘，只有香如故。

梅花凋谢掉下来，与泥土和在一起，车子走过以后，把花泥压成尘土了，形体已经没有了，但只有香如故。这就是陆游所渴望的、所向往的境界。这就是人的气节，一个人要是没有气节，就是精神上的软体动物，一辈子匍匐在别人的脚下。人应该有点气节，有点骨气。

陆游还有一个有名的故事，就是跟他的表妹唐琬的爱情故事。他们两个结婚以后感情非常好，不知道是什么原因，陆游的母亲很不喜欢唐琬。也许是陆游与唐琬的关系太密切了，他妈妈嫉妒了。陆游的母亲硬是逼着陆游把唐琬给休了。以后他们都分别结婚了，唐琬与一位叫赵士程的结婚了。几年之后，他们在沈园相遇，都非常感伤。然后，陆游写了一首《钗头凤》词，这是一首大家都能背诵的好词：

红酥手，黄縢酒，满城春色宫墙柳。东风恶，欢情薄。一怀愁绪，几年离索。错、错、错。　　春如旧，人空瘦，泪痕红浥鲛绡透。桃花落，闲池阁。山盟虽在，锦书难托。莫、莫、莫。

据说后来唐琬也和了一首，但有人说是好事的文人附会的。但是唐琬这次见面后不久就去世了，这是有记载的。然而，这首和词也写得非常好：

世情薄，人情恶，雨送黄昏花易落。晓风干，泪痕残。欲笺心事，独语斜栏。难、难、难。　　人成各，今非昨，病魂常似秋千索。角声寒，夜阑珊。怕人寻问，咽泪装欢。瞒、瞒、瞒。

不管是不是唐琬写的，这首词都写得非常好。人最凄苦的就是这种情爱的分离。

梁启超非常推崇陆游，写诗《读陆放翁集》称赞说：

诗界千载靡靡风，兵魂销尽国魂空。
集中十九从军乐，亘古男儿一放翁。

在北宋还有两位诗人，一位是范成大，一位是杨万里。范成大是个田园诗人，田园诗写得很好。杨万里，号诚斋，所以他的诗体叫诚斋体，是比较有名的。杨万里有一首绝句《过松源晨炊漆公店》：

莫言下岭便无难，赚得行人错喜欢。
正入万山圈子里，一山放出一山拦。

这是一首具有人生哲理的好诗。我们人生正是在万山丛中前行，是走在无形的万山丛中。奋斗奋斗以后提拔为科长了，前面还有处长呢；再奋斗奋斗，成为处长了；可前面还有司局长呢，还得奋斗奋斗。人生就是要这样不断地进取。

下面说一位南宋时期另外一位伟大的诗人，那就是辛弃疾。他是从公元 1140 年到公元 1207 年。大家知道，北宋是公元 1127

年灭亡的，也就是说，北宋灭亡了14年辛弃疾才出生。那么，当他20岁的时候，北宋已经灭亡33年了。在北宋灭亡后的50年间一直有抗战收复中原的声音，但是到50多年以后，反抗的声音就渐渐减弱了。时间一长就承认既有的现实，划江而治，苟延残喘。辛弃疾是济南人，叫辛幼安；而李清照叫李易安，因同是济南人，故被人们称为“济南二安”。但李清照比辛弃疾年长56岁，一个男的，一个女的；一个豪放派，一个婉约派；一个是豪放词之鼻祖，一个是婉约词之正宗。

辛弃疾不仅是个词人，他首先是位战士，是位英雄。他年轻的时候，他的祖父就不断地给他熏陶，向他灌输，要收复中原。所以他年轻的时候就勇敢起义，带着一帮人马从中原济南南下投奔到南宋那里。后来，他带上几十个人到北方偷袭敌人的大本营把叛徒张安国抓回，带到南方将这个叛徒审判。因此，这是一位具有传奇色彩的人物。他首先是位战士，是位英雄，其次才是一位书生，才是一位著名的词人。但是由于他是带着部队投诚到南方去的，南宋朝廷对他老不放心，使得他纵有一腔激情却得不到施展。他写了《美芹十论》给南宋朝廷，陈述他治国安邦的策略，但都得不到南宋的信任和赏识。因此，他的词多是盘郁着怀才不遇、报国无门、请缨无路的一种沉郁愤懑的心情。例如，他写的《南乡子》中的“何处望神州，满眼风光北固楼，千古兴亡多少事，悠悠。不尽长江滚滚流”，又如《永遇乐》中的“千古江山，英雄无觅、孙仲谋处”，都是这种心情的抒发。

他写的词一共有600多首，是两宋词坛上填词最多的一个人。他的词有个特色，就是用典故、成语、故事非常多，将这些信手拈来用在自己的词中。例如，《南乡子》的下片：“年少万兜鍪，坐断东南战未休。天下英雄谁敌手？曹刘。生子当如孙仲谋！”其中“生子当如孙仲谋”原本是曹操说的一句话。曹操在大江边看到吴国的战船如此整齐，如此威武有序，他极为感叹地说：养儿子就要养孙权这样的儿子！辛弃疾就把曹操的这句话原封不动引用在词里，用得非常的好！辛弃疾的词，有的非常豪放，而有的却非常婉约。例如，他写的《摸鱼儿》"更能消、几番风雨，匆匆春又归去"等就是如此，对此就不多说了。

辛弃疾还有一些"田园词"，他晚年不做官了，被贬到江西的上饶，在那里过了十多年的田园闲居生活，这期间，写了很多诗词。其中有一首叫《西江月·夜行黄沙道中》，里面写的田园风光一直为人们所称道：

明月别枝惊鹊，清风半夜鸣蝉。稻花香里说丰年，听取蛙声一片。　　七八个星天外，两三点雨山前。旧时茅店社林边，路转溪桥忽见。

田园风光写得非常好，特别是"稻花香里说丰年，听取蛙声一片"，"蛙声"是中国古代田园诗中永远迷人的"交响乐"，可是现在很少听得到蛙声了，人类把环境弄得越来越坏了。这样下去，人类总有一天捣鼓捣鼓把自己也捣鼓完了。现在科技发展很快，但它的发展要和社会的道德水准、政治环境等一致起来才行，否则会出问题的。人类破坏自然，自然就会报复人类。"听取蛙声一片"这多美好呀。我们都有儿时美好的回忆，晚上看萤火虫在上下流动，听着此起彼伏的蛙声，这多好呀。这一片蛙声也不知迷倒了多少诗人。关于辛弃疾就简单地说这些。

南宋后期和辛弃疾风格相近的有"辛派三刘"，一个叫刘过，一个叫刘辰翁，一个叫刘克庄。这里就不说了。

另外还有开创了"江湖派"的"永嘉四灵"。永嘉是浙江的一个地方，在那里有四个人(徐玑、徐照、翁卷、赵师秀)，每人的字号上都有一个"灵"字。我们只说其中一人，号灵秀的赵师秀。他有一篇精彩的小诗叫《约客》。本来和朋友约好了，夜晚来下盘棋，可是夜都深了朋友也没来，他就写了这首诗歌：

黄梅时节家家雨，青草池塘处处蛙。
有约不来过夜半，闲敲棋子落灯花。

这最后一句"闲敲棋子落灯花"非常好，灯结花了，说明时间很长了，灯油快烧干了。我要特别说一下，唐宋人写绝句写得很多，因为绝句比较灵活。可以先不对仗，后对仗；也可以先对仗，后不对仗；也可以全不对仗，也可以全对仗。一般说来，前两句写景，或叙事，一般比较普通，但不要紧；后两句抒怀，或议论，一定要精彩。前两句是铺垫，是蓄势，后两句爆发出来，要精彩。例如"渭城朝雨浥轻尘，客舍青青柳色新。劝君更尽一杯酒，西出阳关无故人"，前两句是写景。又如"李白乘舟将欲行，忽闻岸上踏歌声。桃花潭水深千尺，不及汪伦送我情"，前两句是叙事，等等。其前两句都很平常，这没关系；但要记住：在写绝句的时候，后两句一定要精彩，如果后两句也不精彩，就干脆甭写了。一共才四句，都不精彩，那还有什么意思呢！这首诗中的最后一句"闲敲棋子落灯花"，就是以动写静，"闲敲棋子"，甚至可以听到"当"、"当"清脆的敲击声，在夜晚的时候，这声音非常响亮、清脆。所以这个"敲"字用得很好。"闲敲棋子落灯花"这一句能听出声音，正说明夜晚的幽静。"落灯花"有动，写出了环境的安静，客人不来连灯花的掉落都可以感受得到，这折射出诗人落寞的心境。

我再说一两个南宋的后期词人，一个是蒋捷，他有两首词比较有意思。一首叫《虞美人·听雨》：

> 少年听雨歌楼上，红烛昏罗帐。壮年听雨客舟中，江阔云低断雁叫西风。　　而今听雨僧庐下，鬓已星星也。悲欢离合总无情，一任阶前点滴到天明。

这里面有很多人生的感慨。蒋捷在这首词中，把人生分为三个阶段，"少年听雨歌楼上"，说明少年的轻狂，享乐，花天酒地。"壮年听雨客舟中"，到处飘泊，为生活所迫，就像一首歌唱的那样："为了生活，人们到处流浪。"下片的"而今听雨僧庐下"，已经老了。（大家记不住没关系，我介绍大家一本龙榆生先生编选的《唐宋名家词选》，里面都可以查到。这些书是应该随身带在身边的，在排队买菜时就可以拿出来读读。此外，王力先生的《诗词格律》也属此类书。）"一任阶前点滴到天明。"到了很无奈的境况。

他还有首词，叫《一剪梅·舟过吴江》：

> 一片春愁待酒浇，江上舟摇，楼上帘招。秋娘渡与泰娘桥。风又飘飘，雨又萧萧。　　何日归家洗客袍？银字笙调，心字香烧。流光容易把人抛，红了樱桃，绿了芭蕉。

这后面的一句"流光容易把人抛，红了樱桃，绿了芭蕉"是很有名的句子。类似的有陶渊明的"日月掷人去，有志不获骋"。人世间有很多河流，只有一条河流是单向向前流，永远不会停下来，更不会向后倒流，那就是人生岁月的河流。"百川东到海，何时复西归？少壮不努力，老大徒伤悲。"（汉代古诗《长歌行》）岁月是那样匆匆忙忙，它不管你，自己一直向前走，一会儿樱桃红了，一会儿芭蕉绿了。"红了樱桃"是春天，"绿了芭蕉"是夏天，这就是岁月向前行进时留下的足迹。北京这地方很好，四季分明，春夏秋冬，要是在海南岛，在昆明，就看不到“红了樱桃，绿了芭蕉”这样一种情景。

宋代文学的最后一人就是文天祥，他是个伟大的爱国诗人，一位了不起的人物。南宋的最后一个皇帝逃到广州，逃到零丁洋那里去了，最后陆秀夫（他是我的老乡，江苏盐城人）背着小皇帝跳海死了。这一跳，就意味着宋代从此灭亡了。文天祥抗击元兵被抓了，现在北京东城区还有关押文天祥的地方。他写了很著名的《正气歌》，太长了，就不讲了。诗中他把历史上有正气的人一一列数，然后说在牢房里怎么怎么不好，但他不在乎，为什么呢？因为他有正气。这正气就是孟子说的“浩然之气”。因此，文天祥的《正气歌》是宋代诗歌的最后绝响，宋代文学由此落下了帷幕。

下面简单说一下金元代的诗歌，元代从公元1279年到公元1368年，不到一百年的时间。元代在文学方面主要是杂剧和散曲。先说一下金人，南宋是在淮河以南，而以北就是金，即宋金对峙的局面。金时期有一位诗人，叫元好问，成就很突出，词与诗都写得很好，颇受宋人的影响。他有《论诗绝句三十首》。过去我曾给大家讲过一首这样的诗：

沈宋横驰翰墨场，风流初不废齐梁。
论功若准平吴例，合著黄金铸子昂。

这是元好问《论诗》中的很有名的一首，“平吴例”就是吴越争霸，越王被抓起来，卧薪尝胆，得放回来后，想报复吴国。范蠡给他出主意，第一要富国强兵，第二要使吴国不行，因吴王非常好色，就派几个美女过去，让他整天不治理国家，我们能强大起来就可以把它灭亡了。派谁去呢？派他的女朋友西施。吴王果然如此，后来越国派兵一攻打就把吴国给灭了。范蠡的功劳非常大，越王要给他高官厚禄，黄金万两。但是，范蠡一概不要，只要一个条件，就是给他西施。后来范蠡带着西施，不知所终。可是越王非常怀念范蠡，就用黄金铸造了一个范蠡的塑像，放在自己的办公桌上。元好问在这首诗中说，倘若按照范蠡帮助越国灭吴国这样论功例子的话，我们倒应该给陈子昂立个黄金塑像。说明他对陈子昂的评价非常高。这样的论诗绝句，第一是脍炙人口；第二它准确地把握住了诗人在历史上的地位。因此他的诗，历来为人们称道。

北朝有一首民歌《敕勒歌》，大家都非常熟悉的："敕勒川，阴山下。天似穹庐，笼盖四野。天苍苍，野茫茫，风吹草低见牛羊。"其中的"见"不读 jiàn，而读 xiàn。风一吹，把草压下来，牛羊就露出来了。元好问对这首民歌非常推崇，他说：

慷慨歌谣绝不传，穹庐一曲本天然。
中州万古英雄气，也到阴山敕勒川。

往下介绍元人的散曲，说两个人。一个是马致远，以及他的《天净沙》，题目是"秋思"，大家都能背诵：

枯藤老树昏鸦。小桥流水人家。古道西风瘦马。夕阳西下，断肠人在天涯。

三句并列九景，第一组"枯藤老树昏鸦"，是非常凄凉黯淡；第三组"古道西风瘦马"，也是非常凄凉黯淡的；但是在这两组之间加上"小桥流水人家"，就大大增加了诗词的色彩和亮度。另外，这九个景都是单独的景色，诗人用四个字就把这九个景统一在一起，这四个字就是“夕阳西下”。就像一幅画一样，“夕阳西下”就是这幅画的底色，夕阳一照，就把所有的景都联到一起了。这全是写景，最后一句是抒怀：“断肠人在天涯。”这首词叫“秋思”，所以最后一句落在“思”上。

我们再看一首《天净沙》，也是这个时期的人写的，这个人名叫白朴，题目叫“秋”：

> 孤村落日残霞，轻烟老树寒鸦，一点飞鸿影下。青山绿水，白草红叶黄花。

可将这两首比较起来读，上面是“枯藤老树昏鸦”，这里是“孤村落日残霞”；这里是写秋天的色彩，你们看“一点飞鸿影下”，又是“青山绿水，白草红叶黄花。”全是秋天的色彩。秋天是色彩最丰富的季节，春天比不上它。这首诗写得很美，但是没有令人回味的余地，全是景，没有情，不如马致远的那首那样情景交融，意蕴丰厚。

另外再说两首散曲，元代人怀古的散曲。一首是张可久的《卖花声》，题目叫“怀古”：

> 美人自刎乌江岸，战火曾烧赤壁山，将军空老玉门关。伤心秦汉，生民涂炭，读书人一声长叹。

这是些秦汉相争的故事，“美人”指虞姬。最后说“读书人一声长叹”，无限感慨。

另一首诗是张养浩的《山坡羊》，题目叫“潼关怀古”，写得也很好：

峰峦如聚，波涛如怒，山河表里潼关路。望西都，意踟蹰，伤心秦汉经行处，宫阙万间都做了土。兴，百姓苦；亡，百姓苦。

张养浩这个人相当了不起，他的生卒年是公元1270年到公元1329年。他50岁的时候就挂冠而去，回家了，元朝廷怎么样请他，他都不出来做官。但是到了他59岁的时候，关中一带大旱，老百姓没东西吃，人们“易子相食”。这时候他看到老百姓生活在水深火热之中，毅然决然出来做官，而且在他上任的路上，把自己的钱财、衣物等都一路散发给灾民。所以这个人非常了不起。在这首词里，“波涛”就是黄河，“西都”就是长安，“意踟蹰”是说犹豫徘徊，最后说“兴，百姓苦；亡，百姓苦”。不管国家是兴是亡，百姓都很苦。他的感慨非常有深度。

第十一讲

青山几度夕阳红
——明代文学

滚滚长江东逝水，浪花淘尽英雄。是非成败转头空，青山依旧在，几度夕阳红。　　白发渔樵江渚上，惯看秋月春风。一壶浊酒喜相逢，古今多少事，都付笑谈中。

——杨慎《临江仙》（选自作者的《廿一史弹词》第三段《说秦汉》的开场词）

明代是我国历史上由汉族地主阶级掌握政权的最后一个封建王朝。以结束元蒙古族的统治为开始，以被满族统治取代而灭亡，从公元1368年到公元1644年，首尾长达277年，是我国历代封建王朝中第四个长命王朝。

元末朱元璋先扫平北方，又灭掉了南方的各派割据势力，建立了明王朝，自称明太祖。明朝建国后，先后废除了有千余年历史的丞相制和有七百余年的三省制（中书、门下、尚书），实行了封建的中央集权制，皇帝独揽军政大权于一身。为了加强对地方的控制，巩固皇权，大肆杀戮功臣，排除异己，并设锦衣卫，对朝廷内外实行恐怖统治。这些对于明代的政治、经济、思想、文化等，都有十分明显的影响。

明代历史可大致分为前期、中期、后期。开始一百年左右为前期。建国之初，统治阶级慑于农民起义的力量，采取了一些缓和阶级矛盾的措施，如鼓励垦荒、减轻赋税、抑制豪强、恢复工商业和手工业等，使得社会经济得到了较快的恢复和发展。但在思想领域里却加强了控制，一方面采用八股取士的科举制度，笼络和荼毒知识分子；另一方面采取高压政策，大兴文字狱，规定："士大夫不为君用者罪该抄杀。"所以在前期近百年中，文坛可以说是一片沉寂,著名长篇小说《三国演义》、《水浒传》,实际上是成书在元末,最多延到明初。明代中期一百年左右,在社会生产力得到恢复和发展、经济呈现出繁荣局面的同时,各种矛盾日益激化,主要是土地兼并日益严重,上层集团内部党争激烈,统治阶级穷奢极欲,日益腐朽。明代后期七八十年,各种矛盾更加尖锐复杂;到明亡前二三十年,宦官擅权,政治黑暗,阶级矛盾和民族矛盾一起爆发,李自成率领农民起义军攻入北京,立脚未稳,很快吴三桂引清兵入关,满清靠武力占领天下,明王朝随之灭亡。

明代文学中最有成就的是小说,其次是戏剧;诗词散文也取得了一定的成就,但已经不能超越唐宋时期。下面我们以此为序,对明代文学作一个提要和概述,主要讲一讲明代小说。

中国古代小说的萌芽是上古神话和先秦史传文学,雏形是南北朝时期的志怪小说和志人小说,成熟是唐代的传奇小说和宋元的话本小说,成熟的标志是唐人传奇"始有意为小说"(鲁迅《中国小说史略》),即开始了有意识的创作小说。古典小说发展到明清两代,则进入了全面繁荣期。无论是创作规模之大、题材领域之广、反映现实之深,还是思想内容之丰富、人物形象之丰满、艺术技巧之精湛,都达到了前所未有的境界。

从宏观方面来看,明代小说有以下几个新特色:

1. 小说的地位得以提高。

在传统儒家"文以载道"的思想统治下,诗文是正宗,词曲是小道,而小说则更是街谈巷议、不登大雅之堂的"末学"。到了明代,在新兴市民思想的影响下,人们对小说的文学价值和思想价值、社会价值,都开始有了新的认识。如思想家李卓吾大胆推崇《水浒传》是"发愤之所作也",是"天下之至文"。文学家袁宏道则称赞《水浒传》:"明白晓畅,语语家常",使人"捧玩不能释手"。这些都对于提高小说的地位，起到了大声疾呼、推波助澜的积极作用。

2. 白话小说有了新进展。

唐末变文和宋人话本，开始用白话写作，但那时的文人是不用白话写作的。而明代文人小说家开始有意识地用白话来创作小说。这种文体形式上的改革，由文言转变到白话的文学形式上的新进展，在中国文学史上，可谓是一大变革。《三国演义》还夹用比较通俗的文言，而《水浒传》，特别是《金瓶梅》、《醒世姻缘传》等长篇小说，以及拟话本“三言”、“二拍”短篇小说，则基本上全是用纯熟流利的白话文写成，这标志着我国白话文学的成熟，给明代文学注入了新的生命。从此以后，白话成了写作小说的最好工具，对于小说的繁荣和普及起到了积极作用。

3. 由加工向独创的飞跃。

到宋元的话本小说为止，小说创作基本上都是在民间流传的基础上由文人演义加工而成，明代前期的情况也没有根本的变化。《三国演义》是在历史著作《三国志》和《三国志平话》，以及种种有关三国故事的说书和戏曲作品的基础上，加工编撰而成，所谓“七实三虚”，不离史实。《水浒传》则是在《大宋宣和遗事》和一系列水浒故事的基础上加工编撰而成。到了明代中后期，虽然加工编撰的作品仍然存在，如《封神演义》和拟话本中根据宋元话本改编的白话小说等，但此时出现了《金瓶梅》这样一部文人独创的长篇小说，以及拟话本中一定数量的文人独创的白话短篇小说，还有《西游补》、《水浒后传》等小说，这些在中国小说发展史上是一大飞跃。《金瓶梅》仅仅以《水浒传》中武松杀嫂的故事作为一个引子，独创了洋洋洒洒一百回，开始了小说独立创作的新阶段。正如明代无碍居士在《警世通言序》中所言：“人不必有其事，事不必丽(附着)其人。其真者可以补金匮石室之遗，而赝者亦必有一番激扬劝诱悲歌感慨之意。事真而理不赝，即事赝而理亦真。不害于风化，不谬于圣贤，不戾于诗书经史。”认为小说的情节和人物等，都不必尽真，也不必尽假，可真则真，不宜于据实叙写的则可以加以虚构，只要理可信即可。

4. 小说形式上章回体的产生。

宋代的讲史话本，因为比较长，说话人开始把故事分成若干讲，每讲一次，等于后来小说的一回；每一次讲说之前，编一个题目向听众揭示主要内容，这就是章回体小说的起源。《三国演义》是章回体小说的开山之作，它已经不再是说话人的底本，而是供人们案头阅读的读本。开始时只是分为若干卷，每卷若干节，每一节有一个单句的题目。到了明代中后期，章回体形式更加成熟，开始明确分回，回目也由单句变成了长短不齐的双句，不久又发展成工整的对仗句。这种章回体小说，不但成了中国古典小说的唯一形式，而且相对于外国小说而言，也是特有的一种民族形式，因为只有单音节、方块字的汉字能组成对仗句。优秀的长篇小说中的回目，既是小说的一个有机组成部分，有的本身也是一组组独特的艺术品。如《红楼梦》中“滴翠亭杨妃戏彩蝶，埋香冢飞燕泣残红”、“蒋玉函情赠茜香罗，薛宝钗羞笼红麝串”、“薛宝钗出闺成大礼，林黛玉焚稿断痴情”等等。

《三国演义》

我认为，《三国演义》是历史通俗演义创作的一个崭新的开始，迄今为止，在我国战争题材的小说中无出其右，是最伟大的一部。它是以正史陈寿的《三国志》为创作基础，以魏、蜀、吴三国的史实为主要依据，汲取了历代有关三国历史的诗文创作和种种民间传说的丰富营养，再加上作者罗贯中的大胆而又智慧的艺术创作而成的一部巨著。

《三国演义》的主要倾向，毫无疑问是“拥刘反曹”，或曰“尊刘抑曹”。这一倾向，首先，体现在全书的总体结构上。魏、蜀、吴三方，以蜀为主、以刘备为正面，以魏为对立面、以曹操为反面，以孙权的吴为盟友。全书 120 回，描写了 100 年左右的历史，其中从刘、关、张桃园三结义，到诸葛亮星陨五丈原这 51 年间的事，就贯穿了 104 回的篇幅，而其后 46 年只用了 16 回就草草收场。这是笼罩全书的一张网。

其次，体现在对史料的取舍处理上。作者从正统观念出发，以“拥刘反曹”为尺度，凡是对曹操不利的史料，作者尽量采入小说，甚至不惜夸大描写（如曹操杀吕伯奢一家）；相反，凡是有损于正面形象的事情，作者一概不取（如《三国志》中记载刘备纨绔子弟的放荡行为）；作者在对曹操和刘备人物形象的对比刻画上，憎爱十分分明。总之，“拥刘反曹”的倾向既有历史因素、时代因素，又有思想因素、阶级因素，正像有的文学史解释这种历史现象时所说的那样：“历代史家拥刘拥曹之争，不过是封建正统观念在不同条件下的不同表现。拥刘反曹思想之流行，确有为偏安的汉族王朝争正统地位的历史背景。”

《三国演义》的创作成就是多方面的，诸如：在艺术结构上，既宏伟壮阔又不失严密和精巧；在故事情节上，既错综复杂又不失曲折和清晰；在语言艺术上，既通俗明快又往往细腻和生动；等等。我们这里就讲一点：丰富生动的战争描写。

《三国演义》描写的是政治斗争和军事斗争，而以军事斗争为主。作者充分吸取了《左传》、《史记》等古代史书中描写战争的成功经验，将战争描写得丰富多彩。全书写了大大小小一系列战争，在读者面前展开了一幕又一幕惊心动魄的场面，出人意料，扣人心弦。这些战争在作者的笔下千变万化，不重复，不雷同，不呆板，各具特色，充分表现出战争的复杂性、丰富性、多样性。作者不把主要笔墨用在“一声炮响，两阵对圆，战马厮杀，胜追败窜”的简单描写上，也不把主要笔墨用在单纯的军事实力和个人武艺的较量上，而是精心策划和描写具体条件下不同的战略战术的运用上，把着眼点放在了智慧的较量上。世上任何事物都是千差万别的，作者又以他那千变万化的生花妙笔，使得《三国演义》中的战争描写千姿百态，美不胜收。

同中求异——战争的情节虽然大体相仿佛，但因为战争自身的特点不同，具体当事人的思想性格有异，所以呈现出来的面貌也就大不相同。如第53回关羽义释黄忠，表现了关羽高傲自负；而第63回写张飞义释严颜，则表现了张飞粗中有细。

虚实相生——对于某一事物有时正面描写固然可能很精彩，如第25回描写关羽斩颜良、第26回描写关羽诛文丑，便是正面描写，惊心动魄。但有时虚处着笔、侧面烘托，效果反而会更好。如第5回描写“关羽温酒斩华雄”一节，历来为人们所称道。小说先写俞涉与华雄“战不三合，被华雄斩了”；接着写潘凤去不多时，又被华雄斩了。有此两人铺垫，可见华雄十分厉害。接下来写关羽当着曹操的面，自告奋勇去斩华雄：

> ……关公曰：“如不胜，请斩某头。”操教酾热酒一杯，与关公饮了上马。关公曰：“酒且斟下，某去便来。”出帐提刀，飞身上马。众诸侯听得关外鼓声大振，喊声大举，如天摧地塌，岳撼山崩，众皆失惊。正欲探听，鸾铃响处，马到中军，云长提华雄之头，掷于地上。——其酒尚温。

作者避开了正面描写，写关羽在“其酒尚温”的短暂时间里，就将连杀曹操二将的华雄人头提来，可见关羽是如何的神勇无敌。“其酒尚温”，神来之笔！

张弛相间——《三国演义》既善于渲染战争的紧张、惊险、激烈的氛围，又善于描写特殊情况下的从容不迫，安详自如；闲中点染，相映成趣；把战争描写得时疾时缓，妙趣横生。如第35回写刘备跃马过檀溪，惊魂未定，眼前出现的场景却是“牧童跨于牛背上，口吹短笛而来”，“琴声甚美”。又如赤壁大战那让人都不敢喘气的紧张气氛中，却出现了庞统于荒山草舍、挑灯夜读的静谧场景。大战将临之际，江平浪静，皓月当空，出现了曹操踌躇满志、横槊赋诗的雅致场景。这些场景的穿插，避免了战争的平板单调，从头到尾都是金戈铁马的杀伐之声，让人有张有弛。而且这些描写都不是游离于战争之外，它们或者是战争的前奏，或者是战争的辅助手段，或者是推动战争发展的某一因素。因为有了这些描写的巧妙穿插，使得紧张激烈的战争，更富有诗情画意，更增加了一种节奏旋律之美。

《三国演义》写到的关键性的重大战役有三场：一是官渡之战，曹操统一了北方；二是赤壁之战，开始了三国鼎立的局面；三是彝陵之战，三分天下的局面开始向统一转化。这三大战役彼此关联照应，其间又有许许多多、大大小小的战争分布点缀其中，或作为铺垫，或作为余波，或是前因，或是后果，一起组成了一个既匀称和谐，又波澜起伏、宏伟壮丽的战争画卷，在中国小说史上清辉独耀。

《水浒传》

施耐庵创作的《水浒传》，是一部描写和歌颂农民起义的优秀现实主义杰作。它所描写的以宋江为首的农民起义，是有历史史实根据的。这次农民起义发生在北宋末年徽宗（赵佶）宣和年间（1119～1125），历史著作中有零星记载，比较简略，只有一个大致的轮廓。起义虽然最终失败了，但宋江等36人揭竿而起、横行中原、锐不可挡的壮烈事迹，却带有强烈的反抗封建统治的意识和浓厚的英雄传奇色彩，在民间广为流传，在绘画、说书、戏曲等领域里，都有十分丰富生动的描绘。如画家兼作家的龚开在《宋江三十六人赞》中，描绘了36人的画像。南宋罗烨《醉翁谈录》中记载的当时说书题目中，已经有“石头孙立”、“青面兽杨志”、“花和尚鲁智深”、“行者武松”等单篇故事。元代还出现了《大宋宣和遗事》，其内容为《水浒传》的基本框架结构，打下了很好的基础。而元人杂剧中有关“水浒”的剧目就有二十几个，保留下来的有《李逵负荆》等。施耐庵正是在史实和民间文学的基础上，经过创造性的艺术加工，而创作出《水浒传》这部“千古卓绝的英雄史诗”！

《水浒传》深刻地反映了封建社会中阶级对立的严酷现实，揭示了农民起义的根本原因是“乱自上作”、“官逼民反”。在梁山泊聚义厅的杏黄旗上写着“替天行道”四个大字，那么行的是什么“天道”呢？老子《道德经》的第77章曰：“天之道犹张弓舆，高者抑之，下者举之，有余者损之，不足者补之。天之道，损有余而补不足；人之道则不然，损不足以奉有余。”替天行的就是这个“天之道，损有余而补不足”，就是“劫富济贫”，就是稍晚于宋江的南宋初期农民起义领袖钟相所号召天下的“等贵贱，均贫富”的“天理”。《水浒传》中的英雄正是按照这种精神劫富济贫、抑强扶弱的。

《水浒传》描写的内容是农民起义，这在以前的文学作品中是很少有的；而且以前的作品往往停留在对黑暗的揭露上，停留在对被压迫者不幸命运的同情上。而《水浒传》却既有对反面的揭露，又有对正面的赞颂；既有对下层民众不幸命运的同情，更有对下层英雄反抗斗争的歌颂；这就充分体现了作家进步的思想倾向和美好的美学理想。凡是真正伟大的作品，都是要在揭露黑暗的同时，有对光明的肯定和歌颂；在否定一种腐朽东西的同时，能积极地肯定另一种进步的东西。——《水浒传》正是这样一部伟大的作品。

《水浒传》艺术创作上的成就，我们就谈两点：

1. 情节曲折生动，跌宕起伏，摇曳多姿。

《水浒传》在情节的选择和组织上，有自己的鲜明特色。它并不过多地着眼日常生活琐事而是紧紧地扣住起义斗争的主题，组织了一系列富有强烈的故事性、戏剧性、传奇性的典型情节，引人入胜，扣人心弦。如林教头风雪山神庙，鲁提辖拳打镇关西，吴用智取生辰纲，杨志卖刀等等（因为篇幅所限，就不展开一一分析了）。

《水浒传》中的这些情节描写，总是为揭示人物性格服务。在紧张复杂的情节的逐步展开中，来刻划和表现各种各样的人物性格及其发展。作者常常是围绕着某一个中心人物的出场和行动，精心地安排一组组相互关联的情节；而每一个情节，都可以看作是这个人物的性格发展史；当主要情节完毕了的时候，一个血肉丰满的人物形象就活泼泼地站立起来了。譬如，为了塑造武松的形象，作者集中了十回的篇幅，连续描写景阳冈打虎、斗杀西门庆、醉打蒋门神、大闹飞云浦、血溅鸳鸯楼等一系列惊心动魄的情节，随着这些情节的展开、连续和完成，一个正气凛凛、胆气巍巍的大丈夫形象，就立体式地立在了我们的面前。

2. 人物形象深刻典型，既有鲜明个性，又有发展变化。

如果说《三国演义》写的是英雄造时势，那么，《水浒传》写的则是时势造英雄；是当时的现实社会土壤产生和造就了一大批英雄。对于这些英雄形象的塑造，《水浒传》最大的特点是，善于把人物置身于真实的历史环境中，紧扣人物的身份、经历和遭遇，来刻划各自的性格。在具体手法上，人们常说的有：在矛盾斗争的激流中刻划人物性格，运用对比的手法突出各自性格，通过富有特征性的细节来展示人物个性等，这些都不说了，我们在这里只想谈两点：

一是写出了人物性格的多样性和复杂性。

《水浒传》中写到了各种各样的人物：雅士书生，富豪将吏，猎户渔人，屠儿刽子，三教九流，形形色色，应有尽有。作者紧扣人物的身份，写出了性格的多样。不但宋江、吴用、卢俊义、柴进等人与阮氏三雄、石秀、花荣等人个性各不相同，即便是性格大致相近的人，在大致相同的事件中，也能写出各自个性上的差异来。如第3回鲁提辖拳打镇关西，第52回写李逵拳打殷天锡，第28回写武松醉打蒋门神。这三场拳斗，都表现了三个英雄嫉恶如仇、抱打不平的可贵品质，但打的过程中展示出的三个人的个性，却迥然不同。鲁智深是不小心失手打死了对方，他粗中有细，因他是提辖，在社会上混过，知道打死人的严重后果，所以一边假意说对方装死，一边慢慢走开，待转过墙角，便一溜烟跑回住处，卷起铺盖，逃之夭夭。李逵莽撞，只图痛快；武松有意卖弄逞强，待到对方告饶，正好满足了他的自傲心理，便住手了。试想，如果殷天锡告饶，李逵是绝对不好饶他的，反而更要把他打死；而且在李逵雨点般的拳头下，殷天锡连告饶的空隙也没有。而当郑屠向鲁智深告饶时，鲁智深说："咄！你这个破落户，若是硬到底，洒家倒饶了你，你如何对俺讨饶，洒家偏不饶你。"说罢又是一拳，将其毙命。这三个人都很粗鲁，但又各不相同。武松说自己是"粗人"，是想炫耀，是故作谦虚（你看他杀嫂前的准备工作，调查何九，让众乡邻作证等，何等精细，何等周密）。鲁智深说自己鲁莽，完全是一种自豪的口吻，特显了坦率的性格。而李逵却压根儿不承认自己粗鲁，这种不承认，正可以看出他淳朴、憨厚，显得天真无邪，妩媚可爱；如果换在别人身上，则显得矫揉造作，自欺欺人了。

至于人物性格的复杂性，主要表现在对于人物既写出其好的一面，也写了其缺点的一面，《水浒传》中没有“高大全”式的英雄。他们既是不平凡的英雄，又是可亲可爱的普通人，因而使人感到真实可信。只有真实才有力量，只有真实的人物形象，才能感动人。不真实的形象，永远不会激动人心，或者说不会永远激动人心！

二是写出了人物性格的发展变化。

我们知道，《三国演义》在人物形象刻划上取得了很高的成就，但有一个最大的缺陷，就是人物形象固定化、一成不变。曹操一出场就是奸雄，到最后还是奸雄；诸葛亮一出场就是智慧的化身，最后仍然是智多星；关云长一开始就是义薄云天，最后还是义气的化身；而《水浒传》则在此基础上有了很大的发展，它写出了人物形象的演进和变化，这标志着我国古典小说在人物形象塑造上，提升到了一个新的高度。这方面最典型的是林冲的性格变化。

林冲原本是八十万禁军教头，是统治阶级中的一员，家庭美满，地位显赫，压根儿就没有想到造反。当高衙内调戏他的爱妻时，他怒不可遏，抓起对方，正要下拳，一看是自己上司的干儿子，便停在空中，没有打下。爱妻遭人调戏，对于一个男子汉来说，这可是奇耻大辱，身怀十八般武艺的林冲，居然咽下了这口气。遭到暗算，发配沧州，野猪林差一点送了性命，但他仍然抱着挣扎着回来的想法，希望能东山再起。但是他内心的愤懑之情，却暗暗积蓄；直到火烧草料场，一切退路都被堵死，面对着仇人陆虞侯，一声断喝：“杀人可恕，情理难容！”挺枪刺下，这时候在他面前只剩下“逼上梁山”一条路了。随着情节的一步步推进，林冲的性格一步步变化，最后由量变发展到质变，合情合理地完成了英雄性格的转变。

《水浒传》对中国小说发展的贡献，表现在：一，在题材内容上是正面描写和歌颂下层的农民起义，在形式上是用白话写成的长篇小说，这些都是前所未有的，开创了古典小说的新纪元。二，下层的劳动人民成了长篇小说中描写的主体人物，成了被肯定、被歌颂的正面形象，这在古典小说、乃至整个中国文学史上都是功德无量的。三，在创作方法上，既表现了现实主义的高度成就，又体现了积极浪漫主义的优秀传统，在古典小说创作领域里，是第一次将现实主义和积极浪漫主义很好结合起来创作出的一部优秀长篇小说。

《西游记》

元末明初的《三国演义》和《水浒传》之后，明代小说沉寂了150年左右，直到嘉靖(1522～1566)和万历(1573～1620)年间，吴承恩创作了一部伟大的浪漫主义小说——《西游记》，极大地丰富了中国古典小说的艺术宝库，其巨大的、独特的贡献，在小说发展领域里开拓了一个新的天地。《西游记》的出现，标志着我国古代浪漫主义的文学，攀登上了一个前所未有的新高峰。

《西游记》是一部神话小说，它所描写的唐僧西天取经的故事，从唐代开始，在民间流传了七百多年，正是一代一代劳动人民的集体创作，为吴承恩的最后加工完成，打下了坚实的基础；当然，文人知识分子在创造中华民族灿烂文化中的功绩，也是不可抹煞的。

《西游记》主要讲两点：一是神话英雄孙悟空的形象塑造；二是积极浪漫主义的艺术特色。

1. 神话英雄孙悟空的形象塑造。

任何伟大的小说，都一定会塑造出成功的人物形象。正如我们读完《三国演义》，绝不会忘记曹操、诸葛亮、关羽、张飞等艺术形象；读完《红楼梦》，绝不会忘记王熙凤、林黛玉、贾宝玉、薛宝钗等艺术形象；读过《西游记》的人，没有一个人会忘记孙悟空这个艺术形象的。《西游记》最突出的成就，就是成功地塑造了孙悟空这个天不怕、地不怕、敢于反抗、勇于斗争的神话英雄形象，体现了劳动人民的杰出的智慧、美好的愿望和进步的社会理想。

《西游记》全书100回，大致分为三个部分：第一部分，从第1回《灵根育孕源流出，心性修持大道生》，到第7回《八卦炉中逃大圣，五行山下定心猿》，主要描写孙悟空的出生、学本领和反抗神权统治的斗争，直到被压在五行山下。第二部分，从第8回《我佛造经传极乐，观音奉旨上长安》，到第13回《陷虎穴金星解厄，双叉岭伯钦留僧》，主要描写唐僧的身世和取经的缘起。第三部分，从第14回《心猿归正，六贼无踪》，到第100回《径回东土，五圣成真》，主要描写西天取经过程中经历的九九八十一难，孙悟空保护唐僧一路上降妖伏怪、经磨历劫，终于到达西天，取回真经。

孙悟空首先是一个勇于追求，渴望自由，敢于反抗的勇敢的叛逆者。他一出世就"目运两道金光，射冲斗府"，石破天惊，惊动了玉皇大帝，预示着对神权的挑战和对天国的叛逆。他大闹龙宫，夺取了"如意金箍棒"，武装了自己；又大闹冥府，勾掉了生死簿上全部猴类名字，"躲过轮回，不生不灭，与天地山川齐寿"。他根本不把天国和最高统治者放在眼里，不承认任何权威，以英雄般的自豪，傲视一切的胆略，喊出了"强者为尊该让我，英雄只此敢争先"的豪言壮语，和"皇帝轮流做，明年到我家"的造反宣言，气壮山河！孙悟空大闹天宫的故事，是《西游记》中最富有光采的篇章。作者以全部的艺术才华与创作热情，讴歌了孙悟空大胆叛逆的精神，寄寓了古代劳动人民力求挣脱锁链、争取自由、反抗压迫的强烈愿望和美好理想。

如果说前七回是孙悟空一个光彩的小传，主要写他对天国玉皇的大胆叛逆；那么，后面的 87 回则可以看作是孙悟空建功立业的一部有声有色的战斗史，主要写他对下界种种恶势力的无畏战斗。取经路上，经历了九九八十一难，面对白骨精、蜘蛛精、铁扇公主、牛魔王、金角大王、银角大王等妖魔鬼怪，孙悟空总是以一个邪恶势力的铲除者的身份出现，机智勇敢，顽强斗争，哪怕是赴汤蹈火、粉身碎骨，也在所不辞，昂扬迎战。他既不像唐僧那样软弱胆小，一遇困难或妖魔，就两眼流泪，浑身发抖；也不像猪八戒那样，动不动就要分行李“散伙”；孙悟空从不灰心失望，从不畏难退缩，始终保持旺盛的斗志，百折不挠，坚韧不拔，战斗到底，直到最后的胜利。

我们还应该看到，孙悟空在取经路上征服自然、降妖伏怪，往往超出了保护取经这一具体目的，还具有为民除害的社会意义。他们所碰到的妖魔，往往也是危害百姓的恶势力的化身。孙悟空三调芭蕉扇，如果只是让唐僧一行通过去西天取经，那么他只要轻轻煽两三下即可通过，但他为了使得这个地区“五谷养生”，使老百姓能“依时收种，得安生”，便连煽 49 下，使之永绝火根。他打死妖魔救出唐僧，因为不少妖魔的罪恶，主要不在于想吃唐僧肉这一点上，而在于妖魔想吃唐僧肉之前，已经吃了无数黎民百姓，如果不除掉，还将残害无数生灵。如第 78 回描写比丘国国王为了延年益寿，竟然要用 1111 个小孩的心肝作药引，而且已经吃了很多小孩的心肝，何等残忍！孙悟空的这些降魔斗争的意义，远远超出了取经的本身，表现了一种嫉恶如仇、为民除害、除恶务尽的优秀品质。所以，作者一再通过书中人物之口，称赞孙悟空“专救人间灾害”，“与人间报不平之事”。这使得孙悟空的形象，思想内涵更加厚重，更加丰满动人，光彩照人。

2. 积极浪漫主义的艺术特色。

《三国演义》、《水浒传》、《红楼梦》等小说作品中所描写的人物、事件和矛盾斗争，一般都是现实生活中存在和可能存在的；而《西游记》中所描写的人物，如孙悟空、猪八戒、玉皇大帝、妖魔鬼怪等等，和其中所描写的故事情节，如大闹天宫、闯地府、搅龙宫等等，则都是现实生活中所不曾有过、也不可能有的人物和事物。但它们是作者通过幻想的形式对现实生活的一种曲折反映。作者在描写这些神话人物和情节的时候，仍然离不开作者所生活的现实社会环境，离不开在现实生活中所掌握的见闻材料和切身感受，并且在其中熔铸进现实生活的社会内容。《西游记》中的超现实描写，实际上是明代现实社会的一种折射。

《西游记》的浪漫主义特色主要表现在以下三个方面：

首先，表现在人物形象的塑造上。

一是将神话英雄理想化。作者按照进步的美学理想，塑造了孙悟空这个理想中的神话英雄形象，赋予他无所不能的超凡的本领、过人的智慧和优秀的品质，追求自由，为理想而执着奋斗，这些都带有浓厚的浪漫色彩。二是在神话人物的身上，将社会化的属性、超自然的神性和某些动物的自然属性结合起来，既个性鲜明，又具有典型意义。如猪八戒，既有现实世界中小私有者爱沾小便宜的社会属性，又有猪的肚大好吃、爱睡贪懒的动物的自然属性，更有力大气猛、武艺高强的天篷元帅的神性。又如孙悟空原是一个石猴，因而有猴子的机灵、好动、敏捷、淘气的特点，这又与他热爱自由、不受束缚的叛逆性格相一致；而他那上天入地的广大神通和变幻莫测的无穷本领，又是作者幻想中的超自然的神性。这三者结合，使得这个神话英雄形象更加神奇，更加有趣，更加富有艺术魅力。

另外，有不少神魔的艺术形象也个性鲜明。它们常常从作为动物的生理素质中，引申出它们各自所擅长的法术和手段。如蜘蛛精会从肚脐孔里冒出丝绳，金翅大鹏雕展翅一煽就可以飞出九万里，月宫里的玉兔精跑得特别快，而地涌夫人老鼠精就住在三百多里深的地洞中……诸如此类，奇不胜收。在这些描写中，自然属性和社会属性并没有互相排斥，动物的外表和人的性格并没有彼此游离，而是虚实相映，真假参半，起到了相辅相成、相映成趣的艺术效果。

其次，表现在对神话世界的神奇描写上。

在中国文学史上，没有一部作品像《西游记》这样创造了一个有机完整的、瑰丽多姿的、丰富无比的神话世界。一打开《西游记》，无数神奇的描写立即争奇斗艳地奔涌到我们的面前，使我们如行山阴道上，目不暇接，美不胜收。在这个神话世界里，有景色优美的“仙山福地，古洞神州”，有金碧辉煌、光怪陆离的神的天国，有主管生死、幽暗阴森的阴司冥府，有至高无上、唯我独尊的西天极乐世界，还有形形色色、各种各样、形状不同、风格迥异的妖魔洞府。写到环境风光，则有“鹅毛漂不起”的流沙河，有铜头铁身经过“也要化成汁”的火焰山，还有美丽的花果山、水帘洞等等。写到法术斗宝，孙悟空的金箍棒一会儿顶天立地，一会儿又缩小成绣花针放在耳朵里；拔根毫毛，吹一口气，要想变成什么就变成什么。哪吒的三头六臂，二郎神的七十二变，可大可小的芭蕉扇，吃了怎么煽也纹丝不动的定风丸等等，就像似五光十色的万花筒，瞬息万变；又像似应有尽有的百宝箱，取之不尽；更像似五彩缤纷的丝线编织而成的一幅绚丽夺目的奇特画卷，舒展把玩，不忍释手。

看着那一个个变幻莫测的神魔形象，那一出出惊涛骇浪的壮阔场景，那一次次震天动地的紧张战斗，我们感到千奇百怪，扣人心弦，但却不感到荒唐可笑。这些腾云驾雾、来去无踪的神话人物，跟它们各自所使用的神奇武器，以及所处的神话环境，都相应协调、和谐统一。由于这些人物、武器、环境等，都是通过浪漫主义的艺术手法极度夸张了的，所以使人感到无一事不奇；又因为这些经过夸张了的人物、武器、环境等，都是以一定的现实生活为依据的，所以又使人们觉得无一事不真。

再次，表现在情节的离奇曲折上。这方面的例子很多，诸如：孙悟空三打白骨精，三调芭蕉扇，收服红孩儿等等，不胜枚举，就从略了。

总而言之，《西游记》中的浪漫主义主要属于积极浪漫主义，当然，也有少数消极的东西。如第53回描写唐僧、猪八戒误喝了子母河里的水，竟然怀孕，肚子胀大，疼痛难禁；后来孙悟空好不容易取回破儿洞落胎泉里的水，两人饮下才消胎止痛。这本来是一个没有什么社会内容的怪诞故事，但作者却津津乐道，让他们互相取笑，讲一些无聊的话，诙谐风趣在这里因为失去了严肃的思想内容，而变成了油腔滑调、庸俗无聊，流于恶谑，有损于小说的浪漫特色。当然，瑕不掩瑜，这一些小的瑕疵，不足以影响和损害《西游记》的浪漫光芒。

《金瓶梅》等长篇小说

明代中后期，长篇小说空前繁荣。神魔小说方面，自《西游记》之后，出现了一批续书，如《西游补》、《三遂平妖传》、《三宝太监下西洋》等。历史演义小说方面，几乎每一个朝代都有演义。如《列国志传》（后来通俗小说家冯梦龙加工改编为108回的《新列国志》，后来清人蔡元放又评改加工为《东周列国志》，成了描写东周列国方面至今最为流行的小说）、《东西汉演义》、《东西晋演义》、《隋唐演义》、《北宋志传》等，一直写到明代初期朱元璋发迹的《英烈传》。

英雄传奇方面，继《水浒传》之后，又出现了《说唐》、《隋唐两朝志传》、《隋唐演义》、《隋史遗文》、《杨家将通俗演义》、《两宋志传》、《大宋中兴通俗演义》等等。这些英雄演义小说描写的大多数是正史中没有记载的传奇故事，“怪是史书收不尽，故将彩笔传奇文。”正如《隋史遗文》的作者（据说是袁于令）在开头序言中所说：

> “史”以“遗”名者何？所以补正史也。正史以纪事，纪事者何？传信也；遗文以搜逸，搜逸者何？传奇也。传信者贵真，……传奇者贵幻。忽焉怒发，忽焉嬉笑，英雄本色。……苟有正史而无逸史，则勋名事业，彪炳天壤间，固属不磨；而奇情侠气，逸韵英风，史不胜书者，卒多湮没无闻，纵大忠义而与昭代忤者略已。挂一漏万，罕睹其全。悲夫！

可见这时候的传奇作者创作小说的目的十分明确，即：补正史，搜逸闻，传奇事，贵虚构，用传奇故事来丰富和补充正史之不足。

特别值得一提的，就是在这个时候产生了描写世态人情的长篇小说《金瓶梅》，这在中国小说史上具有划时代的意义。其独特的贡献主要有两点：

一是这是文人独创的第一部长篇白话小说。

《金瓶梅》只是以《水浒传》中武松杀嫂的故事作为引子开头，实际上是作者完全独创的，并且在创作中体现了作者个人独特的见解和独特的创作风格。这是前所未有的！这之前的长篇小说如《三国演义》、《水浒传》、《西游记》、《封神演义》等，都是以长则上千年、短则数百年的漫长的历史流传作为创作基础，然后由文人创作加工而成的。《金瓶梅》首次打开了文人独创长篇小说的大门，这是一个划时代的飞跃。

二是《金瓶梅》开辟了描写普通市民生活的新领域。

《金瓶梅》所描写的内容不是帝王将相、英雄侠士、神妖魔怪，而是普通市民的普通日常生活，把平凡人的平凡的日常生活描绘得绘声绘色；它没有惊心动魄战马杀伐的宏大场景，而是写一个官僚家庭墙院帐帏中发生的事情。这在小说发展史上，开拓了一个以描写日常生活来反映现实社会的崭新题材园地，突破了小说传统的题材领域的藩篱，使古典小说的现实主义精神大大向前迈进了一步。《金瓶梅》对后来清代出现的最伟大的小说《红楼梦》的影响，是直接而又巨大的。我们北京大学中文系著名的古典小说史家吴组缃先生曾经说过这样的话：没有《金瓶梅》，就没有《红楼梦》。这一观点，实在是很有见地的。具体的情节内容就从略了。

"三言"、"二拍"等白话短篇小说

明代中后期，不但长篇小说创作出现了繁荣景象，而且短篇小说的园地里也硕果累累。短篇小说包括文言短篇小说和白话短篇小说。

文言短篇小说就是短篇传奇小说，兴起于唐五代，两宋虽有继作然不及前代，元代衰落，明代又有所振兴，到清代的《聊斋志异》才登上了巅峰。明永乐年间瞿佑《剪灯新话》导于前，李昌祺的《剪灯余话》继于后，后者模仿前者，均各为 4 卷，每卷皆 5 篇，各 20 篇，共 40 篇，加上附录 3 篇，共 43 篇。明万历年间邵景詹又仿作了《觅灯因话》2 卷共 8 篇。这 51 篇文言短篇小说，上承唐人传奇，下开《聊斋志异》，其桥梁地位是应该充分肯定的。

与明代文言短篇小说相比，白话短篇小说无论是数量上，还是质量上，都有极大的提高。明代短篇小说家逐步地由民间创作、文人加工的"话本"，发展到文人模拟话本而独立进行创作，这样一类专门供案头阅读的白话短篇小说，鲁迅先生在《中国小说史略》中称之为“拟话本”。

明天启年间，通俗小说家冯梦龙广泛搜集和整理了宋元至明代的话本和拟话本，先后编纂和创作了《喻世明言》(又称《古今小说》)、《警世通言》、《醒世恒言》，总称“三言”，每本书各40篇，共120篇。诚如可一居士在《醒世恒言》序言中所言：“明者，取其可以导愚也；通者，取其可以通俗也；恒者，习之而不厌、传之而可久也。三刻殊名，其义一耳。”这既说明了小说的功用，又指出了三书的性质。

稍后的凌濛初又编纂了《初刻拍案惊奇》、《二刻拍案惊奇》，总称“二拍”，亦每本书各40篇，共80篇。“二拍”后，又相继出现了《石点头》、《醉醒石》、《鼓掌绝尘》、《欢喜冤家》等，直到清代乾隆年间还出现了《娱心醒目编》等，但这些小说，无论是思想性还是艺术性，都江河日下、日渐衰落了。

“三言二拍”在明末风靡一时；到后来有一位自称“抱瓮老人”的人，在这5本200篇中又精选了40篇(“三言”中选了29篇、“二拍”中选了11篇)，取书名曰“今古奇观”。此书盛行后，“三言二拍”在民间反而影响日小了。

总体而言，“二拍”的成就不如“三言”。“三言”的120篇中，大约有三分之一是冯梦龙改编宋元话本而成，大约有三分之一是冯梦龙搜集整理明代其他人作品而成，还有大约三分之一是冯梦龙自己创作的。

宋元话本和明代拟话本之间，没有严格的界限，拟话本受话本影响；下面试将两者作一个简单的比较：

1. 作者的身份不同。

话本作者基本上是下层民众，他们编讲故事，整理成底本，多是下层落魄知识分子；而拟话本的作者大多是正统文人。白话短篇小说的作者由下层进入上层，创作由里巷进入书斋，作品由供说书人说书用变成供文人案头阅读用，这种变化直接地影响了拟话本的思想内容、风格特色和艺术成就。

2. 题材内容有所不同。

直接反映社会下层生活和被压迫阶级反抗斗争的作品，从比例上拟话本不如话本多。拟话本作者往往不是从现实生活中选取题材，而是从史书上找材料、编故事，因而有些作品缺乏生活气息，显得比较概念化，而且反映社会重大问题的作品相对要减少了些，反封建性相对要削弱了些。但拟话本也有个别篇写到当朝的政治事件的，如《沈小霞相会出师表》，描写沈炼与严嵩父子的斗争。

3. 创作风格有所不同。

拟话本的创作风格不如话本那样粗犷泼辣、爱憎分明；但拟话本中也有带有新的思想意识和进步色彩，在表现爱情婚姻的作品中，有肯定男女平等的进步意识。如《杜十娘怒沉百宝箱》、《金玉奴棒打薄情郎》、《钱秀才错占凤凰俦》等。

4. 艺术描写上的不同。

在艺术描写上拟话本比话本更加细腻，对人情世态的描绘更加生动逼真。话本一般是粗线条勾勒，通过人物的行动来刻划人物性格，而拟话本则有了对人物心理的细腻刻划。如《卖油郎独占花魁》中，对卖油郎想见一见花魁娘子的心理状态的描写，细致入微。

5. 情节结构上的不同。

话本和拟话本都注重故事有头有尾，脉络清楚；力求情节离奇曲折，引人入胜；这方面是大致相同的。但拟话本的情节安排更加完整、严密、复杂；有时甚至突破了话本单线条贯穿始终的局限，更加丰富。如《玉堂春落难逢夫》的后半部分，写了两条线交叉进行，曲曲折折，而又有条不紊。但也有缺点，表现在有些篇刻意求奇，情节上处处巧合，显得不太真实。

6. 语言上有所不同。

总的说来，话本和拟话本语言上都比较通俗生动。但拟话本因为出自于文人之手笔，所以书面语言多一些，有时还夹有少量的文言成分，也很有艺术表现力。如《卖油郎独占花魁》中描写鸨母劝说妓女接客，软硬兼施，巧舌如簧。另外，话本中的语言往往很鲜明、个性化、而且有棱有角，如《闹樊楼多情周胜仙》中写周胜仙自报家门的那一段，声口毕肖。但缺点是有时过分口语化，还带有特殊方言，不太好懂。拟话本的语言比较简洁流畅，比较规范化；但缺点是不如话本生动，生活气息淡一些，而头巾气浓一些。

总而言之，文人创作与民间创作相比，有提高，有进步；但也失去一些本色的东西，各有特色，各有长短。

在拟话本中，思想性和艺术性都表现得最为突出的，要数《杜十娘怒沉百宝箱》。它不仅仅在拟话本中出类拔萃，而且在所有的古代白话短篇小说中，也可以说是首屈一指，无出其右。我们不在这里细细分析了。虽然不能以这一篇来概括和拔高拟话本的整体成就，但拟话本创作的全面繁荣，则是产生这篇优秀小说的基础——正如同如果没有喜马拉雅山的群峰连绵，就不可能有珠穆朗玛峰的一峰柱天一样。

明代戏剧

明代前期，戏剧创作处于低潮。《大明律》中有《禁止搬做杂剧律令》，明确规定："凡乐人搬做杂剧戏文，不许妆扮历代帝王后妃、忠臣节烈、先圣先贤像，违者杖一百；官民之家容扮者与同罪。

其神仙道扮及义夫节妇、孝子顺孙、劝人为善者，不在禁限。”所以，明代前期的戏剧，在内容上不再保存元杂剧的现实性和战斗性，而成为消遣娱乐或歌功颂德的工具，或者成了宣扬封建道德的简单传声筒。

到了明代中后期，杂剧和传奇都有了大的发展。杂剧有北方的王九思的《杜甫游春》、康海的《中山狼》。后来南方杂剧有徐渭的四个杂剧：《狂鼓史》（又名《渔阳弄》）、《玉禅师》（又名《翠乡梦》）、《雌木兰》、《女状元》，合称“四声猿”。它们在结构上严密井然，剪裁得当，曲文高爽，说白流畅，是南杂剧中的优秀作品。

明代中后期，东南一带南戏日益兴盛，新的体制传奇剧更加繁荣，产生了演唱传奇的“四大声腔”——海盐腔，余姚腔，弋阳腔，昆山腔，影响很大；极大地推动了传奇的发展。李开先的《宝剑记》为传奇创作拉开了序幕，接下来是梁辰鱼的《浣溪沙》，王世贞的《鸣凤记》。传奇创作走向鼎盛的，就是“吴江派”的沈璟和“临川派”的汤显祖，这两派互相对立，旗鼓相当。当时人王骥德在《曲律》中说：“临川之于吴江，故自冰炭。吴江守法，斤斤三尺，不欲令一字乖律，而毫锋殊拙。临川尚趣，直是横行，组织之工，几与天孙争巧，而屈曲聱牙，多令歌者咋舌。”沈璟著有《属玉堂传奇》17 种，最有名的是《义侠记》，写武松故事。我们下面重点讲一讲汤显祖。

汤显祖乃“绝代奇才，冠世博学；才思万端，似挟灵气”。他是传奇黄金时代的杰出代表，其影响不但弥漫当时，而且笼罩后世。时代造就了汤显祖，汤显祖也创造了一个时代。

汤显祖受“泰州学派”的“百姓日用即道”的思想影响，文学上主张诗要言情：“世总为情，情生诗歌。”主张文学作品要生于情而“形于神”，而要想形神兼备，关键要求“奇”。在戏剧理论上，汤显祖重意趣，重文采，反对以律害意。他的传奇代表作是“临川四梦”(又称“玉茗堂四梦”):《紫钗记》、《邯郸记》、《南柯记》、《牡丹亭》。其中最有名的是《牡丹亭》。

《牡丹亭》全称《牡丹亭还魂记》,也称为《还魂记》或《还魂梦》、《牡丹亭梦》,是汤显祖的杰作。剧情就不复述了。其思想成就主要是明确地反对封建礼教,热情地歌颂冲破礼教束缚、追求幸福爱情、要求个性解放的精神。这种深刻的主题思想,在杜丽娘的形象塑造上表现得尤为光彩夺目。作者赋予杜丽娘新的思想、新的精神,她不惜用生命来反抗封建礼教;即便死了,灵魂仍然在执着地追求自己的心中人,追求自己理想的爱情和幸福的生活。现实中找不到,就到梦境中去找;活着找不到,死了依然在找——为情而死去,又为情而重生;用杜丽娘入死出生地追求自由理想的爱情,使作品的主题得到了深化和升华。

《牡丹亭》的艺术特色主要是充满了浓厚的浪漫主义色彩:对新的思想的热情赞扬,将正面人物形象理想化,生动地描绘超现实的梦境等等。对于这部不朽的著作,作者汤显祖倾注了自己的心血;他自己也说:“一生‘四梦’,得意处唯在‘牡丹’。”《牡丹亭》是我国戏剧史上浪漫主义的又一高峰。

明代诗文

明代初期的“台阁体”三杨:杨士奇、杨荣、杨溥,就不说了。明初诗文作家主要有宋濂、刘基、高启。

宋濂,被明太祖朱元璋称为“开国文臣之首”。他的“文道合一”要“师古”的理论,影响了明代文学复古主义的思潮。他的散文代表作是《送东阳马生序》,叙述自己年轻时候于贫寒中刻苦求学的经历,真实动人。人物传记有《秦士录》、《王冕传》等。

刘基,是开国功臣之一,曾被封为“诚意伯”,自号郁离子,有寓言散文集《郁离子》三卷，其中《狙公》、《樵渔子对》、《卖柑者言》等政治性寓言，表现了他渊博的学识和富有创造性的思想。特别是《卖柑者言》，揭露了贵族官僚们“金玉其外，败絮其中”的腐朽本质，抒发了作者满腔愤世之情；语言犀利，生动有力。其小诗《玉阶怨》，构思新颖，含有微讽。诗曰：

长门灯下泪，滴作玉阶苔。
年年傍春雨，一上宫墙来。

因为泪滴玉阶而玉阶生苔，一可见泪流之多；二可见泪流之不断，因泪长期滋润而生苔；三可见来人之十分稀少；因为如果常有人来来往往的践踏，玉阶上就不会生苔了。沉寂、孤独、凄凉之情溢于言表。尤其令人不堪的是：那小小的苔，尚且能够年年依傍着春雨，生长出宫墙之外，而宫中的人啊，却被锁在深宫之中得不到自由，永无出头之日。宫门深似海，人却不如苔——令人辛酸，情何以堪！

高启，自号青丘子，因得罪明太祖，被腰斩于市，年仅 39 岁。高启少有才名，博学工诗，与杨基、张羽、徐贲齐名，称为“吴中四杰”。他的七言歌行体诗和七言律诗，最能代表他的诗歌特色和创作才华。如《醉歌赠宋仲温》，还有《登金陵雨花台望大江》开头四句曰：“大江来从万山中，山势尽与江流东。钟山如龙独西上，欲破巨浪乘长风。”大笔淋漓，豪气满纸，颇有太白余风；清新俊健，涵浑从容，直追盛唐气象。

明代中叶，从弘治（1488～1505）到隆庆（1567～1572）年前后，文坛上出现了前七子、后七子的复古主义运动。前七子以李梦阳、何景明为代表，后七子以李攀龙、王世贞为代表。前七子的文学主张大体归纳为：一是强调文必秦汉，诗必盛唐。二是主张摹拟以形式为主，一切唯古人是尚。这些主张在反对台阁体和扫除八股文风方面，起到过一定的积极作用，成为一时之风气。但因为只注重拟古之形式，师貌而不师心，结果是舍本逐末，甚至是食古不化，走上一条不良之路。后七子则继承了前七子的衣钵，发挥扬厉，越走越远。

嘉靖年间(1522～1566)出现了前后七子的反对派，以唐顺之、王慎中、茅坤、归有光为代表；因为大力提倡唐宋散文，所以被称之为“唐宋派”。他们的文学主张归纳为：反对盲目拟古，提倡唐宋散文；认为好文章不在于琢字雕句，而应该直抒胸臆，莫逆于心，这就是“文字工拙在心源说”。“唐宋派”中成就最高的是归有光，他的散文代表作有《项脊轩记》、《寒花葬志》等。

到了明万历年间(1573～1620)，继续攻击复古派并取得显著成就的是李贽，和受其影响的“公安派”“三袁”。李贽，字卓吾，他的思想具有极大的叛逆性和顽强的战斗性。李卓吾提倡“童心说”，认为：“天下之至文，未有不出于童心者也。”童心即真心：“绝假纯真，最初一念之本心。”这对于“公安派”的“三袁”：袁宗道、袁宏道、袁中道(因这兄弟三人是湖北公安人，故称“公安派”)有着重大影响。“公安派”的文学主张：一是反对今不如昔的文学退化论，认为文学是随时代的发展而发展的，“时有古今，语亦有古今”。二是在创作上反对摹拟和墨守成规。三是倡导“性灵说”，主张诗文应抒发性灵，不拘格套。四是主张文贵有质，“质者道之杆”，反对华而不实。五是从肯定天真自然的“趣”出发，肯定民间通俗文学。“公安派”的理论主张，给拟古主义的打击是致命的；复古派从此一蹶不振。“公安派”所提倡的“性灵说”，对清代诗坛文坛也产生了很大的影响。

明代末年，政治黑暗，党争激烈，宦官专权，阶级矛盾和民族矛盾都十分尖锐。此时的文学跟政治结合的更加紧密，东林党人张溥等人所组织的“复社”，稍后陈子龙、夏允彝所组织的“几社”等，都以天下兴亡为己任。像这样的文社又是政治性很强的结社，在社会上有广泛基础，深受群众爱戴，与政治斗争结合的如此紧密的现象，在历史上是十分罕见的。

明末诗坛上，爱国主义的激情空前高涨。最有代表性的就是陈子龙的学生、夏允彝之子夏完淳（1631～1647），是一位少年英雄；14 岁便参加抗清斗争，被捕下狱后，写了三篇文章：《狱中上母书》、《遗夫人书》、《土室余论》，临难陈词，仍念念不忘“中兴再造”，三文是血泪凝成的爱国主义杰作。他临刑不惧，视死如归，遇难时才 17 岁，是我国文学史上活得最短暂，但却生得可歌、死得可泣的民族英雄！他那些用生命写成的爱国诗文，在中国文学史上占有不可磨灭的闪光一页。

明代民歌

从文学发展的角度来看，封建的正统文学——诗歌，到了元明清，已是“无可奈何花落去”，日趋衰落。在复古与反复古斗争笼罩下的明代诗坛，文人创作成就并不高；但产生在民间土壤里的民歌，却蓬蓬勃勃，兴旺发达，呈现出“万紫千红总是春”的繁荣景象。民歌的创作和传播都十分广泛：“不问南北，不问男女，不问老幼良贱，人人习之，人人喜听之，以至刊布成帙，举世传诵，沁人心腑。”（沈德符《野获编》）它不但在民间传播，也引起了文人们的重视和推崇。卓人月甚至认为：“我明诗让唐，词让宋，曲又让元，……（唯民歌）为我明之一绝耳。”说民歌是明代文学中的“一绝”，并不过分。

现存的明代民歌有近千首，当时流传的肯定要多得多。内容十分丰富，有反抗阶级压迫的，有歌颂农民起义的，如：“朝求生，暮求合，近来贫汉难求活。早早开门拜闯王，管教大小都欢悦。”有配合政治斗争，揭露奸臣严嵩的，如：“可笑严介溪，金银积如山，刀锯信手施。试将冷眼观螃蟹，看你横行得几时?”等等。这类民歌虽然十分深刻，但数量上却不占多数。

在明代民歌中占大多数的是男女情歌。这些情歌，有的出自劳动人民之口，有的出自市民之口，也有的出自歌妓狎客之口，所以内容比较复杂。其中有纯洁爱情的歌唱，也有私情、偷情的描写，甚至有色情的淫声荡语，但总的基调是比较健康爽朗的。如歌颂真挚爱情、要求自主婚姻的：

> 郎有心来姐有心，二人好似线和针。针儿何曾离了线，线儿何曾离了针。

有写爱情生活中最激动人心的男女约会的：

> 约郎约到月上时，那了月上子山头弗见渠。咦弗知奴处山低月上得早？咦弗知郎处山高月上得迟？

还有描写对爱情坚贞不变、一往无前的：

> 结识私情弗要慌，捉着子奸情奴自去当。拼得到官双膝馒头跪子从实说，咬钉嚼铁我偷郎。

明代民歌最大的特色，首先就是一个“真”字：真心真情，真诚真挚。如《劈破玉》：

> 碧纱窗下描郎像，描一笔、画一笔、想着情郎。描不出、

画不就、添惆怅。描只描你的风流态，描只描你的可意庞。描不出你的温存也，停着笔儿想。

最可宝贵的就是那描不出来的情，那体贴温柔的爱。正如冯梦龙在《山歌·序》中所说："有假诗文，无假山歌。""情真而不可费。""公安派"也认为："真情在民间"，"当代无文字，闾巷有真诗。"

其次，明代民歌以朴素的语言唱出心中纯美的情感，语言本色，明快自然，大胆泼辣。如《劈破玉·分离》：

要分离除非天做了地！要分离除非东做了西！要分离除非官做了吏！你要分时分不得我，我要离时离不得你，就是死在黄泉也做不得分离的鬼！

再次，明代民歌善于用谐音双关语，如《山歌》：

不写情词不写诗，一方素帕寄心知。心知接了颠倒看，横也丝来竖也丝，这般心思有谁知。

"丝"谐音双关相思的"思"。另外，民歌往往构思新颖，设意巧妙，幽默诙谐。如《挂枝儿·送别》：

送情人直送到丹阳路，你也哭，我也哭，赶脚的也来哭。赶脚的，你哭是因何故？道是：去的不肯去，哭的只管哭，你两下里调情也，我的驴儿受了苦。

语言俏皮，读罢令人捧腹。

明代民歌的兴盛，跟当时社会经济的发展、资本主义生产关系的萌芽以及由此产生的民主主义思想新因素有关。新的思想萌芽,最早往往发生在民间,最早感受到的也往往是下层民众。他们用民歌来表达自己对自由的渴望,以及自己新的理想。只有体现了人民情感的民歌,才会在人民中广为流传,并且用心血去浇灌它,促进和推动它繁荣兴旺。

第十二讲

秋心如海复如潮

——清代文学

秋心如海复如潮，但有秋魂不可招。
漠漠郁金香在臂，亭亭古玉佩当腰。
气寒西北何人剑，声满东南几处箫。
斗大明星烂无数，长天一月坠林梢。

——龚自珍《秋心》(其一)

明代万历四十四年(1616),北方的女真族在东北建立了大金王朝,史称后金;20年后于崇祯九年(1636)改国号为清。崇祯十七年(1644)李自成攻入北京,明亡。很快,吴三桂引清兵入关,清朝遂以北京为国都,开始了统一全国的历程。大致用了40多年的时间,平复了反清的武装斗争,迎来了"康乾盛世"——康熙(1662~1722)首尾61年、乾隆(1736~1795)首尾60年。在这期间,朝廷组织了大批人力来进行书籍的整理编纂工作。康熙年间,编了《康熙字典》、《渊鉴类函》、《佩文韵府》、《全唐诗》、《古今图书集成》等。乾隆时规模更大,编纂了《四库全书》、《续通典》、《续文献通考》、《清通典》、《清文献通考》等等。这些文献资料,都是卷帙浩瀚的巨著,其编纂耗费了大量的人力物力。当时的目的:一是想借机笼络收罗人才,点缀太平盛世;二是想将有才华的读书人引到故纸堆里,无暇过问政治;三是通过整理古籍,销毁一些不利于清朝统治的资料。当然,这种规模宏大的古籍整理工作,在我国文化发展史上,也有着积极的贡献,至今仍然产生着重大的影响。

清代是我国封建文化的最后一个繁荣期,大体上承袭了明代文学的发展趋势,主要成就还是在小说和戏剧方面,诗文仍然在衰落，但词却有了一定的复兴。下面想作一个提要式的简述。

清代小说

清代小说在明代小说的基础上又有了新的发展，到了康乾时期达到了全面繁荣。这时期的长篇小说和短篇小说集一共有150部左右，其中康熙年间产生的文言短篇小说集《聊斋志异》，和乾隆年间产生的长篇小说《儒林外史》、《红楼梦》，一起将中国古代小说推进到了最高峰。正如鲁迅先生所说："自从《红楼梦》出来以后，传统的思想和写法都打破了。"

《红楼梦》和《聊斋志异》因为沈天佑老师有专题讲授，我们就不多讲了。

这里只补充提一点，就是《红楼梦》中写了很多诗词，这些诗词不但是小说艺术的有机组成部分，是刻划人物形象的重要手段，而且本身也都是上乘的艺术佳作。以往的小说中往往也有诗词，但绝大多数是一些与刻划小说人物关系不大的陈词滥调，诸如："光阴似箭催人老，日月如梭赶少年"等等，而《红楼梦》中的诗词，或者起着深化主题的作用，如《好了歌注》：

> 陋室空堂，当年笏满床；衰草枯杨，曾为歌舞场。蛛丝儿结满雕梁，绿纱今又蒙在蓬窗上。说什么脂正浓、粉正香，如何两鬓又成霜？昨日黄土陇头埋白骨，今宵红绡帐底卧鸳鸯。金满箱，银满箱，转眼乞丐人皆谤。正叹他人命不长，哪知自己归来丧？训有方，保不定日后作强梁。择膏梁，谁承望流落在烟花巷！因嫌纱帽小，致使锁枷扛。昨怜破袄短，今嫌紫蟒长。乱哄哄你方唱罢我登场，反认他乡是故乡。甚荒唐，到头来都是为他人作嫁衣裳。

或者与人物的性格紧密结合，如贾宝玉悼晴雯的《芙蓉女儿诔》、林黛玉的《代别离·秋窗风雨夕》、《葬花词》等。特别是《葬花词》写道："花谢花飞飞满天，红消香断有谁怜。游丝软系飘春榭，落絮轻沾扑绣帘。……一年三百六十日，风刀霜剑严相逼。明媚鲜艳能几时，一朝飘泊难寻觅。……尔今死去侬收葬，未卜侬身何日丧？侬今葬花人笑痴，他年葬侬知是谁？试看春残花渐落，便是红颜老死时。一朝春尽红颜老，花落人亡两不知。"全诗采用拟人化的手法，以花喻人，花人一体，情景交融，对于女主人公形象塑造和全书主题思想的深化，都有着十分重大的影响。

更多的诗词本身就是十分优美的艺术品，如《枉凝眉》：

> 一个是阆苑仙葩，一个是美玉无瑕。若说没奇缘，今生偏又遇着他；若说有奇缘，如何心事终虚化？一个枉自嗟呀，一个空劳牵挂。一个是水中月，一个是镜中花。想眼中能有多少泪珠儿，怎禁得秋流到冬，春流到夏。

像这样精美的诗词，在《红楼梦》中俯拾即是。这些都是作者曹雪芹的艺术才华在小说创作中的表现。可以说曹雪芹不仅是卓越的小说家，而且也是才华横溢的杰出诗人！

清代小说中，英雄传奇方面出现了陈忱的《水浒后传》，和钱采、金丰在各种"说岳"故事基础上加工集大成的《说岳全传》，还有关于"说唐"故事的褚人获的《隋唐演义》、无名氏的《说唐演义全传》，以及一些成就不太高的《说唐后传》、《反唐演义》等等。

此外，清中叶嘉庆年间产生了李汝珍所作的《镜花缘》100回，影响较大。这部小说的主要思想成就，就是在妇女问题上表现了比较开明进步的倾向。主张开女学，开女试，让女子享有同样受教育的机会,这在一定程度上体现了男女平等的进步思想。这方面还有屠绅的《蟫史》、李百川的《绿野仙踪》等等。

因为《红楼梦》和《聊斋志异》不重复讲了,所以我们这里主要讲一下伟大的讽刺小说《儒林外史》。

《儒林外史》的作者吴敬梓(1701～1754),他的早年生活在康熙后期,中年生活在雍正年间(1723～1735),晚年生活在乾隆前期。"家本豪华,性耽挥霍",又"不习治生",不几年家产荡尽,"田庐尽卖,乡里传为弟子戒"。艰难玉成,在穷愁潦倒的生活中,寄居金陵秦淮,坚持创作,用十多年的时间完成了30多万字的《儒林外史》。有朋友写诗慨赞道:"闲居日对钟山坐,赢得《儒林外史》详。"

《儒林外史》的思想内容一般认为是通过对儒林群丑的描写,揭露了封建科举制度的腐朽。1981年在安徽全椒召开的纪念吴敬梓诞辰280周年的研讨会上,又有几种新观点。诸如:有认为是前所未有的"一部描摹世相的社会小说",有认为是一部伟大的以公心讽刺之书,还有认为是封建末世的儒林画卷,甚至有人认为写的是"儒林痛史",而不是"儒林丑史。"其实,《儒林外史》笔墨重点还是写儒林的,有严厉的批判,有沉痛的讽刺,也有正面的颂扬。当然在描写中也抨击了社会上的种种丑恶,但正如鲁迅先生所说:"机锋所向,尤在士林。"

关于《儒林外史》的主题思想、人物形象等方面的特色和成就,我们就不讲了,主要讲一下它的讽刺艺术。鲁迅先生在《中国小说史略》中说:"迨吴敬梓《儒林外史》出,乃秉持公心,指擿时弊,机锋所向,尤在士林。而其文又慽而能谐,婉而多讽,于是说部中乃始有足称讽刺之书。"在《中国小说的历史变迁》中,鲁迅先生又说:"在中国历来作讽刺小说者,再没有比他更好的了。……讽刺小说从《儒林外史》之后,就可以谓之绝响。"评价可谓高矣。

《儒林外史》的讽刺艺术，主要表现在以下几个方面：

一是将讽刺艺术与现实主义的创作方法结合起来，使讽刺具有真实性、典型性和深刻的社会性。小说中所讽刺的儒林群丑的种种恶劣行径，所描写的官场上的种种腐败现象，都源自生活，是现实生活的概括和集中。“读之乃觉身世应酬之间，无往而非《儒林外史》。”

二是把握住事物的本质，寓主观爱憎于客观冷静的摹写物象之中，“无一贬词，而情伪毕现”。

三是把自相矛盾的事物或者完全相反的言行，表现在一个人的身上，由此揭露人物的本质，收到“一掴一掌血，一鞭一条痕”的讽刺效果(如范进居母丧时吃大虾圆子的情节)。

四是在真实的基础上，进行合理的艺术夸张和精彩的细节描写，使得讽刺的效果格外的强烈(如对于贪婪吝啬的守财奴严监生临死前让人拨去灯芯的描写)。

清代词

词，萌芽于南朝梁陈到隋代初唐时期，形成于盛唐中唐时期，成熟于晚唐五代时期，繁荣于两宋时期，衰变于元代明代，而复兴于清代。清代词坛复兴繁荣可以从三个方面来看：

第一是创作繁荣，作家多，流派多，作品多，这方面下面专门分析。

第二是对前人词集的整理编纂和印刷发行方面，取得了前所未有的成就。如朱彝尊的《词综》、王鹏运的《四印斋汇刻词》、江标的《灵鹣阁汇刻宋元名家词》、吴昌绶的《双照楼影刊宋元词》等，一直到朱祖谋的《彊村丛书》。这方面的工作对于词的普及和推动词的创作热潮，起到了很好的作用。

第三是词学研究方面比前人更加深入。研究词的格律方面的著作，以及词话著作、词论著作、论词绝句等，都出现了不少。如赵执信的《声调谱》、万树的《词律》等；徐轨的《词苑丛谈》专辑词坛故实，采录颇丰；张宗橚的《词林纪事》，搜集了唐宋金元词坛422个词人的故事，征引丰富；还有彭孙遹的《词藻》、毛奇龄的《西河词话》、周济的《介存斋论词杂著》、陈廷焯的《白雨斋词话》，一直到况周颐的《蕙风词话》、王国维的《人间词话》等等，对前代的词的研究，带有总结性的，相当深入，既有学术价值，又有史料价值，是古代文学研究领域中一笔丰富的遗产。

下面我们重点谈一谈词的创作方面的成就。清代词坛上有以下流派：

1. 朱彝尊与浙西词派。

朱彝尊(1629～1709)词推崇南宋姜白石、张炎，以至于形成了“数十年来，浙西填词家白石而户玉田，春容大雅”的局面。浙西词以朱彝尊为首，另有李良年、李符、沈皞日、沈登岸、龚翔麟，号称“浙西六家”。浙西词影响甚大，为浙西词推波助澜、用力甚勤的是厉鹗。

2. 陈维崧与阳羡词派。

陈维崧(1625～1682)，江苏宜兴人；宜兴，秦汉时置阳羡县，故将他为首的词派称之为阳羡词派。他的词作极为丰富，用过416种词调，写过1629首词，陈廷焯称他“填词之富，古今无两”。陈维崧词的风格以豪放为主，往往取景阔大，笔墨淋漓；感情奔放，一泻无余。

3. 纳兰性德词。

纳兰性德(1655～1685)，满人。论词崇尚李煜。词以小令见长，清人令词，无出其右。擅长白描手法，自然流动，无雕琢之病。他的好友顾贞观与他感情契合，词风相近。

4. 张惠言与常州词派。

康乾年间，词坛主要是朱彝尊、陈维崧。到了清中叶嘉庆年间，张惠言、周济等人以风骚之旨相号召，遂兴起了常州词派。张惠言（1761～1802），江苏常州武进人。论词反对靡丽，取法风骚，注重比兴，强调寄托。他的后继者周济，论词比张惠言更进一步，主张词“非寄托不入，专寄托不出”，前一句是说词要有寄托，后一句则说寄托又不要过于直露，以隐约含蓄为佳。常州词派对于近代词坛，影响甚大。

清代戏剧和诗文

清代戏剧

杂剧传奇，元明最盛；到了清代，戏剧创作产生了新的特色：一是涌现出一批专业性的剧作家，他们开始有组织地进行带有共同创作性质的集体写剧活动。二是加强了戏剧与社会现实的联系，在戏剧创作中反映当时的时代特征和时代精神。三是戏剧创作与舞台演出的实际，进一步紧密地联系在一起。四是戏剧理论得到了进一步的发展，更加系统化、深入化。

清代初期戏剧作家有吴伟业、尤侗、朱素臣等，成就比较好的是李玉。尤其是他与朱素臣等人集体创作的《清忠谱》，把市民的政治斗争搬上舞台，反映社会生活十分广阔和生动，这在中国戏剧史上是空前未有的。

特别值得一提的是李渔，他不仅是一个剧作家，创作了 10 部传奇剧；而且在戏剧理论上很有建树。他在《闲情偶寄》中，集中篇幅，从结构、词采、音律、宾白、科诨、格局等六个方面，系统而又全面地阐述了戏剧创作的方方面面，站得高，论得深，着眼全局，有宏观意识，总结出一些带有普遍性、规律性的东西，将我国的戏剧理论推进到一个新的高度。

清代康熙年间，出现了两部著名的戏剧作品：洪升的《长生殿》与孔尚任的《桃花扇》，一南一北，交相辉映，誉满天下，轰动一时，世称“南洪北孔”。

我们主要概括说一说这两部传奇剧的一些共同点：

一是两剧的作者都是诗人兼剧作家，诗词曲赋方面功力深厚；又都与当时的名流学者交往甚密；他们都比较尊重历史，对唐朝的“安史之乱”和南明遗事，都各自有自己比较进步的美学观点。

二是剧作中所描写的都是“一代兴亡”，作者感受到亡国之痛，有民族精神和爱国热情。

三是两剧的作者在剧作品中都不同程度地对统治阶级进行了揭露和批判，对民生疾苦表现了关切之情，对剧中的小人物的优秀品行进行了肯定和称赞，这些都体现了作者进步的历史观和民主主义的思想色彩。

四是两剧都是通过男女爱情来写重大的政治历史题材，爱情描写曲折感人，政治的表现也发人深省。

五是在艺术的表现上，在人物形象的塑造上，在情节结构的安排上，语言的运用上，都各自有自己独特的风格，一起体现了清代文人戏剧创作的最高成就。

在总体风格上，《长生殿》更富于浪漫主义精神，喜剧气氛更浓一些；剧中主人公虽然死了，但“精诚不散，终成连理”，在月宫团圆。而《桃花扇》则是一部现实主义的悲剧。

清代诗文

清代初期的诗歌，以顾炎武、黄宗羲、王夫之、屈大均等人为代表。他们由明入清，不忘故国，保持了可贵的民族气节。

顾炎武主张以经世致用为学，在《日知录》中倡言“文须有益于天下”，“文之不可绝于天地间也，曰明道也，纪主事也，察民隐也，乐道人之善也”。黄宗羲也主张：“诗以道性情”，“夫诗之道甚大，一人之性情，天下之治乱，皆所藏纳。”所以，他们在诗歌中表现出“天下兴亡，匹夫有责”的情怀和“身无一锥土，常有四海心”（顾炎武《秋雨》）的志向、“壮士匣中刀，犹作风雨声”（王夫之《杂诗》）的豪情。他们的诗歌往往发掘现实性极强的题材，围绕民族矛盾这个重大主题，反映当时时代的爱国情绪，取得了超越前一个时期的新成就。如顾炎武的《精卫》、《海上》等，黄宗羲的《感旧》、《山居杂咏》等，王夫之的《读指南录》、《杂诗》等。

此外，清初的遗民诗人还有吴嘉纪、杜濬、归庄，以及“岭南三大家”屈大均、陈恭隐、梁佩兰等，他们的诗中表现了十分可贵的民族气节，是鼓舞人心的正气歌。

到了康熙中后期，民族感情日渐淡薄，人们开始潜心于诗歌理论，主要有：

一、王士祯（1634～1711）的“神韵说”。其观点是强调“兴会神到”，追求“得意忘言”，以清淡闲雅的风神韵致作为诗歌的最高境界，影响最大。

二、“宋诗派”。与王士祯推崇唐诗不同，查慎行、宋荦、厉鹗等人则推崇宋诗，以苏轼、陆游为榜样，人们称之为“宋诗派”。

三、乾隆年间沈德潜的“格调说”，主张从声律格调上学习古人：“诗贵性情，亦须论法。”风格上强调温柔敦厚，提倡儒家“诗教”。

四、袁枚的“性灵说”。袁枚反对复古主义，自称：“两眼自将秋水洗，一生不受古人欺。”推崇萧子显“若无新变，不能代雄”的观点，主张诗歌应该抒发自己的胸臆，不能死守音律格调，反对以学问为诗。他的《遣兴》诗写道：“但肯寻诗便有诗，灵犀一点是吾师。夕阳芳草寻常物，解用都为绝妙词。”“性灵说”的倡导，对当时埋头故纸堆、专以学问为诗文的乾嘉学派，无疑是一个有力的批判和打击。

在乾嘉时期的诗人中，未沾染拟古主义和形式主义风气、能够自成一体、自标风采的一个作家就是郑燮(1693～1765)。郑燮号板桥，能诗、工书、善画，时称“三绝”。他的题画诗很有名，如《潍坊署中画竹呈年伯包大中丞括》:“衙斋卧听萧萧竹，疑是民间疾苦声。些小吾曹州县吏，一枝一叶总关情。”他的数篇“家书”，被人们誉为“不可磨灭文字”。如他在《家书》中写过这样一段文字：

> 我想天地间第一等人只有农夫，而士为四民之末。农夫……苦其身，勤其力，耕种收获，以养天下之人；使天下无农夫，举世皆饿死矣。吾辈读书人，……一捧书本，便想中举、中进士、作官，如何攫取金钱、造大房屋、置多田产，起手便错走了路头，后来越作越坏，总没有个好结果。

真是一声断喝，声震寰宇；千古真理，不可移易！这种尊农贱士的观点，虽然亦稍失偏颇，而且也不是自郑燮始，但不仅在当时的封建士大夫中是难能可贵的，而且至今仍然闪射着真理的光芒！

后　记

这是一本讲稿。是我在中国科学院李佩老创办的“中关村专家讲坛”上，为以中科院老专家、老院士为主要听众所作的“中国文学史”讲座的讲稿。李佩老是一位十分令人尊敬的老者，当年已八十多岁，精神矍铄，精力充沛，每周风雨无阻，为讲坛呕心沥血，忘我利他，无私奉献，德高望重；她让我去讲，我当然遵命。从2003年秋风里，到2008年春光中，每年两次，每次两个多小时，从先秦两汉、魏晋南北朝，一直讲到隋唐五代、两宋金元。因为另请我的老师沈天佑教授专门讲《红楼梦》和《聊斋志异》，所以明清部分当时我就没有讲。这次出书，出版社考虑到中国文学史的完整性，建议我补上明清部分，希望能提要式地讲一下明清文学的主要内容即可。此建议甚佳，我欣然从命。——于是就有了这一本小书。

因为是讲稿，所以得讲中国文学的一些基本线索和一般知识；书中当然也有我自己对中国文学的一些理解、有对古代优秀作品的心得体会、有自己的即兴发挥和随意议论，或许能对读者有所启发和教益；但总的说来，这不能算是一本严格意义上的学术著作。因为是讲稿，又是多年中虽连续、但是陆陆续续讲的，所以其中难免有重复的地方，难免有拉拉杂杂不够精炼的地方，敬请读者见谅！

在本书出版之际，首先，我要对今年已经95岁高寿的李佩老，表示最崇高的敬意——这薄薄的小书，就算是我献给她老人家的一份寿礼吧！

其次，我要对当年每次为我的讲课录音并进行整理的颜基义先生、任知恕先生，以及录入文稿编辑成册的许大平女士、李伟格女士、金和女士，一并表示衷心的感谢，感谢他们为本书的出版问世所付出的辛劳！

再次，我要感谢上海交通大学出版社的韩建民社长和刘佩英副总编辑，他们对这本小书的出版投入了特别的重视和关注。

同时要感谢的是出版社的责任编辑苏少波先生，他为本书的编辑付出了巨大的努力，倾注了自己的才智和心血。除精心核对原稿、引文外，他还给每一章选了一句精彩的诗句作为题目，选了一篇或者一段精彩的诗篇或文句作为题记，并请美编朱懿先生在每一章之前各选了一幅精彩的配图，这些都给小书增色不少。特别是苏先生取中唐诗人孟郊《登科后》诗中名句“春风得意马蹄疾，一日看尽长安花”的后一句作为书名，窃以为他的潜意，在于称许我的系列讲座带领听众赏尽了中国古代文学园地里姹紫嫣红的百花——以此名句为书名，起到了画龙点睛之妙用。为此，我由衷致谢！

真是岁月如流啊！记得最早去“中关村专家讲坛”讲课，还讲过“中国古代交友之道”、“中国古代楹联艺术”、“唐诗欣赏”等几讲，加上“中国文学史”十多讲连续六七年，前前后后一共有八九年之久。时神一晃，这已经是十多年前的事情了；我也从当年年方半百到今天已经年过花甲了。人生感慨，感慨人生，这让我想起宋代词人陈与义《临江仙·夜登小阁忆洛中旧游》词。词曰：

忆昔午桥桥上饮，坐中多是豪英。长沟流月去无声。

杏花疏影里，吹笛到天明。　　二十余年如一梦，此身虽在堪惊。闲登小阁看新晴。古今多少事，渔唱起三更。

词中“杏花疏影里，吹笛到天明”句，历来为人们所击节称赏。宋人张炎在《词源》中称赞这两句：“真是自然而然。”清人刘熙载的《艺概》评价这两句在全词中的妙用：“‘杏花疏影里，吹笛到天明。’此因仰承‘忆昔’，俯注‘一梦’，故此二句不觉豪酣，转成怅悒，所谓好在句外者也。”

古人于“杏花疏影里，吹笛到天明”；我在“中关村专家讲坛”上春秋数载，讲得投入沉醉，大家听得投入陶醉，想来也有点“春花秋月里，沉醉不觉醒。十年弹指过，倏忽到天明”的味儿——古人先得我心，亦令人不胜怅悒也！

程郁缀

2013年五一节于北京大学静园一院银杏树下